世界の美しさを
思い知れ

額賀澪

双葉文庫

目　次

［2022年6月2日10時30分］

【速報】俳優の蓮見尚斗さん、自殺か

俳優の蓮見尚斗（はすみなおと）さんが2日早朝、都内の自宅マンションで亡くなっているのが発見された。警視庁は自殺を図ったものとして調べている。享年25歳。

――日東スピークスＯＮＬＩＮＥ

第一章　礼文島

@yuri.A　2022年6月2日

蓮見尚斗、嘘でしょ･･･25歳って、まだまだこれからじゃん･･･

@OHMORI_AN　2022年6月2日

尚斗くん、確か映画の撮影中だったよね、、、？　何があったの　#蓮見尚斗

@tomo　2022年6月2日

こんなときに不謹慎だけど、『オータム・ダンス・ヒーロー』に出てたときの蓮見尚斗は思い出しても笑けてくる。蛍光イエローの花柄のスーツ着て海に札束撒いてたやつ。並行して『神様の三つ編み』の主演やってたのがさらに頭おかしい。要するに七変化できる蓮見尚斗スゲーってこと。残念すぎるよ。

@rofj59　2022年6月2日

蓮見尚斗、まさかだけど辻亜加里との破局が自殺の原因？笑 いや、一年以上前だしさすがにないか。元彼が死んだってのに、普通にＳＮＳ更新してるよ辻亜加里。
＃蓮見尚斗 ＃自殺

@Applemaker　2022年6月2日

テレビ見てたら蓮見尚斗の自殺のことやってて、コメンテーターが「周囲の人が気づいてあげられれば」とか言ってて、一番辛いのはその周囲の人達じゃん。

@iBara　2022年6月2日

『枝豆だけが約束』のユズル役、最高でした。ご冥福をお祈りします。#蓮見尚斗

@Sugar_103　2022年6月2日

ウィキペディアの蓮見尚斗さんのページ、もう亡くなった日が書き加えられてる。

@kanata0503　2022年6月2日

蓮見尚斗の自殺のニュース、エンタメのトレンドに入ってる。エンタメなのか･･･いや、確かにそうなんだけどさ･･･

@AKAGI_tennis　2022年6月2日

蓮見尚斗さんの家族やマネージャーは気づかなかったのかな。私、昔からそういうの察するのが得意だったんだよね。メンタル弱ってる人が教室とかサークルにいるとわかってさ、元気づけてたの。今回のことも、一緒にいたら気づいてあげられたのかな。一緒にいた人は察してあげられなかったのかな。

地下鉄の改札を抜けると、双子の弟が微笑んでいた。

紳士服メーカーの広告だった。カフェオレみたいな髪色をした弟は濃紺のスーツに袖を通し、気位が高い猫のような顔で微笑んでいる。通勤用のくたびれたスーツを着た自分とは正反対だ。薄暗い通路の壁面で、そこだけ天から光が差して見えた。

看板の前で若い女性が立ち止まって、弟の顔をまじまじと見た。蓮見貴斗(たかと)は、慌てて地上へ続く階段を駆け上がった。

久々の原宿は道行く人の平均年齢がぐっと若く感じられて、彼らがまとっている空気はパキッとした生きのいい色をしていた。こういう雰囲気が楽しかった時期も確かにあったのだけれど、もう自分には甘ったるすぎる。すれ違ったピンク色の髪の彼女とも、金髪の彼とも、年齢は五歳ほどしか離れていないはずなのに。

そんな年寄り臭いことを思っていたのも、代々木公園に入るまでだった。木曜の午後の公園内は散歩やジョギングをする人、犬の散歩をする人、原っぱに寝そべる人——駅前とは別の賑やかさが初夏の風にそよいでいて、時間の流れ方が根本から違った。

公園を抜ければ、目的のマンションはすぐだ。二十階建ての建物は、交通量の多い交差点の側で西日を受けて眩しそうにたたずんでいる。窓ガラスに光が白く反射し、貴斗は顔を顰(しか)めた。

その瞬間、背後から忙しない足音が近づいてくる。

「あのお、すみませんが、蓮見尚斗さんのご親族の方ですよね？」

麻のジャケットを着た三十代くらいの男が、貴斗の横に並ぶ。男が早口で言った雑誌名は、側(そば)をトラックが通りすぎたせいで聞き取れなかった。

「尚斗さんの双子のお兄様ですよね？　今日は弟さんのご自宅に行かれるんですか？」

小さく小さく、舌打ちをした。男はそんなことで顔色一つ変えない。

「葬儀は家族葬で済まされたそうですが、遺書は見つかったんでしょうか？　自殺の動機について、お兄様はどのようにお考えなんですか？」

知るか。あいつが死んだあと、このあたりはテレビ局のカメラや週刊誌の記者がうろうろしていて、現場検証後は遺族は近づくことすらできなかった。遺書があるのかどうか、こっちが聞きたい。

「火葬後、すぐに納骨を済ませてしまったのは何故ですか？　四十九日まで尚斗さんと一緒に過ごそうと思われなかったんですか？」

所沢の実家にまであんた達が押しかけてこなければ、きっとそうしただろう。蓮見家の墓の場所がマスコミにばれたら、四十九日の法要、納骨の日まで付け回される。尚斗の骨を墓に納める写真を週刊誌に載せられたくない。だから……尚斗の葬儀も火葬も納骨も、人目を忍んで慌ただしく一日で済ませるしかなかった。それすら、報道されたら世間から「冷たい」とか「家族に問題があったのでは」と後ろ指を指される始末だった。

何より腹立たしいのは、こっちは普段から眼鏡をかけていて、マスクまで念のためつけてきたのに、あっさり双子だと見破られてしまうことだ。これが一卵性双生児の宿命だとわかっているのに、それでも腹立たしい。

「お話しすることは何もないです」

大声を上げないよう、喉に力を込めた。マスコミの前で感情を露わにしたくなかった。尚斗の死からもう一週間たつ。未だにワイドショーでは尚斗の死を話題にしているが、まさか未だにマンションの近くを記者がうろついているとは。

記者はまだ何か言っていたが、貴斗がマンションの敷地に入るとそれ以上は追いかけてこなかった。

広々とした車止めと、黒光りする石壁のエントランス。鏡のようにピカピカに磨き上げられたガラスの自動ドアに、貴斗の全身が映り込む。

尚斗から預かっていたカードキーをリーダーにかざすと、オートロックが解除される。ドアに映る貴斗の体が左右に割れ、エントランスホールから人工的な花の香りが溢れ出てきた。

カウンターにいたコンシェルジュの女性が会釈してくる。貴斗がマスクを外すと、整った笑みが一瞬だけ凍りついた。死んだはずの住人が化けて出た、とでも思ったのだろうか。顔は一緒でも、こちらは髪は真っ黒だし、眼鏡だってかけているし、何より俺にはあんな華やかな雰囲気は絶対にまとえないのに。

「蓮見尚斗の、親族の者です」

コンシェルジュはすぐに表情を整え、「この度はご愁傷様です」と神妙に頭を下げた。

「こちらこそ、お騒がせして申し訳ありません。失礼します」

ホールに充満していた花の香りが強くなった気がした。逃げるようにエレベーターに乗り込んで、尚斗の部屋のある十六階のボタンを押す。しかし、何度押してもランプが点灯しない。以前尚斗が「カードキーを使わないとエレベーターが動かないんだよ」と言っていたのを思い出して、慌ててカードキーを操作盤のリーダーにタッチした。

「本当、いいところに住んでたなあ」

貴斗の住んでいる家賃八万円のマンションとはえらい違いだ。ふわりと体を包み込むエレベーターの浮遊感まで、妙に高級感がある。

尚斗の部屋はエレベーターを降りてすぐのところだった。しっとりとしたカーペット敷きの廊下に、足が自然と重くなる。カードキーで三度目のロック解除をして、やっと部屋に入ることができた。

ドアを開けた瞬間、尚斗の匂いがした。真水に濡れた青葉のような匂いは、紛うことなく尚斗のものだ。双子の兄である自分から同じ匂いがするのかは、わからない。

一週間前、俳優の蓮見尚斗はこの部屋で自殺した。

若手俳優人気ランキングを作ったら、十番目くらいに名前が入る俳優だった。中学三年生のときに渋谷でスカウトされ、高校進学直後にオーディションで映画の脇役を勝ち取った。その映画がヒットしたことで蓮見尚斗にも注目が集まり、ドラマや舞台、最近はCDを出すなど、活動の幅を広げていた。

より客観的に俳優・蓮見尚斗の経歴を説明するとしたら……埼玉県所沢市出身。十六歳のときに竹若隆一郎（たけわかりゅういちろう）監督作品『青に鳴く』で俳優デビュー。朝の連続ドラマ劇場『山笑う』に出演し人気を博したのち、日東テレビ系『神様の三つ編み』で連ドラ初主演、映画

『オータム・ダンス・ヒーロー』では連続殺人鬼役を好演し、日本アカデミー賞新人俳優賞を受賞。昨年放送の主演ドラマ『枝豆だけが約束』が高視聴率を獲得し、今後の活躍を期待される若手俳優の一人だった——なんてところだろうか。

寝室のドアノブにネクタイを結び、床に両足を投げ出すようにして、尚斗は首を吊った。迎えにやってきたマネージャーが見つけた。木曜日の早朝だった。貴斗が両親から連絡を受けて病院に到着した頃には、弟はもう亡くなっていた。

その日の午前中にネットニュースが尚斗の死を記事にして、「蓮見尚斗」がSNSのトレンド第一位になった。去年ドラマの主演をして、尚斗が演じたユズルという役名がトレンド第一位になったときとは、えらい違いだった。

2LDKの部屋は尚斗が死んだ日のままだ。リビングのローテーブルに置かれたテレビのリモコンの位置、ソファのクッションの傾き具合、キッチンの水切り台に置かれたグラス、棚に並ぶ書籍や小物雑貨、壁に飾られた写真——警察の現場検証が終わった後に一度立ち入ったが、そのときと何も変わっていない。

あの日、帰りがけに母が力なく閉めたカーテンの隙間から、白く細い光がリビングの中央まで走っていた。誰かが手を伸ばしているみたいだった。

それを踏みつけ、カーテンと窓を開けた。売れっ子になった尚斗のために事務所が手配した高級マンションだけあって、眺望は申し分ない。代々木公園が目の前で、木々の香りが風に巻き上げられてここまで届く。

尚斗の匂いが消えていく気配がして、咄嗟に窓を閉めそうになる。子供の頃の兄弟喧嘩を無理矢理思い出して、耐えた。喧嘩の理由は思い出せなかった。

代わりに、尚斗と最後に会った日のことを思い出した。五月の中頃の、日曜日だった。

「取材でいっぱいお菓子もらったんだけど、ちょっともらってくれない？」

尚斗からそんな連絡がきて、昼過ぎにここに来た。近くの店でハンバーガーとポテトを買っていったら、尚斗は「カリッカリのポテト、食べたい気分だったんだよね」と笑った。ハンバーガー片手にリビングでゲームをして、互いの仕事の話をして、夜には焼き菓子と尚斗の服を何枚かもらって帰った。「撮影の衣装を買い取ったんだけど、似たようなのを持ってたから」と尚斗が寄こしたグレーのシャツは、貴斗の家のクローゼットにある。

「またね、気をつけて」

それが尚斗と最後に交わした言葉だった。貴斗は「おう」と答えた。

そんな、怖いくらい何てことない日だったのだ。尚斗が死んでから何百回と振り返った。彼が死ぬ気配など、自ら死を選ぶ兆候など、微塵も見つけることができなかった。

ピロン、と電子音がした。ハッと顔を上げたが、鳴ったのは貴斗のスマホだった。スラックスの尻ポケットからスマホを取り出して確認したが、上司からの仕事のメールだ。
木曜の午後から半休を取ることに、直属の上司はいい顔をしなかった。「忌引きはもう明けてるでしょ？　いくら家族が芸能人だからってさあ……」と小言が止まらない彼に何度も頭を下げ、半休と言いつつ午後二時までかかって仕事を片付けたのだが、メールの終わりにはチクリと嫌味が書かれていた。

返事は後回しにして、寝室のドアに手をやった。金属製のドアノブは六月だというのにひんやりと冷たく、指先に痛みが走る。

この向こう側で、尚斗は首を吊った。捻(ひね)ったノブはとても軽く、ドアはあっさり開いてしまう。一段と尚斗の匂いが濃くなった。

六畳の寝室にはダブルベッドが一つ。あいつがここに引っ越してくるとき、貴斗が組み立てるのを手伝ってやった。誰が整えたのか、最初からそうだったのか、掛け布団はベッドの上で折りたたまれている。

ベッドに歩み寄り、シーツの皺に掌(てのひら)を這(は)わせた。そのまま、倒れ込む。スプリングが効いたマットレスは、貴斗をあやすみたいに三度揺れた。

胃のあたりがねじ切れるように痛み出して、貴斗は枕に突っ伏したまま呻(うめ)いた。尚斗が死んでから、ずっとこうだ。今日半休を取ったのだって、月曜日から断続的に続く痛みに、いい加減病院に行こうと考えたからだ。

なのに、ここに来てしまった。

「何、やってんだよ」

ドアを見る。あそこで尚斗が首を吊ったなんて、嘘みたいだ。今にも玄関のドアを開けて帰ってくる気がする。ベッドに寝転ぶ貴斗を見て、「うわっ、何やってるの！」と叫ぶ気がする。

布団を被って待ち構えて、びっくりさせてやろうか。考えたらふふっと笑いが込み上げてきて、再び枕に突っ伏して大きく息をした。尚斗は死んだ。葬儀も終え、火葬され、もうあいつは墓の中だ。

「仕事、順調だっただろ。楽しいって言ってただろ。こんないい部屋、住めてただろ」

お前の名前でネット検索すると、自殺のニュースばかり出てくるよ。お前が出た映画もドラマも、検索結果の下の方に行っちゃったよ。代わりに、お前がなんで自殺したのか、どんな心の闇を抱えてたのか、臆測を垂れ流す記事が何百本もあるよ。SNSじゃ、お前の名前をハッシュタグにして、ファンが毎日毎日悲しんでるよ。

どうしてだ。なあ、どうしてだ。

痛みの治まらない腹部をさすって、ベッドを降りた。母から、尚斗の家に行けるようだったら冷蔵庫の中身を処分しておいてほしい、と頼まれたのを思い出した。

ついでに、尚斗のスマホも探しておいてほしい、と。

「……何か腐ってるな」

キッチンの冷蔵庫を開けて、漂ってきた饐えた匂いに堪らず呟いた。牛乳パックの中身をシンクに流し、卵をプラスチック容器ごとゴミ袋に突っ込む。開封済みの醤油、ソース、ケチャップ、マヨネーズ、ジャム、全部捨てた。しなびたレタスと玉ねぎ、トマトも捨てた。ゴミ箱の横には、空になった白ワインのボトルが一本。

目覚めの一杯に牛乳を飲む尚斗、パンを焼いてジャムを塗る尚斗、目玉焼きを作る尚斗、台本を片手に白ワインで晩酌する尚斗……そんなものを思い浮かべないよう、手早く済ませた。満杯になったゴミ袋と対照的に空っぽになった冷蔵庫のコンセントを引き抜き、役目を終わらせてやる。

「スマホ、探してやるか」

いちいち声に出して命令しないと、体が思ったように動いてくれない。

尚斗のスマホが見つからないと現場検証後にマネージャーが騒いでいた。仕事用に事務所から与えられたスマホは鞄に入っていたが、私用のスマホがどこにもないのだ。

スマホがないことと自殺に何か繋がりがあるのでは。マネージャーはそんなことを言っていたけれど、そもそもあいつは、スマホや家の鍵や定期券をよくなくす奴だった。本当に紛失するのではなく、たいていは鞄や上着のポケットに入れっぱなしにして、洗濯したりクローゼットにしまい込んだりしてしまう。実家で一緒に住んでいた頃、何度あいつのスマホを探すために着信音を鳴らしてやったか。

寝室のクローゼットを開けて、上着やズボンのポケットを探る。クローゼットの中は尚斗と除湿剤の匂いが混ざって、空気が粘ついていた。

マネージャーや母親が「ない、ない」と騒いでいたのが馬鹿みたいに、あっさりスマホは見つかった。

「なんでこれが見つけられないんだ」

カーディガンのポケットから出てきたスマホに、ほれみたことかと鼻で笑う。これを双子の特別な繋がりとでも言うのだろうか。そんな大仰なものとは、どうしても思えない。

ナイトテーブルに置きっぱなしだった充電ケーブルをスマホに差し込み、電源を入れる。パスコードはアレか、それともコレか……などと思案していたら、顔認証を求められた。

「どうして、顔認証なんだよ」

指紋認証でもパスコードでもなく、弟の顔が、弟のスマホをロックしていた。同じ遺伝子情報と姿形を持つ人間がこの世にもう一人いるのに、どうして自分の顔を鍵にする。

試しに、スマホを自分の顔にかざしてみた。俳優である尚斗の顔を意識し、少し顎を引いて目をキリッとさせようとして――そんなものは無意味だとばかりに、あっさりとロックは解除された。

たった数秒の出来事に、貴斗はスマホを取り落としそうになった。

「開くの、か」

外見が一緒なだけの、全く別人の俺の顔で、開いてしまうのか。肩を落として、貴斗は尚斗のスマホを漁った。写真、テキスト、音声……何か、尚斗の言葉が残っているんじゃないか。自殺の理由を記した遺書が、この中に。

カメラロールにも、ボイスメモにもそれらしいものはなかった。ToDoリストにもメモ帳にもない。メールを開くと、一週間分のメールが一気に受信フォルダに表示された。

「は？」

通販サイトのオススメ商品、クレジットカード会社からの支払いメール、動画配信サイトの新作のお知らせ……それらに混じって、貴斗もよく知る旅行サイトの名前があった。

〈重要：ご出発日が近づいています〉

そんな件名に、親指が吸い寄せられる。

〈蓮見尚斗様、ご予約いただき誠にありがとうございました〉そんな一文から始まるメールは、どう見ても旅行のリマインドメールだった。旅行サイトのマイページに最終旅程表と電子チケットの控えがアップされているから、旅行に持参しろと書いてある。

出発日は、明日。

羽田空港から飛行機で新千歳空港へ、乗り継ぎをして稚内まで飛び、礼文島のホテルに宿泊するという旅程だった。

堪らず、尚斗のスマホをベッドに投げつけた。マットレスに跳ね返ったスマホは、貴斗が先ほどまで突っ伏していた枕に落ちた。

「ふざけんな！」

ふざけんな、ふざけんな、ふざけんな。その場で地団駄を踏んで叫んだ。ベッドを殴りつけた。何度殴ってもマットレスの形は変わらない。

「……なんで死んだっ！」

喉の奥に、何かが剝がれるような冷たい痛みが走った。唾液の味が濃くなった。

自分の吐き出した声が静かな部屋に消え、残響が啜り泣きみたいに耳の奥に残る。どれだけ歯を食いしばっていたか。思い出したように呻いたり、尚斗に悪態をついたりした。

いつの間にか、室内は暗くなっていた。ピロンとまた電子音がした。尚斗ではなく、貴斗のスマホだった。どうせまた、仕事のメールだ。

スマホを確認すると、同僚の古賀(こが)からメッセージが届いていた。短く、簡潔に、〈大丈夫?〉と。

返事すらしてないのに、メッセージに既読がついたのを確認したのか、すぐに古賀は電話を寄こした。画面に表示された古賀凜(りん)という名前と、実家で飼っているという柴犬の写真を使ったアイコンに、ただでさえ滅入っていた気分が、さらに深いところに沈む。

『……蓮見、大丈夫?』

どこで電話しているのだろう。古賀は変に声を潜めていた。

『細谷(ほそや)さんが嫌なメール送ってたでしょ。あれ、気にしなくていいから。私が引き継いでおく』

「ああ、うん、すまん、ありがとう」

言葉が上手く繋がらないのは、胃の痛みのせいなのだろうか。

それとも——尚斗が死ぬ前日に、彼女に告白をされたから、だろうか。

『体調悪いって言ってたけど、病院行けたの?』

「いや、行ってない。家で休んでる」

病院に行けと諭されるかと思ったが、古賀は『そっか』と言ったきり押し黙った。次に何を言われるのかわかっていたから、はぐらかす言葉を探したのだが、どうしても上手く見つけられない。

古賀との出会いは新人研修だった。「蓮見尚斗の双子の兄弟が同期にいるって聞いたけど、ホントだったんだ」と声をかけられたが、それ以上は面倒な詮索もされず同期として仲良くやってきた。貴斗も彼女も映画鑑賞が趣味だったから、仕事帰りに夕方割りで映画を観に行くことも多かった。尚斗が出演した映画だって、彼女と何本も観た。

『蓮見、この前のことは、忘れていいからね』

絞り出すように古賀は言った。『こんなときにごめん』と続けた彼女に、貴斗は後頭部を掻きむしった。

「いや、まさか、尚斗があんなことになるなんて、誰にもわかんないんだから、古賀が謝ることじゃない」

仲のいい同僚と飲んだ帰り道に「付き合わない？」と告白して、「返事はまた今度でいいから」と笑って別れた後、その同僚の双子の弟が自殺するなんて。

ずきりと、胃袋にまた痛みが走った。胃が引きちぎれて、体を這い上がってきそうだ。

「……でも、とりあえず、返事はしばらく保留にさせて」

『もちろん、ていうか、なかったことにして大丈夫。いらん気苦労をさせてないかずっと心配だったんだ』

忌引きが明けて以降、古賀と仕事以外の話をしていなかった。できる状態ではなかったし、する気分でもなかったし、彼女も相当気を遣ってくれたはずだ。

「うん、ありがとう。正直、どうしようかと思ってたから、連絡もらって助かった」

腹部をさすりながら、意味もなく立ち上がる。「ごめん、やっぱり病院行くわ」と断って、電話を切った。古賀は最後に『ほどほどに、無理はしないよう』と、手負いの獣の頭を撫でるように貴斗を案じた。

尚斗が死ななかったら、古賀と付き合ったと思う。尚斗がこの部屋で首を吊った頃、貴斗は家でベッドに寝そべりながら、古賀と付き合うのも楽しそうだと思っていたのだから。もし、尚斗に「同僚から告白された。どうしよう」なんて電話していたら、尚斗の死を防げたのだろうか。

「馬鹿らし」

呟いて、尚斗のスマホを引っ摑(つか)んだ。冷蔵庫の中身がそのまま入ったゴミ袋と、空のワインボトルを抱えて部屋を出た。非常階段横のゴミステーションにゴミ袋を放り込み、エレベーターで一階に下りる。コンシェルジュがにこやかに一礼してきたが、貴斗の顔を見てまた表情を硬くした。そんなに怖い顔をしていただろうか。

また週刊誌の記者がやって来たら、殴り飛ばしてやろうと思った。幸い、最寄り駅まで誰にも声をかけられることはなかった。

原宿駅から山手線で高田馬場まで行って、私鉄の急行に飛び乗った。四十分ほどで所沢に着く。さらに一駅乗って、下車した。

西口は住宅街で、徒歩十分のところに貴斗の実家がある。東口には市役所や市民ホール、図書館といった施設が建ち並び、側には巨大な県営公園が広がっていた。子供の頃、尚斗とよく遊んだ場所だ。そういえば、代々木公園とちょっと似ている、かもしれない。

尚斗のスマホが見つかったよ、と実家に行くこともできるのに、貴斗は東口からバスに乗った。帰宅途中の人々が多く乗り合わせるバスは、どこか空気が濁っている。

霊園前で降りた。当然ながら貴斗以外に降りる乗客はいなかった。

蓮見家の墓は、この広い霊園の奥にある。

夜の霊園は、周囲に高い建物がないから余計に寂しく広く感じられる。中学時代、夏休みにここで肝試しをしたことがあった。尚斗が芸能事務所にスカウトされる前だから、中学一年か二年の頃。子供なりに夜の墓地を不気味だと思った記憶があるが、今は不思議とそうではない。双子の弟が入った墓がある場所だから、だろうか。

　十五分ほど歩いて、「蓮見家之墓」と書かれた墓石に辿り着いた。外灯の光が辛うじて届くこの場所に、尚斗がいるとは思えない。こんなところに、いられて堪るか。

　旅行会社からのメールを見たときの怒りは、面白いくらい収まっていなかった。墓を前にしても、鮮明に、音を立てて燃え上がる。

　墓には花が供えられていた。両親が来たのだろうか。白い百合と菊は瑞々しく、澄んだ甘い香りがした。香炉の線香にも、誰かが手を合わせた気配が残っている。

　死には悲しみが伴うものだと思っていた。けれど、今は悲しみ以上に困惑がある、憤りがある。俺は今は、自ら命を絶った双子の弟に対し、怒っている。

　袖を捲った。ネクタイの先を肩に掛けた。墓石に歩み寄り、香炉と花立を持ち上げる。白御影石でできた香炉は重く、花立を動かすと菊の花びらが一枚散った。

　大きく息を吸って、拝石に両手をやる。尚斗の納骨の際、父と二人で拝石をどかして、納骨室の蓋を開けた。男二人でも重いと感じた拝石は、生の世界と死の世界を分かつ扉のように、びくともしなかった。

　声を上げた。手負いの獣のように、吐き出せるものをすべて声にして、叫んだ。囁き声のような音を立て、拝石が少しだけ動く。一度動くと、するすると滑っていく。

納骨室は土と雨と、どうしてだか磯っぽい香りがした。尚斗の納骨のときと同じだ。これが死後の世界の匂いなのだろうか。

尚斗の骨壺は一番手前にある。奥へ行けば行くほど古い骨壺になり、名前も顔もわからないご先祖の骨が納まっている。

真っ白で新しい尚斗の骨壺を、貴斗は慎重に取り上げて胸に抱いた。泣いているわけでもないのに声が震えた。

「こんなに、ちっさくなっちゃってさあ……」

火葬場の祭壇で、最後に尚斗の顔を見たときのことを思い出す。係員に「これが最後のお別れになります」と言われ、両親と共に慌てて棺(ひつぎ)を覗(のぞ)き込んだ。

自分と同じ顔が横たわっていた。自殺だなんて嘘みたいな穏やかな顔だった。でも、そこに意味を見出すのはやめた。死んだら大概こういう顔になるのだ。俺もきっと、この顔で火葬されていくのだ。

棺はすぐに運ばれていった。「え、もう？」という顔をしたからだろうか、係員は貴斗に小さく一礼した。祭壇のある部屋を出たら目の前が火葬炉で、あっという間に尚斗は炉の中に運ばれていった。そこで母が泣き、父は一度だけ呻き声を上げた。

事務的に、火葬炉の扉は閉じられた。二時間ほどで尚斗は骨になった。収骨室に足を踏み入れた瞬間、もう後戻りはできないのだと思った。死んだのは自分じゃないのに、俺はもう戻れない。

焼かれた骨は貝の欠片に見えた。箸で摘まみ上げて、真っ白な骨壺に納めた。箸で拾いきれなかった骨は、係員が箒とちりとりですべて回収した。

梅雨入り前の生ぬるい夜風のせいだろうか、箸で骨を摑んだ感覚が、ふと蘇った。骨は熱を帯びていた。手首に熱気がまとわりついて、貴斗の手を引くようだった。

骨壺の蓋を回し、開けた。骨を素手で摑むことに何の抵抗もなかった。むしろ、火葬直後に箸でしか触れられなかった尚斗の遺骨に、直接触れたいと思った。

おみくじでも引くみたいに、最初に触れた骨を摘まみ上げた。細長い棒状の骨は、指の骨だった。自分達は手相までそっくりだったから、骨と自分の指の長さを比べてみた。どうやらこれは、人差し指の根本の骨らしい。

わかったのは、それだけだった。

「馬鹿だよ、お前」

言いたいことがあるなら言えよ。骨壺まで開けたんだ、言おうと思えば言えるだろ。世界中どこを探しても、俺以上にお前の声を聞ける人間は、遺伝子的にもいないだろ。

双子ならここで、お前が誰にも言えずにいたことを、一人抱えて沈んでいってしまったものを、感じ取るもんじゃないのか。

「こんな馬鹿な弟だと思わなかった」

尚斗の指の骨を、ジャケットのポケットに突っ込んだ。涙が出てきそうな予感がして空を仰いだが、一滴とて流れ出なかった。デスクワークのしすぎでドライアイが酷い貴斗の目は、むしろカラカラに乾いていた。

霊園の空は広く、星は見えず、果てがなかった。ここなら死後の世界が近いだろうか、と耳を澄ました。乾燥した目をこらした。愚かな双子の弟は何も返してこなかった。

＊

稚内空港は小さな空港だった。到着ロビーを出て、ここが日本最北の空港であることを貴斗は思い知った。東京は二十五度を超える気温の日が続いているというのに、バス停を吹き抜ける風には、微かに冬の欠片が混じっている。夏用のスーツでは心許(こころもと)ない肌寒さだ。色がどこかに流れ出てしまったような薄い青空が、余計に寒々しい。

「羽田のユニクロでトレーナーでも買えばよかったな」

すっかり皺(しわ)が寄ってしまったジャケットの袖を撫で、貴斗は稚内港行きのバスに乗り込んだ。一番後ろの席で、大欠伸をした。

昨夜は結局、所沢の実家には寄らなかった。終電近い電車で、羽田空港へ向かった。尚斗が予約していたのは、羽田から新千歳を経由して稚内へ飛ぶ便だった。午前六時半に出発する飛行機に乗るため、貴斗は空港のロビーで夜を明かした。固いベンチに横になり、ポケットの中の尚斗の骨を指先で弄くり回しながら、寝ては起きるを繰り返した。

蓮見尚斗の名前で、飛行機に乗った。会社へは病欠の連絡をあっさりできた。

バスの窓に頭を預けてまどろみながら、ジャケットのポケットに触れた。流石に遺骨をそのまま突っ込んでおくのは忍びなくて、出発前に空港の百円ショップで買った小さなガラス瓶に入れてやった。北の大地の冷気を吸い込み、ポケットの布地の上からでもほのかに冷たい。

バスは三十分ほどで稚内港に着いた。フェリーの出発まで少し時間があったから、フェリーターミナル内のレストランでホタテラーメンを食べた。海の味がぎゅっと詰まったラーメンを一口啜って、朝から何も食べていないことを思い出した。

フェリーは指定席を取ったのだが、出発と同時にデッキに出た。北の海の色は濃く、大学の卒業旅行で行った沖縄の海とは別世界の顔をしていた。陸より風が強く、手すりを握り締めた瞬間に身震いがした。少し離れたところにいる乗客が、陸を指さして「あれがノシャップ岬だね」と言い合っている。

旅行会社からのメールに従って飛行機に飛び乗ったが、貴斗は礼文島が北海道のどこにあるのかすら知らなかった。稚内空港で入手した観光ガイドを、冷えた指先で捲る。日本最北端の離島。別名「花の浮島」。観光シーズンは六月から始まり、ちょうど今は高山植物が咲き乱れる中を散策できるらしい。尚斗はそれが見たかったのだろうか。六月が礼文島観光に最適だと狙いを定め、飛行機やホテルの予約を取ったのだろうか。

「じゃあ、なんで死ぬんだよ」

吐き捨てて、ポケットから尚斗の遺骨が入った瓶を取り出した。青く霞む島影が近づいてきた。瓶をかざして、尚斗に見せてやる。貝殻か珊瑚の破片にしか見えない遺骨は、うんともすんとも言わなかった。

フェリーが近づくごとに、島は青から緑色へ姿を変えた。離島といっても大きな島だし、港の側には背の高い建物も見える。あれのどれかが、尚斗が予約したホテルのはずだ。

二時間の船旅はあっという間で、下船後は徒歩でホテルに向かった。キャリーバッグを携えた観光客が多い中、通勤用の黒いリュックを背負ったスーツ姿の貴斗は酷く浮いていた。案の定、宿泊予定のホテルのフロントで「予約した蓮見です」と名乗ると、初老の男性スタッフに怪訝な顔をされた。

通されたのは和室だった。窓が海に面していて、広縁の椅子に腰掛けると近くにある利尻島がよく見えた。綺麗な三角形の山が、ベールのような薄い雲をたなびかせている。

遺骨の入った瓶を、窓枠に置いてやった。

「お前、旅館の広縁が好きだったもんな。家族旅行のときとか、絶対陣取ってたし」

遺骨を持ってきたのは失敗だったかもしれない。あいつに言ってやりたいことが、全部言葉になってしまう。

尚斗は、家族旅行で旅館に泊まると、決まって広縁の椅子に座って外を眺めた。

「この謎のスペース、なんかよくない？」

彼がそう言ったのは、小学六年生の頃に家族で伊豆に行ったときだった。当時は尚斗の髪も貴斗と同じ黒色だった。あの宿も窓から海がよく見えた。〝なんか〟の部分がなんとなくわかる気がして、「そうだな」と貴斗は答えた。

不意に眠気が襲ってきて、このまま一眠りしてしまおうかと思った。その瞬間、部屋の隅に置かれた電話がけたたましく鳴って、まろやかな眠気は吹き飛んだ。

『――蓮見様、ご予約の観光タクシーが到着しました』

フロントからの電話に、子機を握り締めたまま「は？」と声に出してしまった。

「お客さん、観光で来たんですか？」

乗り込んだ観光タクシーの運転手は、貴斗の格好を見るなり目を丸くした。くたびれたスーツは、ビジネスでやって来た人間に見えるかすらも怪しい。

「……一応」

ルームミラーに下がる名札を見ると、運転手の名前は相馬といった。歳は六十代前半くらいだろうか。真っ白な髪と口髭が、子供の頃に読んだ児童書に登場する魔法使いの老人を連想させた。

幸いなことに、運転手は「ご予約の蓮見尚斗さんですね」と確認したときも、貴斗の顔を見たときも何の反応も示さなかった。

「どちらまで行きましょうか？」

言葉に詰まる。すでに時刻は午後三時を回っていた。この時間から尚斗はどこに行きたくて、タクシーを予約したのだろう。

「この時間から観光できるところって、どこかありますか？」

「トレッキングなんかは午前中の早い時間から行くものだし、暗くなってくると植物園も楽しくないし、近場を回るなら……桃岩展望台に行って、そのあと、元地海岸で夕日でもご覧になるのはどうでしょう？」

さざ波のような声で、白髪の運転手はルームミラー越しに貴斗を見た。不審に思われているのがよくわかる。観光タクシーを予約しておいて、行き先も碌に決めていないなんて。

「桃岩展望台は観光に来た人はみんな立ち寄る絶景スポットってやつです。今日は天気もいいんで、きっと綺麗ですよ。元地海岸の夕日は、僕が個人的に好きなんですけど」

「でしたら、そこでお願いします」

「はい、じゃあ出発します」

タクシーはホテルを出て、市街地をのろのろと走る。港周辺は食事処や土産物屋があるものの、いたって普通の港町だった。

車内にはラジオがかかっていた。貴斗の知らないパーソナリティーが、知らない歌手の歌を紹介し、直後、その歌が流れ出す。その頃には市街地を抜け、窓の外は緑一色になっていた。うねうねとしたカーブを曲がりながら、タクシーは少しずつ山を登っていく。途中、観光バスとすれ違った。

十分とたたず、タクシーは駐車場に停まった。相馬は「ちょっと歩けば桃岩展望台ですよ」と運転席のドアを開ける。

「待ってるのも暇なんで、ご案内します」

そう言って、相馬は年齢を感じさせない軽やかな足取りで歩き出す。相馬に先導されるがまま、貴斗は遊歩道を登っていった。

空気の冷たさに肩が強ばる。意外と高いところまで来ていたようで、海がとても遠くに見えた。この島の山は不思議だ。背の高い木がほとんど生えておらず、青々とした草が山を覆っている。森林浴をしながら登る山とは圧倒的に違う。景色がよく見渡せて、自分がどれほど遠くに来ているかわかる。空に向かって歩いているのが、わかる。

「もうちょっとですよ」

よいしょ、よいしょ、と声を上げながら、相馬が貴斗を振り返る。坂の先を見上げると、空と山の境界がくっきり色鮮やかだった。雲に反射した西日が眩しく、眉間に皺を寄せた。息が上がってきた。足下に名前もわからない白い花がある。黄色い小さな花が、視界の端で何百も風に揺れている。甘酸っぱい爽やかな香りがした。

人が死んで天国に昇るときは、こういう感じなのではないか。こんな景色の場所をひたすら歩いて、登りきったところに天国がある。尚斗は今、そんな場所を歩いているのだろうか。もうゴールしてしまっただろうか。

ほとんど徹夜状態の体には、なかなか堪える道のりだった。肩を上下させ、恥ずかしげもなくぜえぜえと喉を鳴らしながら、無理矢理足を動かした。

ふと、海の方角から逆巻くような強い風が吹いて、ふわりと体が軽くなる。坂を登りきって、大きく息を吸った。久しぶりに息をした気がする。空気が濃くて、冷たくて、肺が甘い香りで満たされて、目尻が潤む。

展望台と言っても、山の上の開けた場所にベンチと柵が設置された簡単なものだった。観光客が飲み物を飲んだり写真を撮り合ったりしている。相馬が何か説明しようとしたが、構わず柵に歩み寄って身を乗り出した。

太陽が傾いて、空の青さは消え入るように淡く、海との境界が溶けていた。忍び寄る夕日を背負うようにして、巨大な岩が一つ、眼前にそびえている。

整わない呼吸に翻弄されたまま、貴斗はその光景に見入った。青々とした草に覆われた巨石は、地球が生まれたその瞬間からここに鎮座しているという顔をしていた。

「あれが桃岩ですよ。山みたいに見えるけど実は岩で、桃みたいな形だから桃岩です」

「……なるほど」

丸みを帯びているのに頂上が尖ったその形は、確かに桃だった。大昔にこの山を登り、あの岩を見つけた人は、本当に天国に来たと思ったに違いない。じっと眺めていると岩に飲み込まれそうになる。どこかに連れ去ってくれる気がする。

そこに双子の弟はいるだろうか。

「花、綺麗ですね」

山の斜面を覆う青い草と、そこを彩る花を、やっと綺麗だと思えた。青、黄色、白、ピンク……世界中に存在する色が、花として集められている。

「薄ピンク色の花がレブンシオガマ、黄色はセンダイハギ、薄青色の小さな花がチシマフウロです。夏は咲く花が二、三週間で入れ替わるんで、風景がどんどん変わるんですよ」

「だから花の浮島なんですね」

ちょっと歩いてみましょうか、と相馬に促され、尾根伝いに二人で歩いた。花を見つけると、相馬は一つ一つ丁寧に説明してくれた。花に特別興味があるわけではないのに、相馬の解説を聞くたびに自分の中の植物図鑑が勝手に埋まっていった。

革靴で長時間山道を歩くわけにはいかず、ほどよいところで駐車場へ引き返したのだが、できることならもう二時間くらい歩きたいと思った。勘弁してくれと体が訴えているのに、心だけが子供みたいに躍っていた。

「それじゃあ、元地海岸にご案内します。ちょうどいい時間なんで、水平線に沈む夕日が見られますよ」

タクシーは桃岩展望台の駐車場を出て、島の反対側へ山を下った。海岸沿いの道を北に向かって進む。空はすっかりオレンジ色で、天からじわじわと夜空が滲んできていた。

「元地海岸には、地蔵岩っていう変わった形の岩があるんですよ。人が両手を合わせて拝んでるような形なんです」

「地蔵岩、ですか」

無意識に、自分の両手をすり合わせていた。尚斗の葬式で散々手を合わせた感覚が、指先にこびりついて消えない。葬儀の日なんて、このまま掌が貼り付いて離れなくなるのではないかと思った。

「浜自体は、何てことない浜ですけどね」

ははは、と、梟が鳴くように笑った相馬の言葉の通り、元地海岸は実に平凡な、どこにでもありそうな小さな浜だった。

「元地海岸はメノウ海岸とも呼ばれてて、運がよければメノウの原石が拾えるかもしれないんで、暗くなる前に探してみてください」

歩き疲れてしまったのか、相馬は今度はタクシーを降りなかった。「こちらでお待ちしてます」と一礼し、貴斗を送り出した。

港周辺とは違い、島のこちら側は寂しい場所だった。道路沿いに小さな建物と漁師小屋が点々とあるだけで、観光客の姿もまばらだ。

防波堤を越え、浜に降りてみた。革靴の底がざらりと音を立て、近くに群がっていたカモメが一斉に飛び立った。山の上は風が強かったのに、こちらは恐ろしく凪いでいた。白波の立っていない海は、夕刻と夜を重ねて飲み込んだ鏡に見えた。

メノウを探してみろと言われたが、メノウの原石とやらがどんな見た目をしているのか知らない。綺麗な縞模様をした石が浜に落ちているとも思えなかったが、試しに足下の砂利をいくつか拾い上げてみた。見事に全部ただの石で、声を上げて笑ってしまった。

浜の先に、天に突き出た岩が見えた。すぐに地蔵岩だとわかった。相馬の言う通り、人が海に向かって拝んでいるような形をしていた。

水平線に今まさに夕日が沈もうとしている。気がついたら、岩と同じように両手を合わせていた。尚斗が死んで、一生分の合掌を済ませてしまった気がするのに、掌は目の前の夕日を閉じ込めたように温かかった。

ジャケットのポケットから尚斗の遺骨を取り出して、地蔵岩と夕日を見せてやった。

「なあ尚斗」

また、骨に語りかけてしまう。

「天国は、ここよりいい眺めなのか？」

わずかばかりの夕日を瓶が反射し、尚斗の骨が金色に光った。こいつは死の間際に、礼文島へ旅行に行くことを思い出さなかったのだろうか。そんなものどうでもいいくらい、この世からおさらばしたかったのだろうか。

桃岩でも地蔵岩でも、山を彩る花でも何でもいい。この島の景色を見たのが俺ではなく弟だったら、あいつは、死にはしなかったんじゃないか。

太陽が海の向こうに消えた。残り香のようにうっすらとにじむ光に、尚斗の骨はもとの白さを取り戻していた。

この場所に尚斗の骨を置いていってやろうか。ふと、そんなことを考えた。この浜から海に還してやったら、あいつは喜ぶだろうか。「余計なことを」と思ったとしても、それくらいは受け流してくれという話だ。こっちは遺されてしまったんだから。

砂まみれの革靴と靴下を脱ぐ。砂利が踵(かかと)に刺さって痛かったが、波打ち際の砂はしっとりと足の裏に吸いつき、柔らかく優しい感触がした。

波が貴斗の足を濡らす。冷たさに肩がびくんと強張った。スラックスの裾を捲り忘れたことに気づいたが、構わず進む。足の甲を撫でるように、二本の白波が海へ流れ出ていく。

瓶の蓋を開けて、中身を掌に出そうとしたときだった。二本の白波の間で何かが光った。夕日が置いていった光が最後の力を振り絞ったみたいに、オレンジ色に光った。

滑らかな泥の中にぽつんとあった光を、貴斗は指先で静かに摘まみ上げた。宝石のような鮮やかな色をしていた。

メノウの欠片かと思ったが、すぐにオレンジ色のシーグラスだと気づいた。長い時間をかけてガラス片が波に揉まれて丸くなり、表面に曇りガラスに似た風合いを帯びたのだ。

「なんだ、ガラスか」

海に還そうとした瞬間、記憶の底から湧き上がるものがあった。

あれも、小学六年生のときの伊豆旅行だったか。尚斗と海でシーグラスを拾い集めた。砂浜を探すと意外とシーグラスはたくさん落ちていて、父も母も一緒になって探した。

「美味しそう」

自分が拾った青いシーグラスを見ながら、尚斗は呟いた。「美味しそうって何だよ」と、自分は聞いた気がする。

「ほら、こういう飴あるじゃん。砂糖がまぶしてあるやつ」

そう言われて、ああ、あるある、と笑ったのだ。

そのせいだろうか。拾い上げたオレンジ色のシーグラスは、宝石よりも飴玉に思えた。

尚斗はメノウよりこっちの方が喜びそうだと、シーグラスを遺骨の瓶に入れてやる。シーグラスは瓶の口をするりと通り抜け、当然という顔で尚斗の骨と一緒に中に収まった。

「海に撒くのは、また今度な」

惜しくなってしまったのだと、わかっていた。シーグラスなんて見つけてしまったから。思い出すこともなかった思い出を思い出してしまったから。離れるのが惜しくなった。

尚斗もそう思ったのだろうか。だからシーグラスは俺達の前に現れたのだろうか。考えて、「馬鹿だなあ」と笑ってしまった。心が勝手に偶然をドラマチックに捉えてしまう。弟の死を物語にするなよ、と自分で自分を叱った。


「あはは、メノウじゃなくてシーグラスを拾いましたか」

裸足で帰ってきた貴斗に、相馬は嫌な顔一つせずタオルを貸してくれた。

「ちなみに、メノウはそこの土産物屋にいけば買えますよ」

相馬が駐車場の前にある小さな商店を指さす。店頭に「昆布・海産物・メノウ」と幟が立っていて、後部座席で足を拭きながら貴斗は噴き出した。

「いえ、メノウよりシーグラスの方が喜ばれそうなんで、結構です」

「どなたかのお土産にするんですか?」

答えに窮した。何を、尚斗がさも生きているような口振りで話してるんだろう。

「そうですね。そうしようと思います」

相馬はそれ以上何も言わず、タクシーを出した。来た道を戻る形で島を南下していく。日が落ちた礼文島は、寝入ってしまったように静かだった。タクシーのヘッドライトが、古びたアスファルトの道に白く揺らぐ。

「ホテルに戻られますか？　ホテルの夕食を予約してないなら、どこかお食事処にご案内することもできますが」

「素泊まりなんで、相馬さんのオススメのお店、連れて行っていただけますか？」

そこまで言ってから、「よかったら一緒にどうですか？」とつけ足す。

「よろしいんですか？」

ルームミラー越しに、相馬がふふっと笑ったのが見えた。

「一人で食べるのもわびしいなと思ったので、もし相馬さんがよければ」

「では、遠慮なくご一緒します」

とっておきのお店にお連れしますね、と相馬が車を走らせたのは港の側にある大衆食堂だった。夕食時で混んでいたが、ちょうど会計を済ませた客がいたので、囲炉裏つきのテーブル席に通してもらえた。

値は張ったが、ここまで来たのだからとウニ丼を注文した。相馬はホッケのちゃんちゃん焼きを定食で頼み、薦められるがまま貴斗もホッケを単品で追加した。

「蓮見さん、今回はどうして礼文島にいらっしゃったんですか？」

味噌汁を啜りながら、相馬が聞いてくる。

「知り合いが、行ってみたいと言っていて。どんなところか興味が湧いたんです」

嘘は言っていないのに全身が痒くなって、誤魔化すように箸を手にした。ウニ丼は想像していた二倍の量のウニがのっていて、磯臭くもなく甘かった。形がしっかりしているのに、口に入れると溶けてなくなってしまう。

「気になってたんですよ。随分前からタクシーをご予約いただいてたのに、会社帰りにふらっとやって来たみたいな格好だったんで」

「仕事が忙しくて、碌に準備しないで出発してしまったんです。次来ることがあったら、とりあえず革靴で来るのはやめます」

「そうですね。この島は、やっぱりトレッキングしてこそ楽しめると僕も思います」

ホッケのちゃんちゃん焼きとやらはテーブルの囲炉裏で焼くタイプだった。味噌ダレとネギと一緒に網の上で焼かれていくホッケの身は分厚く、脂がのっていた。染み出た脂が熱せられて、音を立てて爆ぜる。

「あ、ホッケの尻尾、焼けてきましたね」

相馬が箸で自分のホッケをつつく。尻尾の方から身をほぐして、味噌ダレと一緒に食べる。真似をすると、甘口の味噌ダレとホッケの脂が香ばしく、舌が驚いた。味わうという行為を舌がすっかり忘れていたようだ。

「僕ね、娘がいるんです」

ウニ丼を平らげ、ホッケをつつきながら島の観光事情についてあれこれ聞いていたら、おもむろに相馬が自分の話を始めた。

「歳を取ってからの子供なんで、今ちょうど二十歳で、札幌で専門学校に通ってます」

「何の専門学校に？」

「医療系ですね。看護師になりたいそうで」

茶碗に残っていた米を掻き込み、冷たい烏龍茶を一口飲んだ相馬は、不自然に二度頷いた。ゆっくりと、貴斗の顔を見る。

「娘が好きな俳優さんがね、この前、死んじゃったんですよ。妻もよく娘と一緒にドラマを見てたからびっくりしちゃって」

目を伏せた相馬は、再び小さく頷いた。さざ波みたいな声で、「びっくりしちゃってね」と繰り返す。

「僕は俳優さんには詳しくないんだけど、さすがに名前と顔は覚えていたんです。だから、今日の予約者リストに同じ名前の人を見つけて、あ、同姓同名だって思いました。ところが、やって来たお客さんは、同姓同名どころか顔までその俳優さんにそっくりで」

相馬から咄嗟に目を逸らした。尚斗そっくりのこの顔を凝視されるのが、他ならぬ尚斗に対して申し訳なかった。

「蓮見尚斗さんは死んじゃったのにどうしてだろうと、今日、蓮見さんを乗せて桃岩展望台に向かいながらずっと思っていました」

「僕は蓮見尚斗の双子の兄です」

相馬は驚かなかった。なんとなく、予想はしていたのだろう。

「僕の本当の名前は、蓮見貴斗といいます。尚斗とは一卵性の双子なので、この通り顔はそっくりです。今日、弟は礼文島に来るはずでした。なのに一週間前に自殺しました」

すいませんでした、と頭を下げると、相馬は「別に謝ることじゃないですよ」と手を振って笑った。ホッケの身の欠片を、ひょいと口に放り込む。

尚斗が生きてここに来ていたら、相馬とどんな話をしただろう。相馬は「もしかして俳優の蓮見尚斗さんですか？」と問いかけただろうか。尚斗はなんと答えるだろう。

本当だったら今日の夜、相馬は妻に「蓮見尚斗をタクシーに乗せたんだよ」と、晩酌でもしながら笑顔で語ったかもしれない。帰省した娘に、「お父さん、蓮見尚斗と会っちゃったよ」なんて自慢したかもしれない。

「僕こそすみません。聞くのはよそうと思っていたんですが、こうしてご飯を食べていたら、僕が今日一日ご案内した蓮見さんがどんな人なのか、聞いてみたくなってしまって」

相馬はそれ以上、尚斗のことには触れなかった。逆に、貴斗のことを聞いてきた。東京のトイレタリーメーカーで働いていること、私大の経済学部に通っていたこと、高校時代はバレーボールをやっていたこと、中学時代まで遡ると尚斗が姿を現す頻度が高くなるのだが、話していても全く苦しくなかった。尚斗との思い出が、するすると溢れてきた。

「仲のいいご兄弟だったんですね」

しみじみと笑った相馬に、貴斗はふふっと笑い返した。

「そうですね。我ながら、仲良しだったと思います。思春期になると、何でも二人セットで扱われるのを嫌がるものなのかもしれないですけど、それもなかったですし」

双子の片割れとして扱われたり、二人で一つとして扱われたり。一人では不完全な存在かのような捉えられ方に、不満を抱くのも理解できる。でも、俺達はそれが心地よかった。みんなが一人きりで生きている世界で、俺達は常に二人でいられるから。

「明日もどうか楽しんでください」

店を出てホテルまで送ってもらい、相馬とは別れた。離れていくタクシーのテールライトを見つめながら、もう二度と会わないかもしれないんだよな、と思った。

尚斗が死んで失われたものには、こういう——尚斗がいることで生まれるはずだった出会いも含まれるのだと、ウニ丼とホッケで満タンになった腹を抱えながら思った。

「だけど、お前が死んでも、ウニとホッケは美味いよ」

ジャケットのポケットを叩いて、呟いた。

＊

羽田空港に着いたのは午後九時過ぎだった。土曜の羽田からの帰路は予想以上に混んでいて、品川駅で力尽きそうになった。

今日は早朝から慌ただしかった。島内のスーパーでスニーカーを一足手に入れて、島の北端にある岬を巡るトレッキングコースを歩いた。途中すれ違った観光客に「澄海岬（すかいみさき）までは行った方がいいですよ」と声をかけられ、靴擦れを起こし始めた足でなんとか澄海岬に辿り着いた。

澄海岬は断崖に囲まれた丸い入り江で、海の透明度が高く、湾全体が巨大な鉱石のようだった。レブンアツモリソウという、この時期しか見られない礼文島固有種のランの仲間も見ることができた。まろみを帯びた白い花びらには朝露が残っていて、写真を撮ると、涙を流すように雫は地面に落ちていった。

尚斗はこれが見たかったのだろうか。礼文島で撮った写真の数々を眺めながら、山手線の車内でそんなことを考えた。

俺は、尚斗が見たかったものを見られただろうか。トークアプリを開いて、尚斗宛に写真を送ってやった。桃岩に地蔵岩、ウニ丼にホッケ……礼文島で撮った写真を、すべて。

〈礼文島に行ってきたよ。綺麗な島だな〉

貴斗のズボンのポケットから通知音がする。尚斗のスマホで同じトークアプリを開けば、貴斗が送った写真とメッセージがある。貴斗のスマホのトーク画面には、既読がつく。

たったそれだけのことに、涙が出そうになった。電車の中なのを思い出して目の奥に力を込めると、またスマホが振動した。貴斗のスマホではなかった。

尚斗へ、誰かがメッセージを寄こした。

送り主の名前を見て、唸り声を上げた。側にいた中年男性が怪訝そうにこちらを見た。

メッセージの主は、AKARI TSUJI——尚斗より二歳年下の若手女優・辻亜加里(つじあかり)だった。

尚斗と同じ時期に役者デビューして、彼女が初めて出演した映画に尚斗も出ていて、それ以来の友人、ということになっている。

なっているのだが、去年の今頃、この二人には熱愛報道が出た。互いの事務所が「二人は友人同士である」と発表して、〝そういうこと〟として事態は収まった。

熱愛報道の直後に、「実は付き合ってる」と尚斗の口からはっきり聞いてしまったのだけれど。

辻亜加里が何と送ってきたのか、見たい衝動に駆られた。尚斗宛のメッセージに既読がついたら、向こうはパニックだろう。返事は当てにしてないと嫌でもわかる。全く同じことを、たった今、貴斗もしたのだから。

辻亜加里の名前など見なかったことにして、尚斗のスマホを左のポケットへ、自分のスマホを右のポケットへ突っ込んだ。つり革を摑み、目を閉じる。〈AKARI TSUJI〉という文字を必死に頭から追い出した。なのに、以前ドラマで見た彼女のツンと澄ました顔や、尚斗と三人で食事をしたときに見た大口を開けて笑う顔が、浮かぶ。

原宿駅で下車し、尚斗のマンションに辿り着いた頃には十時を回っていた。二十四時間コンシェルジュが待機しているエントランスホールには煌々と明かりが灯り、相変わらず花の香りが充満していた。

遅番のコンシェルジュは男性だった。会釈してエレベーターへ向かうと、ちょうど扉の開いたエレベーターから見知った女性がツカツカと靴の踵を鳴らして降りてきた。

堪らず、「あっ」と声に出してしまう。

「あああっ!」

貴斗よりずっと大きな声を上げ、その人はこちらを指さした。勢い余って、長い茶髪が思い切り自分の顔にかかってしまう。

「貴斗君、今日、どこに行ってたっ？」

学生時代にフェンシングをやっていたとかで、肩幅が広く全身ががっしりしている。声が低くて大きくて、昔からこの人と喧嘩をしても勝てないだろうな、と思っていた。

彼女の名前は野木森佳代といって、中学生の尚斗を渋谷でスカウトした張本人だ。今年でちょうど十年、尚斗のマネージャーをしてきた。年齢は母より十歳以上若いが、芸能界での尚斗の母親のような人だ。

さらに言えば、尚斗をスカウトした際に「よかったらお兄さんも一緒にどう？」と、ついでのように貴斗のことも芸能界に誘った。

野木森の声を不思議に思ったコンシェルジュがこちらにやって来る。彼女は貴斗の腕を摑み、有無を言わせぬ力強さでエレベーターに引き込んだ。左腕に年季の入った腕時計をしている。文字盤に刻印された十字のロゴマークが、貴斗を睨みつけるように光った。

「あなた、今日、北海道に行ってなかった？　夜七時頃に新千歳空港でスープカレー食べてなかった？」

エレベーターの扉が閉まるのと同時に、野木森に壁際に追い込まれる。「い、行きました……食べました……」と頷くと、彼女は頭を抱えて十六階のボタンを押した。

「野木森さん、どうして知ってるんですか」

「新千歳空港で蓮見尚斗を見たって、SNSに目撃情報が出てるの！」

げえっ、と喉の奥が鳴った。エレベーターが十六階に着くと、野木森は「げえっ、はこっちのセリフだ」と吐き捨てて尚斗の部屋に向かった。彼女はマネージャーとしてスペアのカードキーを持っている。何食わぬ顔で玄関を開けた野木森の後ろに、貴斗は大人しくついていった。

「さすがに貴斗君の写真までは上がってないけど、新千歳で尚斗を見たって人が同じ日の同じ時間帯に何人もいるから、ファンの子達がざわざわしちゃってるの」

「そんなに、やばいんですか……？」

「どうせすぐに静かになるだろうけど、まだ四十九日も終わってないタイミングでこういう騒ぎが起こるのはよくないでしょ。あなたのご両親だって、ファンの子達だって、仕事の関係者だって、いろいろ。俳優・蓮見尚斗のお別れの会だって、まだできてないのに」

野木森が慣れた様子でリビングの明かりを点ける。家主のいない部屋に、彼女は一瞬だけ肩を竦(すく)めた。

「野木森さん、まさか俺がここに来ると思って待ち構えてたんですか？」

「そんなわけないでしょ。あの子のプライベート用のスマホ、私の車にもないし、最近仕事で行った場所でも見つからないから、この部屋にあるんだろうと思って、探してたの」

「ああ、そっか、スマホか」

ポケットから尚斗のスマホを取り出すと、野木森は目を丸くして声を上げた。

「あったの？」

「クローゼットのカーディガンのポケットに」

「私とあなたのお母さんとで探したのに」

「なんで見つけられないんですか。めちゃくちゃわかりやすいところにありましたよ」

ついでに、尚斗のスマホを顔認証で突破できたこと、尚斗が礼文島旅行を計画していて、代わりに自分が行ってきたことをかいつまんで話して聞かせた。呆れるか怒るかと思ったが、野木森は一言「そう」と呟いてキッチンのカウンターに寄りかかった。

「野木森さん、尚斗が礼文島に行きたいって言ってたこと、ありませんでしたか？」

「旅行が好きな子だったから、行きたい場所がいろいろあるとは言ってたけど、礼文島は初めて聞いた」

二十歳を過ぎた頃からか、尚斗はちょくちょく旅行するようになった。仕事もあるからそう頻繁に行けるわけではないが、まとまった休みが取れると、国内・海外問わず短い旅行に出かけていた。貴斗の家には、土産でもらった民芸品やポストカードがいくつもある。

東京を、時には日本を離れて、俳優である自分をリセットする時間がほしかったのだと思う。

「やっぱり、野木森さんも知らないか」

リビングのローテーブルにリュックを置き、礼文島の土産物屋で買ったポストカードの束を取り出した。

「それ、尚斗へのお土産のつもり？」

「あいつが行きたがってた場所だし、何か買ってやろうかなって気まぐれに思って」

帰京した足でここへ来てしまったあたり、自分も尚斗に土産を買うのを楽しんでいたのかもしれない。

「尚斗が墓にいるとも思えないし、この部屋もそのうち引き払うでしょうけど、まだあいつの部屋だなと思うんで」

少し迷って、壁に貼られたコルクボードに、ポストカードをピンで刺して飾ってやった。

尚斗が旅先で撮った風景写真が並んでいるから、ここに仲間入りさせてやれば、本当に彼が礼文島に行ったみたいだ。

「意味、わかんないですよね」

最後の一枚をコルクボードにぎゅっとピンで留めながら、言葉が唇の端から落ちる。

「旅行に行くつもりだったのに、なんで死んだんですかね」

野木森は答えない。答えられるわけがない。遺された者は想像することしかできない。

すみません、と謝ろうとしたら、野木森が「ウニ」と輪郭のはっきりした声で呟いた。

「あの子、ウニが食べたいって言ってた。確か、四月の終わり頃に」

彼女の視線は飾られたポストカードに向いていた。礼文島の名産品が描かれたものだ。可愛らしいウニ丼のイラストも載っている。

「ウニか……」

尚斗のスマホで旅行会社からのメールをチェックした。四月末に、予約完了を知らせるメールが届いていた。

「食いたかったんですかね、ウニ」

せっかくなら綺麗な景色を見ようと、礼文島を選んだのだろうか。だとしたら、弟の計画は大成功だ。充実した旅だった。

予約した尚斗本人が、生きてさえいれば。

「ねえ貴斗君、尚斗のことで、一つお願いがあるんだけど」

改まった様子で野木森が聞いてくる。尚斗の遺体を見つけたのはこの人だった。あの日、病院で顔を合わせた彼女は、淡々と発見時のことを両親に話していた。ただ、顔は真っ白で、目の前の人間ではなく、遠くを見つめる目をしていた。

今の野木森は、あのときと同一人物には見えなかった。尚斗は彼女のことを「どんな場所でも肩で風を切ってぐいぐい進んでいく人」とよく言っていた。彼女は今まさに、藪を掻き分けてどこかに攻め入ろうとしている。

「……何ですか」

「尚斗の代わりに、映画のラストシーンに出てほしいの」

野木森の目には、何かしらの決意が燃え上がっていた。気圧されて貴斗は一歩後退った。

「何言ってるんですか」

「蓮見尚斗主演の映画がクランクアップ間近だったの、知ってるでしょ？」

「知ってますよ。撮影中の作品を放り出して自殺するなんてって、散々テレビで騒がれたじゃないですか！」

そんな無責任なことをする人なのか。撮影現場で何かあったのではないか。働き過ぎだったのではないか。俳優としての将来に不安を抱いていたのではないか。辻亜加里との熱愛報道と破局が何か影響を与えたのではないか。挙げ句の果てには、家族と軋轢があったのではないか、とまで言われた。

どれでもいい。その中に尚斗が自殺した理由があるなら、こっちが教えてほしい。

「私はね、あの映画を完成させたいの」

「完成させても、尚斗は帰ってきませんよ」

「だから、あの子が最後に出演してた作品を完成させて、大勢の人間に見せたい」

「だからって俺を替え玉にしなくてもいいでしょう。芝居なんてできませんよ」

ましてや、尚斗の替え玉だなんて。姿がいくらそっくりでも……いや、そっくりだからこそ、俺は絶対に尚斗になれない。

尚斗を撮影できた部分だけを繋げるなり脚本を書き替えるなりして、無理矢理完成させてしまえばいい。尚斗と同じ顔をした偽者を身代わりにして、一体誰が喜ぶのだ。

「いい？　貴斗君、この映画はね……」

野木森が食い下がった瞬間、インターホンの音が鳴り響いた。二人同時に言葉を失い、互いの顔を見つめ合った。

もう一度インターホンが鳴る。恐る恐るドアモニターを確認すると、エントランスホールにいたコンシェルジュの姿があった。

玄関のドアを開けると、コンシェルジュは小さな段ボール箱を両手にたたずんでいた。

「先ほどお渡ししようと思ったのですが、カウンターで蓮見様宛のお荷物をお預かりしておりました」

マンションに届く荷物はエントランスの宅配ボックスに入れられるのだが、尚斗が亡くなったこともあり、代わりに受け取っておいてくれたのだという。貴斗が荷物を受け取ると、コンシェルジュは静かに去っていった。

伝票を見る。住所は間違いなくこのマンションで、尚斗宛の荷物だった。

問題は、伝票がすべて英語なことだ。

「れ、ればぶりっく、おぶ、まるた……」

伝票を読み上げた貴斗の手から、野木森が箱を取り上げる。送り主の住所を見て、重々しい溜め息をついた。

「本当に……マルタ共和国から届いてる」

「野木森さん、マルタってどこですか……」

「地中海よ、地中海。イタリアの下あたり」

これ以上余計なものは来てくれるなとばかりにドアを閉めた野木森は、段ボール箱を貴斗の手に押しつけて顎（あご）でしゃくった。

リビングに戻り、テーブルに箱を置く。ガムテープをゆっくり剝がす。蓋を開けると、ビニール製の梱包材に包まれて、何かが白く光った。

梱包材を破ると、中身は銀細工だった。モチーフは星だろうか。花、十字架、もしかしたら雪の結晶かもしれない。紙のように軽く、模様一つ一つが糸を織って作ったかのごとく細かい。まるで金属で作ったレースだ。

「ブローチ？」

銀細工に反射した照明の光が、野木森へ飛んでいく。顔を顰めた彼女は、「なんでブローチ」と腹立たしげに吐き捨てた。

礼文島に旅行に行くはずだったのに。マルタ共和国から、ブローチが届くはずだったのに。なのに、俺の双子の弟は、どうして自らの意志でこの世を去ってしまったのだろう。

自分のスマホを取り出して、再び尚斗にメッセージを送った。

〈おい、マルタって何だよ〉

ピロン、とズボンの左ポケットで尚斗のスマホが鳴る。まるで、死んだ彼がこちらをからかって笑っているようだった。

第二章　マルタ島

@candyrain　2022年6月26日

蓮見尚斗、デビュー作であんな芝居できちゃったら、役者続けるしかないよね。続けた結果がこんな未来だなんて。

@GENKing_DD　2022年7月2日

今日、地下鉄で蓮見尚斗そっくりの人を見たんだけど、あれが新千歳で目撃された噂の双子の兄弟？

@Kaede_shiro　2022年7月5日

このニュースを読む限り、軽い鬱状態だったのかも。#蓮見尚斗 #自殺
【ウェブ現実】蓮見尚斗、自殺の理由はやはり将来の不安とプレッシャー？　マネージャーとの不仲説も　https://www.genjitsu.jp/……

@so-su　2022年7月5日

週刊現実に蓮見尚斗さんの自殺についての続報が。関係者の話を全部信じるわけじゃないけど、仕事のことでだいぶ悩んでいたのに、売り時だからと事務所がケアをしないまま使い潰してしまった印象を受けた。

@mika0710　2022年7月6日

尚斗くんが仕事が減って焦ってたって記事読んじゃった。この記者、蓮見尚斗を他の誰かと勘違いしてない？　去年も連ドラの主演したし、今年だっていっぱい映画撮ってるんだよ？　尚斗くんを貶めたいだけの記事にしか見えない。ひどい。

@YAMADA　2022年7月8日

蓮見尚斗さん、高校生のときに俳優デビューして、大学も行かずに仕事してたんだもん、そりゃあ将来が不安だよね。若手俳優で三十、四十まで生き残れるのなんて一握りだし。

@hot　2022年7月10日

え、待って、もうすぐ蓮見尚斗の四十九日？　早すぎるよ……死んじゃったなんて嘘みたい。

@mina　2022年7月11日

蓮見尚斗さんが最後に撮影してたの、竹若隆一郎の映画なんだってね。あの監督の現場ってめっっっちゃしんどいって聞くし、自殺の件にも何かしら影響があった気がする。

@grape　2022年7月12日

久々に『ノンセクト・ラジカル』見たけど蓮見尚斗かっこいいわあ。茶髪もいいけど黒髪の頃もいい。

@tk_sakashi_ta　2022年7月13日

双子で片方が芸能人とか絶対仲悪い。嫉妬がないわけがない。
【buzzer voiceニュース】蓮見尚斗さん、兄弟や両親との関係に苦悩　https://www.buzzervoice.jp/……

飛行機が一機、滑走路から飛び立つ。夜空に浮き上がった機体はあっという間に見えなくなり、別の飛行機が滑走路に入っていく。

その様子を眺める自分の顔が、巨大な窓ガラスに映り込んでいた。館内が煌々（こうこう）と明るいから、鏡を前にしたように、それはもうくっきりと。蓮見尚斗そっくりの顔をした男は、間の抜けた顔で一人うどんを啜っていた。

テーブルに伏せておいたスマホが鳴る。相手の名前を確認し、蓮見貴斗は電話に出た。

『貴斗君、マルタに行くって本当？』

開口一番、野木森は切り出した。電話でも彼女の声は大きくて低い。

「なんで野木森さんが知ってるんですか」

『ご実家に電話したら、あなたのお母さんが言ってたの』

「例のブローチの送り主を訪ねるんですよ」

隣の席に置いたリュックから、件のブローチを取り出す。四つの三角形を重ね合わせたシルエットは、中心に植物か何かを模した装飾が施されている。星のようにも花のようにも十字架のようにも見えた。夜の滑走路を背景に、照明を反射して白く光る。

「これ、どう見ても尚斗の趣味じゃない。誰かにプレゼントしようとしたんですよ」

伝票にあった住所を検索したら、マルタの首都・バレッタの銀細工工房が出てきた。ホームページとSNSのアカウントにブローチのことを問い合わせたが、返事はない。

『ブローチの店で、あの子が何て言って注文したのか聞こうっていうの？　そのために十何時間もかけてマルタへ行くの？』

「尚斗がこのブローチをあげたかった相手に俺も野木森さんも心当たりがないんですから、仕方ないじゃないですか」

プレゼントしたい相手がいたのなら、その人にこのブローチを届ければ、天国で尚斗は喜ぶかもしれない——とは思わなかった。

眼鏡についた汚れを拭き取りたい。そんな感覚の方が、ずっと近い。

『そういう妙なフットワークの軽さ、ホント、双子って感じね』

どういうことですか？　と聞こうとしたら、電話の向こうから溜め息が聞こえた。

『尚斗がマルタに行ったのも、そんなノリだったって、たった今思い出したわ』

尚斗宛にブローチが届いた夜、尚斗はマルタ旅行に行ったことがあるのかと野木森に聞いた。彼女がスケジュールを確認すると、去年の十月に一週間ほど休みを取り、イタリア南部とマルタ共和国に行っていたことがわかった。尚斗のスマホを漁ったら、確かにその頃、旅行会社から飛行機とホテルの予約完了メールが届いていた。

『尚斗、去年の今頃、番宣でクイズ番組に出たの。チーム対抗戦だったんだけど、あの子が間違ったせいでチームが負けちゃって』

「まさか、その間違えた問題が……」

『問題は忘れたけど、正解がマルタ共和国だった。めちゃくちゃ悔しがって、帰りの車の中でマルタを検索してた。悔しいからマルタに行って詳しくなってやる、って』

野木森の口調が、当時を懐かしむように柔らかくなる。本人も気づいたのか、靴紐をぎゅっと結び直すみたいに鋭く息を吸った。

『貴斗君、この前も言ったけど、ブローチのことなんて調べても何の意味もないよ。あなたが消耗するだけ』

「野木森さんこそ、よく割り切れますね」

いなくなってしまった人が遺した形跡を追うのは、そこまで間違ったことだろうか。

「どのみち遅いですよ。もう保安検査場、通っちゃったんで」

『えっ？　貴斗君、今日出発するの？　今から？　羽田？　成田？』

「十一時羽田発の便です。出国エリアのフードコートでうどん食ってます」

『い、いつ帰るの？　貴斗君、海外行ったことあるの？』

あくまで彼女は俳優・蓮見尚斗のマネージャーで、貴斗とは何の関係もない人間なのに、野木森は叔母のような口調で聞いてきた。肩胛骨の間が痒くなってしまう。

「土日と海の日を入れて、四日間の予定です。移動だけで十八時間くらいかかるんで」

『会社は大丈夫なの？』

恐らく、大丈夫ではない。忙しくない週を狙って有休を申請したのだが、上司に呼び出され、「社会人としての心構え」と「若手らしい態度」について三十分ほど説教をされた。恐らく、そうすれば貴斗が自発的に申請を取り下げると考えたのだろう。

だが不思議なもので、そんなものどうでもいい、と思ってしまうのだ。今日、退社際に「有休とってバカンスなんていいご身分だなあ」と上司に投げかけられたのも、「蓮見尚斗の兄貴だからって調子に乗りすぎだろ」と先輩にエレベーターの中で小声で言われたのも。

「野木森さんが心配することじゃないですよ」

社会人三年目なんて、一番頑張らないといけない時期だとわかっている。でも、尚斗が死んだ日から足に力が入らない。少しの風でふらついて、よろよろと流されてしまう。

流されて、マルタへ行こうとしている。

『貴斗君、あのね……』

「この間言ってた映画のことだったら、何度頼まれたって嫌ですからね」

双子の兄として、替え玉になれだなんて。野木森は強引に貴斗と連絡先を交換し、映画の企画書まで送りつけてきたのだ。

あれから一ヶ月近くたつ。じきに尚斗の四十九日だ。梅雨が明け、季節は夏になった。

「企画書、読んですらいませんから。諦めるか他の方法を考えてください」

もう飛行機乗るんで、と電話を切った。丼を店の返却口へ持っていき、キャリーバッグは預けてしまったから、リュック一つで搭乗口に向かった。

座席についてすぐ、スマホの電源を落とした。五分ほど前に古賀から〈あとは任せて。お土産よろしく〉とメッセージが届いていたのだけをチェックした。

夜の便は乗客も少なく、素っ気ない静けさに包まれていた。離陸して少したってから軽食としてサンドイッチが配られて、それを食べてすぐに目を閉じた。

石を削るみたいなエンジン音が貴斗の下で蠢(うごめ)いている。でも、すぐに重たい眠気に目隠しをされた。休みを取るために先週からずっと終電帰りだったし、今日も一度帰宅してから大急ぎで羽田空港に向かったから、息つく暇もなかった。

目を閉じたまま、ズボンのポケットからガラス瓶を出した。中には尚斗の遺骨と、礼文島で拾ったオレンジ色のシーグラスが入っている。瓶は熱帯夜を振り切るように冷たく、握り締めると気持ちがよかった。夢も見ずに眠れそうだ。

寝入る寸前に、「よく割り切れますね」と言ったのは、いくら野木森相手でも酷かったかもしれない、と思った。

「いかにも肩で風を切って歩いてるって人だから、喧嘩するとついこっちも煽られてきついこと言っちゃうんだよね」

いつだったか、尚斗が野木森をそんなふうに言っていた。尚斗の部屋に遊びに行ったときだ。すでに代々木公園のマンションにあいつは住んでいたから、二年くらい前か。

あはは、と笑いながら、尚斗は「でもあの人……」と野木森について何か続けたのだが、その内容は思い出せなかった。

＊

マルタ共和国は、地中海に浮かぶ小さな島国だ。ブーツの形をしたイタリアの爪先あたりにマルタ島、ゴゾ島、コミノ島が浮かび、首都バレッタやマルタ国際空港は一番大きなマルタ島にある。

イスタンブールで飛行機を乗り継ぎ、三時間とかからずマルタ国際空港に着陸した。マルタは鉄道が通っていないから、移動はバスがメインになると日本で買ったガイドブックに書いてあった。到着ターミナルをうろつき、やっと見つけたカウンターでICカードタイプのバス回数券を買った。

ターミナルから外に出た瞬間、うわっと声を上げた。湿度は高くない。カラッとした風が吹いているが、紫外線がジリジリと肌を焼く。念のためツバの広いストローハットを被ってきたが、日焼け止めを塗るのを忘れた。

バス停で行き先をよく確認し、念のため運転手にもバレッタ行きのバスか確認した。英語のリスニングは得意だったから……きっと間違ってはいないはずだ。

バスは空港を出て、緑が目立つ広い道をひたすら走った。最初こそ「海外だあ……」なんて感心したが、すぐに所沢の外れの方もこんな景色だなと思った。空がだだっ広く、無遠慮な日差しが窓ガラスに弾けて、貴斗の側に立つ男性の肩口で躍る。

がらりと景色が変わったのは、十分ほどたってからだった。顔を上げると、背の高い石造りの建物が建ち並んでいた。古い映画を観ている気分になったが、バスとすれ違う自動車は最新のものだし、道行く人はスマホを片手に歩いていた。

その後、バスは巨大なロータリーで停車した。観光客に押し流される形で下車した貴斗は、広場の中央に噴水を見つけた。三体の青銅像が大きな杯を支え、そこから水が噴き上がる。風に流された水滴が何粒か貴斗の眼鏡のレンズに落ちた。太陽の光を受けて、宝石でも吐き出しているみたいだった。

ガイドブックによると、噴水はトリトン・ファウンテンといって、バレッタの玄関口を象徴するものらしい。青銅像の視線の先には、シティゲートというバレッタ旧市街に続く有名な城門がある。

噴水の縁に腰掛け、貴斗はしばらく城門を眺めていた。リュックから尚斗の遺骨を出そうとしたが、すぐ近くで観光客らしいカップルが写真を撮り始めたのでやめた。

代わりに、旅のきっかけであるブローチを取り出した。太陽にかざすと、繊細な銀細工の隙間から、貴斗の頬に光がこぼれる。

「お前もびっくりだよな」

暑さに溶けてなくなりそうなこのブローチも、こんなに早くマルタに帰ってくるとは思ってもみなかっただろう。

「……行こうか」

貴斗の前を通り過ぎた観光客が、続々とシティゲートへ向かう。「人についていけば間違いないだろ」と呟いて、その流れに乗った。最近、どうも独り言が多くなった。絶対に尚斗のせいだ。

十六世紀——日本が戦国時代真っ盛りだった頃、オスマン帝国の侵略に備え、バレッタの街は城壁と空堀で取り囲まれた。石の壁は分厚く、橋から見下ろせる空堀は二十メートルほどの深さがある……と、ガイドブックに書いてあった。

自分が何かに導かれているのがわかる。夏の日差しをたっぷりと浴びた石の上を、大勢の人々が同じ方向に進んでいく。これまで自分が生きていた場所とは違うところへ行こうとしている。

飛行機を降りたときにもバスを降りたときにも感じなかった、体が足下からふわりと浮き上がる感覚だった。もしかしたら、死んだ人間が天国に向かうとき、こんな回廊を通り抜けるのかもしれない。同じことを、礼文島での桃岩展望台へ至る遊歩道でも考えた。

シティゲートを抜け、バレッタ旧市街に出る。石造りの建物が通りの先までぎっしり並び、赤、青、緑といった鮮やかな出窓が彩っていた。

スマホの地図と位置情報を頼りに、港を目指した。海に突き出たバレッタの街は、周囲を海に囲まれている。貴斗が予約したホテルは街の西側、マルタ島の主要港であるグランド・ハーバーに面した場所にあった。

細く入り組んだ上に、高低差もある道を迷い迷い進むと、潮の香りが徐々に強くなってきた。ああ、海があるぞ。そう思った瞬間、路地の向こうが青く光った。

「すっげ、本当に城塞都市だ」

大小さまざまな船が湾を行き交い、埠頭（ふとう）で巨大なクレーンが船から荷を下ろしている。要塞と港が隣り合って並ぶ様に、バレッタが外敵から身を守ってきた街なのだと再認識した。

海風に額を撫でられ、汗を掻いていることに気づいた。帽子を取ると、汗ばんだ髪に生ぬるい風が気持ちよかった。日本の海とは匂いが違う。甘い洋酒のような気配を含んだ海風だ。

探していたホテルはそこからすぐだった。バレッタの街にすっかり溶け込む、石造りの六階建て。潮風に吹かれ、日差しに焼かれ、建物全体が脱色されたように白茶けている。外観こそ古いが、内装はかなり新しい。エレベーターもあるし、部屋に至っては日本のビジネスホテルと遜色ない造りだし、スタッフは拙い英語を話す客にも親切だった。尚斗のスマホに残っていた予約確認のメールによれば、去年の十月、彼もこのホテルに泊まっている。

「……いい眺めだな」

案内された部屋の窓からグランド・ハーバーが見えた。上げ下げ式の窓を開けると、海の香りが吹き込んでくる。ベッドに寝転んだら、尚斗の匂いが舞い上がった気がした。どうせこの匂いは、俺の匂いなのに。

そんなことを考えるだけで、どっと疲れた。昨日の午後十一時に日本を発ち、翌日の午前十時にマルタのホテルで天井を見ている。時計は十一時間しか進んでいないが、二十時間近い旅をしてきた。消えた七時間は、この疲労感に置き換わったのかもしれない。

油断して目を閉じてしまった。まずい、と思って目を開けた瞬間、口から涎が垂れた。慌てて体を起こすと、まだ正午過ぎだった。

マルタ旅行は四日間の予定だが、行きと帰りの機中泊を入れると、じっくり歩き回れるのは今日を入れて二日しかない。明後日の午後にはマルタを発たねばならないのだから。

口元を拭って、服を全部脱いだ。バスルームで冷たいシャワーを頭から浴びた。ドライヤーで髪を適当に乾かし、日本で買った日焼け止めを顔や腕に塗りたくって、キャリーバッグからTシャツとチノパンを引っ張り出して身につける。まだ汗で湿ったままのストローハットを被って、ホテルを出た。

シティゲートから街を突き抜けるように延びるリパブリック通りが、バレッタ旧市街のメインストリートだった。一体何十年前からあるのかわからないカフェの隣に当然という顔でファストフード店がある。観光客にとっての非日常と住人にとっての日常が複雑に折り重なった、活気のある通りだった。

目的の工房は、リパブリック通りから一本路地を入ったところにあった。黄色、青、緑と出窓が並ぶ先に、伝票に書かれていたのと同じ名前の看板が見えた。

嘘みたいに真っ赤な扉は開け放たれ、狭い店内にガラスケースが並んでいる。緻密な細工が施されたアクセサリー一つ一つに、天窓からこぼれた日差しが反射する。この銀細工はフィリグリーといって、マルタの伝統工芸品なのだという。

店内は洞窟を覗き込んだような涼やかな匂いがした。石と金属の香りが合わさって、鼻の奥で何故か甘く姿を変える。

直後、薄暗い店の奥から足音がして、一人の男がぬっと姿を現した。「ハロー」と挨拶しようとしたら、男が先に「ああああああ！」と声を上げ、貴斗を指さす。

「……もしかして、ジョゼフ・ボネロ、さん？」

それが、ブローチの伝票に書いてあった送り主の名だった。思い切り日本語で呟いてしまったが、男はジョゼフという名前にしっかり反応し、「何を言ってるんだこいつは」と言いたげに首を傾(かし)げた。

「なんだ、わざわざ文句でも言いに来たのか？　ちょっと遅くなっただけだろ、俺だって忙しかったんだ」

英語でそう捲し立てたあと、はっきりとこう言った。

「――ナオト」

慣れない英単語に混じって、双子の弟の名が聞こえた。

自分の話を貴斗が理解できていないと悟ったのか、ジョゼフは怪訝そうに顔を顰めた。

大柄な男で、貴斗は自然と彼を仰ぎ見る形になる。鳶（とんび）の羽のような色の髪をしていて、髪型も鳥の巣を思わせるもじゃもじゃ頭だった。歳は……三十代後半くらいだろうか。

「ナオト、前は、もっと、聞き取れてたよな？」

単語を一つ一つ区切り、ゆっくり発音してくれたジョゼフに、貴斗は首を左右に振った。

「ノー、ナオト」

リュックからパスポートを取り出して、TAKATO HASUMIと書かれたページを見せる。

ブラザー、ツインズと繰り返してやっと、ジョゼフは目の前にいるのがナオトではなく、双子の兄の貴斗だと納得してくれた。

「……双子」

呆然と呟いたジョゼフが、貴斗の顔を覗き込む。しげしげと眺めたと思ったら、唇をねじ曲げて頷いた。よく似てるけど確かに尚斗ではない、と思ったのだろうか。

「尚斗宛に、あなたから、ブローチが届きました。これは、尚斗が、この店で注文したんでしょうか」

リュックからフィリグリーのブローチを取り出して、ジョゼフに差し出す。英語は得意だったはずなのに、するすると言葉が出てこない。

「俺が作って、日本に送った。五月中にって約束には、ちょーっと遅れたけど」

ほんのちょっとだろ？　と言いたげに胸の前で両手をひらひらと振った彼に、五月中の納品予定だったものが六月中旬に届くのは「ちょーっと遅れた」だろうかと疑問に思ったが、英語にできる気がしなくてやめた。

「尚斗が来たのは、去年の十月ですか？」

「そうだ。天気が悪い時期で、綺麗な景色が見られないって嘆いてた」

「尚斗は何て言って、ブローチを注文したんですか？　恋人にあげるとか母親にあげるとか、何か言ってませんでしたか？」

発音がいけなかったのか、ジョゼフがまた首を傾げる。同じ言葉を繰り返したら、「違う、違う」と遮られた。

「そんなこと、ナオトに聞けばいいだろ」

開きかけた口が、風船が萎むように閉じる。蓮見尚斗は死んだ。そう伝えるべき言葉は、英語どころか日本語にすらできない。

「……すみません、尚斗とは今、ちょっと、連絡を取ってなくて」

頬が勝手に緩んで、口元がヘラヘラと笑った。兄弟喧嘩をして顔を合わせにくくって～なんて軽い雰囲気を、俺は出せているだろうか。

「尚斗からこの工房の名前は聞いてたんで、マルタを旅行するついでに、せっかくだから訪ねてみたんです」

苦しい言い訳だなと自分で思った。ジョゼフはまだ貴斗を訝しんでいる。緑がかった目を細め、何度も左右に小首を傾げながら、後退りするように店の奥に消えた。

赤茶色のカーテンの向こうは工房だった。木製のテーブルに銀色の細いワイヤーが山になり、使い込まれたピンセットとペンチ、名前もわからない道具が周囲に乱雑に置かれている。工房の主が慌ただしく作業に追われていたのがよくわかるテーブルだった。

工房を覗き込む貴斗に、ジョゼフが手招きする。工房に足を踏み入れると、鼻の奥が曇るような、金属独特の匂いが強くなる。

棚の書類カゴをひっくり返し、ジョゼフは一枚の紙を差し出した。絵が描いてある。三角形を四つ重ね合わせたようなシルエットと、中央に植物の蔓を模した装飾が施されたイラストは――貴斗が手にしたブローチと瓜二つだった。

「……それは」

日本語で呟いて、気がついたらジョゼフの手からデザイン画を奪い取っていた。デザイン画には、〈Brooch〉〈Malta Cross〉〈Leaf〉〈Present〉と英単語が走り書きしてあった。

「尚斗の字だ」

自分達は姿形だけでなく手書きの文字まで似ているのだ。端が折れて丸くなったデザイン画に躍る文字は貴斗のものとそっくりで、だからこそ、尚斗の字だった。

「ブローチのデザインも、尚斗が、描いたんですか?」

「ナオトの絵をもとに、俺がアレンジした。マルタ十字に、植物をイメージしたあしらいをつけてくれと言うから」

「マルタ十字、というのは」

「フィリグリーの代表的なモチーフだよ」

ジョゼフが、テーブルの上にあった作りかけのブローチを太い指で摘まみ上げた。装飾のないシンプルなデザインで、これなら確かに十字架モチーフだとわかる。

「銀のワイヤーを、型に沿って編むのがフィリグリーだ。編み方一つで模様が変わる。何百年も変わらない製法で作られ続けてきた、マルタの伝統工芸品だ」

ジョゼフが見せてくれたフィリグリーと自分の掌のブローチは、十字架部分に施された模様が微妙に違う。尚斗のブローチの模様は、葉脈か木の年輪を模してデザインされている。如何に繊細に作られているのかも、だからこそ特別な贈り物だということも。

「尚斗がこのデザインのフィリグリーをほしがった理由とか、誰にあげようとしてたかとか、聞いてませんか?」

たどたどしい英語の問いにジョゼフは小さく肩を竦め、首を左右に振った。

「プレゼントならイニシャルのチャームもオススメだと提案したら、『それは恥ずかしいから嫌だ』と言っていた」

それ以外は何もないと言いたげに、ジョゼフは眉間に細い皺を寄せた。「そのデザイン画はやるよ」と言って、ワイヤーや工具が散らばるテーブルにつく。

「聞きたいことはそれだけか?」

聞きたいことはたくさんある。あるけれど、本当に知りたいことはこの工房にはない。

マルタに来たら尚斗の自殺の理由がわかるだなんて、そんなことは思っていなかった。ただ、尚斗に対する〈わからない〉のうちのいくつかが、ここに来れば解消されるような身勝手な期待をしていた。

ジョゼフは貴斗がいるのもお構いなしに作業に戻った。この工房には彼しか職人がいないのだろうか。大きな体を丸めて、制作中の小さなフィリグリーに向かい合う。

「あの……」

「なんだ」

顔も上げずに聞き返される。ピンセットを手に、細い銀のワイヤーを、マルタ十字のフレームに合わせて一片一片編み込み模様を作っていく。息をすると模様が吹き飛んでしまいそうで、貴斗は息を止めた。ジョゼフは瞬きすらしていなかった。

窓から差す自然光が、彼の髪や鼻筋、肩胛骨に白く走る。装飾品を作っているというより、もっと儀式的な、神様に祈りを捧げる行為に見えた。尚斗はこれを見ただろうか。この工房で、ジョゼフがフィリグリーに向き合う姿を、今の貴斗のように眺めただろうか。

そのときすでに、この世からおさらばしたいと、考えていたのだろうか。

「……静かにしているので、少し見ていてもいいですか？」

集中力がいるところに差し掛かったのだろうか、ジョゼフは答えることなく黙々と右手を動かしている。しばらくして、工房の隅を指さす。木製の小さな椅子が置いてあった。

センキュー、と小声で言って、貴斗は椅子に腰掛けた。

夜のバレッタは黄金色をしていた。

建物に使われている石灰質の石のせいなのか、街灯の色合いのせいなのか、黄色い炭酸水の中を漂っている気分だ。日が落ちてもなかなか気温は下がらないが、海から漂う夜の空気が心地よく、夕食の時間になってもリパブリック通りは賑やかだった。

レストランの二階席でマルタ産ビールのグラスと窓の外を交互に眺めていると、店員が大きな皿を片手に近づいてきた。海鮮グリルにフライドポテトが添えられた皿と、パンが入ったバスケットを置いて、満面の笑みで「ごゆっくり」と去っていく。注文の際に「そんなに量は多くないから一人でも大丈夫！」と言ったのはあの人だったのに……と、一人分にしてはどう考えても多い海鮮を前に、貴斗は噴き出した。

「尚斗も、こんな感じだったのかな」

どうなのよ？　と問いかける気分で、リュックから取り出した尚斗の遺骨をテーブルに置いた。窓際の席だし、二階席は空いていて近くに他の客もいないし、瓶の中に人骨が入っているとは誰も思わないだろう。

二人分のビールを頼もうとは思わないが、料理が意図せず二人前になってしまったのなら、半分はこいつの分ということにしよう。

海老の殻をナイフとフォークで割ろうとして、上手くできなくて結局手で引き剝がす。口に放り込んだ海老の身の、ぎゅっと密度の濃い味と歯ごたえに、思わず「美味いなこれ」と尚斗の遺骨に話しかけていた。

ズボンのポケットから通知音がしたのは、二尾目の海老の殻を剝き始めたときだった。

「まーた、野木森さんだろ？」

スマホを出すと、案の定だ。海外にいるから気を遣ってくれたのか、電話でなくトークアプリの通話機能で連絡を寄こしていた。

『貴斗君、もうマルタには着いたの？』

「今日の午前中に着きましたよ……っていっても、時差が七時間あるから、そっちの感覚だと今日の午後ですけど」

ということは、日本は今頃、午前三時頃ということになる。

「野木森さん、何時まで仕事してるんです？」

『さすがにもう家に帰ってる。ちょうどそっちが夕飯の時間かなと思って。例のブローチの送り主には会えたの？』

「会えましたよ」

どこまで野木森に話そうか、少しだけ迷った。ムラサキ貝の身をフォークでひょいと口に放り込んで、結局すべて話すことにする。

「尚斗、去年の十月にマルタに来て、バレッタのレストランでジョゼフっていうフィリグリー職人と知り合ったんですよ」

ジョゼフが一人で飲んでいたというのが、このレストランだった。隣の席の日本人が「どう考えても一人じゃ食べきれない量を注文しちゃったので、半分食べてください」と声をかけてきた。それが蓮見尚斗だった。

工房でじっと作業を見ていた貴斗に、ジョゼフはそう話してくれた。

『それで、ブローチを注文していったの?』

「工房の住所を教えたら、次の日に訪ねてきたらしいですよ」

二人は料理をわけ合い、マルタ産のビールとワインを酌み交わして意気投合した。ジョゼフは仕事の話をしたらしい。フィリグリー工房の四代目で、長く腰を患っていた父親が「もう限界だ」と突然ジョゼフに工房を譲ったこと。小さいながらも歴史ある工房には海外からも大量の注文が届いていて、馬車馬のように働いていること。

「今年の五月中に日本に送ってほしいって注文したみたいなんですよ、尚斗」

ジョゼフがなかなか手をつけられなかったから、実際に届いたのは六月半ばだったわけだが。「これでも結構急いだし、なかなかいい出来だと思うんだ」と、ジョゼフは夕日が差してきた工房で何度も弁明した。

『……母の日?』

「俺もそう思ったんですけど、母の日なら五月中に送れってのは遅すぎるでしょう」

『お母様の誕生日って何月だっけ？』

「二月です」

『じゃ、じゃあ違うか……』

「それにこの五年くらい尚斗はずっと、母の日と父の日をまとめて旅行をプレゼントしてたんで。今年なんて豪勢にトマムのリゾートホテルの宿泊券ですよ？　俺があげた入浴剤セットが霞んじゃいましたよ」

トマム行ってみたかったの！　と貴斗に入浴剤のお礼の電話をしてきた母が嬉しそうに話していた。

そのトマム旅行も、尚斗が死んだ今となっては両親はいつ行くつもりなのか、行くつもりがあるのかすらも、わからない。

『まさか、自分用に作ってもらったとか？　工房で見たらほしくなっちゃったとか』

「ブローチのデザイン画をジョゼフさんに見せてもらいました。尚斗の直筆ではっきり〈プレゼント〉って書いてあったので、誰かに贈ろうとしていたのは間違いないです。そこまでしか、わかりませんでした」

グラスに手を伸ばし、ビールを口に含む。炭酸が抜けた分、少し苦味が増した。

「あのブローチ、十字架がモチーフだったらしいです。ここからは俺の推測ですけど……辻亜加里の〈辻〉って、十字路って意味がありますよね？」

一瞬の間を置いて、野木森が野太い相槌を打った。

『辻さん……そうか、辻亜加里かあ……』

「辻亜加里の誕生日は十月なんで、誕生日プレゼントってわけではないと思います。でも、旅行のちょっとしたお土産にしては、特別な感じがひしひしとしますよね」

『あの二人、ちゃんと別れたはずなんだけど。貴斗君、何か聞いてる？』

「あんなスキャンダルになっちゃったら、そりゃあ別れるでしょ。そのあと縒りを戻したなんて聞いてないですけど」

けれど、ブローチが辻亜加里に贈られるはずのものだったのなら……それは、そういうことなのかもしれない。あの磨き上げられた刃物のような性格の辻亜加里に、このブローチはよく似合う気がした。

『じゃあ、そのブローチ、辻さんに渡しに行くの？』

「とりあえず、帰国したら相談させてください」

俺は、ブローチを辻亜加里に渡せるだろうか。尚斗と同じ顔で、どんな顔で彼女に会えばいいのだろうか。

『貴斗君、明日からはどうするの？』

「尚斗がマルタに来たときの写真がスマホにあると思うんで、そこに写ってる場所に行ってみようかと思います」

『尚斗のスマホ、全部は見てなかったのね。データは全部ひっくり返したと思ってた』

「遺書めいたものが残ってないか、直近の日付のデータを見ただけですよ」

すっかり定位置になったズボンの左ポケットから、尚斗のスマホを取り出す。顔認証を突破して、写真アプリのフォルダを開いて、去年の十月頃に撮られた写真を探した。

どうしてマルタに来る前に確認しなかったのか。少し考えて、怖かったのだろうと思った。知りたいけれど、知るのが怖い。尚斗が死を意識した瞬間がこのスマホの中に残っていて、それを目の当たりにしてしまったら、自分がどうなるのかわからない。

メールをチェックして、同じホテルに泊まることができるくせに。自分の抱えた矛盾に、貴斗は声も出さず笑った。

『貴斗君？』

「いえ、何でもないで――」

言葉が喉の奥で消える。尚斗のスマホと、テーブルの上の皿を交互に見た。

今度は、声に出して笑った。テーブルの隅に置かれたロウソクが、貴斗の笑い声に合わせて揺らめく。『どうしたの？　大丈夫？』と、野木森が心配そうに聞いてくる。

「聞いてくださいよ野木森さん。俺、今、尚斗と同じものを食べてます」

『……どういうこと？』

「ジョゼフさんって工房の職人に、尚斗と会った店を教えてもらったんですよ。そこで夕飯を食べてたんです」

何を食べたかは悪いが忘れたと、ジョゼフは言った。だが、尚斗のスマホには、貴斗が食べているのと全く同じ海鮮グリルの写真があった。海老にムラサキ貝、ホタテとスズキが、皿に山盛りになっている。フライドポテトとパンがついているのまで一緒だ。

「そっかあ……尚斗、これ食ったのか」

ぼんやりとしかイメージできなかったマルタ島での尚斗が、突如として鮮明になった。

この皿が運ばれてきて、「え、多くない？」と尚斗は困惑する。絶対に一人じゃ食べきれないと考えてあたりを見回し、近くのテーブルに、一人で食事をする男を見つける。

鳶の羽のような色の髪をした大柄な男に、尚斗は「ハーイ、ヘルプミー」と万国共通の愛想のいい笑顔で声を掛ける。男は目を丸くするが、尚斗が怯まず英語で話しかける。二人は海老の殻を剝きながら話をする。尚斗は、男がフィリグリーの職人だと聞いて、彼の店に行ってみたいと考える。

まるで目の前で見たかのように——自分が尚斗と入れ替わったかのように、その光景が貴斗の中に入ってきた。

『よかったじゃない』

土に雨水が染み込むみたいに、野木森が言う。素直に「はい」と頷くことができた。

そのとき、ふと思い出した。尚斗が、野木森と口論になると、彼女に煽られてついきつい物言いをしてしまう、と言っていたこと。

でも、

「——でもあの人、親の形見の古い腕時計をずーっと大事につけてるんだよ。だから、きつい性格だけどいい人なんだよね」

そう話した尚斗の顔が、腹立たしいくらい鮮明に蘇る。貴斗からすれば野木森は、中学時代に渋谷で尚斗をスカウトしてそのままマネージャーになった、声が低くて大きくて、強そうな人——親戚の叔母さんのような感覚だった。

けれど、一番長い時間を共に過ごしている弟がこう言うなら、そうなのだろう。

「野木森さんって、結構いい人ですよね」

『え、いきなり何？　お金でも貸してほしいの？』

「借りないですよ」

大きなホタテにフォークを突き刺して、頬張る。磯っぽいしょっぱさとホタテの甘みの中に、ケイパーの酸味が顔を出した。ビールも進むが、白ワインとも合いそうだ。尚斗はどっちを飲んだのだろう。

「あいつ、いろいろ写真撮ってたんで、明日は写真の場所に行ってみます」

トリトン・ファウンテン、シティゲート、街を彩る出窓、グランド・ハーバー、リパブリック通り、ジョゼフの工房のフィリグリー……貴斗が見たものが尚斗のスマホにもある。石塀の上に寝そべる猫、夕日に染まった港、ガイドブックにも載っていた立派な聖堂、紙ナプキンで包んだパイのような菓子、カラフルなジェラート。貴斗が知らないマルタ島も、まだまだある。

楽しみだと思った。この島に俺が見つけていない尚斗がまだいる。こんな感情が当たり前に湧き出ることに、貴斗は素直に驚いた。

『そうだ、貴斗君。例の映画なんだけど――』

懲りずにその話を始めた野木森を無視し、「あ、そろそろデザートを頼むんで」と貴斗は電話を切った。一人で食べるには多すぎる海鮮グリルを、時間をかけて平らげた。付け合わせのフライドポテトが不思議なくらいホクホクで甘い。パンは外はパリッとした食感で、内側は反対にもちもちとしていた。

「美味い」

なあ？　と尚斗の遺骨に語りかける。「でしょ？」と彼の笑い声が聞こえた——なんて思ってしまうのは、身勝手だろうか。遺された者の、生き続ける側の、横暴だろうか。

＊

聖ヨハネ大聖堂は、バレッタを象徴するたたずまいだった。石灰質の石を積み上げて作られた聖堂は見た目こそ簡素だが、不思議なまでに重厚感がある。この街がどんな災害に見舞われても、何に侵略されても、百年後も千年後もここに鎮座している気がした。

尚斗のスマホを、聖堂に向かってかざす。午前中の飴細工みたいな青色の空にそびえる二本の塔。それを全く同じ画角で捉えた写真が、尚斗のスマホに保存されている。唯一違うのは、写真の中の空は今にも雷が鳴りそうな曇天だということだ。

ジェラートを片手に広場を行き交う人々の間を抜け、聖堂の入り口に向かった。受付で日本語対応の音声ガイドが借りられた。

耳に合わないイヤホンに四苦八苦しながら館内に入って、眩しさに足を止めた。目の奥に小突かれたような衝撃が走って、耳の穴からイヤホンがぽとりと落ちた。

貴斗を取り囲むすべてが黄金色だった。壁面と天井を、彫刻と宗教画が煌びやかに埋め尽くし、床に敷き詰められた大理石にも絵が描かれていて、思わず足を浮かした。音声ガイドに従って館内を進んだが、尚斗のスマホに残された写真が面白いくらい順路の通りで、貴斗は一人笑いをこぼした。

『聖ヨハネ大聖堂は、一五七三年から七八年にかけてマルタ騎士団によって建てられました。天井には聖ヨハネの生涯が描かれ……』

ガイドの声が、どうしてだか、尚斗の声に聞こえてしまう。似ても似つかない女性の声なのに、耳が声を認識した瞬間、尚斗になる。

聖堂に足を踏み入れた瞬間、周囲の匂いが変わった。どこからか湧き水でも染みだしているような澄んだ香りに、尚斗の部屋の匂いに似ているのだと気づいた。

アーチ状の天井には絵が、壁には金色の彫刻が施されていた。天国が降ってきたのかと思った。目をこらせばどこかに尚斗がいるのではないかとすら思った。

口を半開きにしたまま、貴斗は周囲を見回した。音声ガイドが聖堂をデザインした建築家や、装飾を施した芸術家の紹介をしている。

『――そのため、聖ヨハネ大聖堂はヨーロッパで最も美しいカテドラルの一つに数えられるようになりました』

「……そうだな、綺麗だな」

周囲を飛び交う言葉が外国語ばかりなのをいいことに、声を出して尚斗に語りかけた。

足下にも絵が並んでいた。通路に沿って敷かれたグリーンの絨毯の隙間から、天使の顔が見える。トランペットを吹く天使、砂時計と鎌を抱えた髑髏――そんな絵がびっしりと、聖堂の床一面に広がっている。

『聖堂の床には四百もの墓碑が敷き詰められ、マルタ騎士団の騎士達がここに眠っています。墓碑にはそれぞれ異なる装飾が施され――』

「墓石かよ、これ、全部」

呼吸が震えていた。およそ一ヶ月前、蓮見家の墓を暴いて尚斗の遺骨を持ち出したことを思い出す。家族とはいえ、これは罪だ。なのに、許されてしまったような気がした。

床に膝をつき、誰のかもわからない墓石に手を伸ばした。大理石に描かれた天使に、髑髏に、掌を這わせる。

「なんで死んだんだよ」

声に出した瞬間、喉が痙攣した。体の奥が震えて、何かが音を立てて迫り上がってくる。

まずいと思って掌で口を覆った。

震えを遮って、尚斗の声がする。

『マルタ騎士団の象徴とされるマルタ十字は、マルタ共和国のシンボルの一つです』

男性の観光客が不審な顔をしながら貴斗を避けていった。サンダルを履いた大きな足が踏みつけた絨毯の模様に、貴斗は「ああっ」と声を洩らした。

絨毯に、マルタ十字が刺繍されていた。

「マルタ十字っ！」

絨毯だけではなく、壁画や彫刻の至る所に、さり気なくマルタ十字があしらわれている。聖堂の奥にある立派な祭壇にも、大きなマルタ十字が描かれていた。ゆっくり歩を進め、貴斗は石の祭壇に浮かぶマルタ十字と対面した。

また、尚斗の声がする。

『マルタ十字の八つの角は、騎士道における八つの美徳を象徴するものとされています』

「……八つの美徳って？」

まるで尚斗が隣にいるかのように、問いかけてしまう。尚斗は答える。ただの音声ガイドだろ、と思うのに、聞き入ってしまう。

『忠誠心、敬虔さ、率直さ、勇敢さ、名誉、死を恐れぬこと、弱者を庇護すること、そして教会へ敬意を持つこと。これが騎士道における八つの美徳です』

しばらく、祭壇のマルタ十字を眺めていた。大勢の観光客が貴斗の横を通過していく中、マルタ十字について解説する音声を繰り返し繰り返し聞いた。

尚斗のスマホを見る。祭壇に描かれたマルタ十字を正面から収めた写真があった。このマルタ十字を、尚斗は美しいと思ったのだろうか。これをモチーフにしたフィリグリーを、誰かに……辻亜加里に、贈ろうと思ったのだろうか。

ピロンと音が鳴って、尚斗のスマホが一度だけ震えた。メッセージが届いたと通知が出て、スマホを取り落としそうになる。

「勘弁してくれよぉ……」

表示された〈AKARI TSUJI〉の名前に、頭より先に指先が反応して、メッセージを開いてしまいそうになる。

彼女も辛いのかもしれない。耐えきれず、死んだ尚斗にメッセージを送り続けているのかもしれない。ならば、何か声を掛けるべきなのではないか。

辻亜加里とは、一度だけ会ったことがある。大学三年のとき、進学せずに芸能活動に専念していた尚斗と久々に食事したら、彼がスマホを弄りながら突然「近くに友達がいるらしいんだけど呼んでもいい？」と聞いてきた。「どうぞ」と深く考えず答えた。

現れたのが、辻亜加里だった。

「うーわ、本当にそっくりだ」

貴斗を見た彼女の第一声は、これまで出会ってきた人々と同じようなものだった。

「同じ顔が目の前にいるって、気持ち悪くないの？」

どっちを向いて言えばいいのか迷ったのか、一言ずつ交互に視線を送りながら辻亜加里は笑った。そんなことをストレートに言ってくる人間には、まだ会ったことがなかった。

しかも、不思議と不愉快ではなかった。合図を送り合ったわけでもないのに、「いや、全然」と尚斗と声が重なって、それが気持ちよかった。魂が重なり合う瞬間だった。

尚斗が彼女と仲がいいのは知っていた。でも、貴斗が女優・辻亜加里を結構好きでいるのは、尚斗に話したことがなかった。なのに、尚斗はすべてをわかっているような顔で、貴斗に亜加里を紹介した。

亜加里は、今時の若手女優には珍しくサバサバとした勝ち気な性格をしていて、好感度を度外視した危うげな発言でときどきSNSを炎上させていた。

でも、そういうところが、同じような色の花ばかりが咲く花畑で彼女だけが別世界の存在に思えて、何故か心惹かれてしまう。

三人で食事をしたけれど、貴斗は亜加里と碌に話をしなかったし、連絡先を交換することもなかったし、尚斗に「なんで彼女を呼んだんだ」と聞くこともできなかった。

尚斗と亜加里の熱愛報道が出たのはその数年後で、そりゃあ、俺が好きなんだからお前もそうだよな、と納得したものだ。

ああ、あの頃は、当たり前に尚斗が生きていたんだ。そんなことを思いながら、尚斗のスマホをズボンの左ポケットにしまい込んだ。絶対に見てはいけない。脳裏に浮かんだ辻亜加里——この顔は去年の冬に出演していた映画のヒロインの顔だ——を振り払った。

ブローチは、亜加里に宛てたものだったのだろうか。

「まさか……」

再び目に入ったマルタ十字の八つの角が、刃物のように光った。直後、誰かに頬を叩かれたような感覚がした。

前に……尚斗にブローチが届くより以前に、俺はこれを見たことがあるのではないか、という気がしてくる。

いや、間違いなく、見たことがある。

視界の隅からじわじわと金色の光が滲んできて、それがいつのことなのかわかった。思い出した。ズボンの左ポケットからピロンと音がした。また、辻亜加里だろう。

聖ヨハネ大聖堂を出て、ジョゼフの店に行った。彼は昨日と同じように奥の工房で背中を丸めて作業していた。覚悟を決めて来たはずなのに、「どうした?」と大きく伸びをするジョゼフに、決意が揺らいでしまう。

貴斗を嘲笑（あざわら）うみたいに、窓から差した陽の光に作りかけのフィリグリーが白く光った。

大きく息を吸って、言った。

「He did away with himself」

言ってから、何故「ナオト」と言えなかったのだろうかと疑問に思った。「He's dead」とも「He hanged himself」とも言えなかったのと、同じ理由な気がした。

伸びをした体勢のまま、ジョゼフは動かない。あまりいい発音ではなかったが、貴斗の言葉が彼に染み込んでいくのがわかる。緑がかった目が、少しずつ見開かれていくのも。

ジョゼフが何か言う前に、「センキュー」と頭を下げて、店を出た。少し歩いて、走り出す。曲がり角で振り返ったら、店の赤い扉が燦々と太陽に照らされていた。

リパブリック通りに戻って、尚斗が写真に撮っていたパスティッツィというリコッタチーズを使ったパイを食べた。店先で注文したら空色の包装紙にくるまった状態で手渡され、一口齧（かじ）ったら香ばしく焼き上げられたパイから真っ白なチーズが溢れ出た。チーズの量が多すぎて、Tシャツにぼとりと落ちた。

アッパー・バラッカ・ガーデンという高台の公園でグランド・ハーバーを眺めた。本物の大砲が並ぶ様は物々しかったが、正午になると一斉に礼砲が発射され、集まった観光客が歓声を上げた。貴斗も、一緒になって拍手を送った。きっと、尚斗もそうした。

最後の夕飯にはマルタの名物だというウサギ料理を食べ、翌日はオレンジとグレープフルーツのジェラートを食べて——尚斗がマルタ島で撮った写真は、それで終わった。イスタンブールを経由して、日本に帰った。

＊

「貴斗君、だいぶ日に焼けたんじゃない？」

席に着いた瞬間、野木森は貴斗の顔を指さした。日焼け止めはしっかり塗ったはずなのに、頬骨のあたりがほのかに赤く日焼けしている。マルタの紫外線は容赦がなかった。

「お陰様で、今日は会社で肩身が狭かったですよ。いかにも南の島でバカンスを楽しんできたみたいに見られちゃって」

「まだ三年目でしょ？　そういう目立ち方はしない方がいいと思うけど」

「蓮見尚斗の双子の兄弟ってことで入社前から悪目立ちはしてたんで、今更ですよ」

彼女が待ち合わせ場所にバルの個室を指定したのは、尚斗の話をしてもいいようになのだろう。なのに、尚斗の名前に野木森が眉を寄せたのが、ほの暗い照明の下でもわかった。

メニューを手に取ったものの、広げることなく彼女は「そうなの？」と聞いてくる。

「蓮見尚斗そっくりの顔で、名前が蓮見貴斗ですよ？　面接のときから散々『芸能人の兄貴ってどんな感じなの？』『弟にコンプレックス感じるものなの？』って聞かれたし、入社してからも尚斗と同じ顔ってだけで、接待とか合コンによく駆り出されました」

いい面も確かにあった。若手俳優の双子の兄というポジションは初対面の人間の覚えがよく、仕事相手との話のネタにもなった。

「何故かみんな、俺が尚斗に劣等感を抱いてると思うんですよね。芸能界で活躍する弟を羨ましがってるって」

劣等感は、自分の胸をひっくり返したら、一粒くらいはあるだろう。でも、弟の存在自体を目障りだと思ったことなんてない。

「煩わしいと思うことは確かにありますよ。高校生の頃に視力が下がって、尚斗と間違えられないようにコンタクトじゃなくて眼鏡を選んだときとかね。でも大半はあいつのせいじゃなくて、俺の周りの人間のせいだから」

こんな話をしても仕方がないな、と思い、貴斗はメニューを開いた。

昨日の昼に帰国してすぐに野木森と会おうと思ったが、彼女の都合がつかなかった。無理を言って、今日の夜に時間を作ってもらったのだ。待ち合わせ場所は彼女の勤める芸能事務所のある表参道になった。

「野木森さん、時間ないんですよね？」

「きっかり一時間後に、会社に戻らないといけない」

「じゃあ、余計な話はしないでおきます」

ベルを鳴らすと、先ほど野木森を案内してきた店員がやってくる。それぞれパスタと飲み物だけを頼んだ。

「マルタ、どうだった？」

店員が個室の戸を閉めたのを見計らって、野木森が貴斗を見る。

「いいところでしたよ。野木森さんと電話したあと、尚斗が写真を撮った場所を回ってみました。そしたら、いろいろわかりました」

鞄から、フィリグリーのブローチを取り出す。裸のまま持ち歩いたせいですっかり貴斗の手垢がついてしまったので、昨日の夜に家で磨いた。

沈んだオレンジ色の照明に照らされ、銀細工は隅々まで金色を帯びていく。聖ヨハネ大聖堂の彫刻のように。

「尚斗は、これを野木森さんにあげようとしたんだと思います」

ブローチを野木森の前に置く。途端に彼女は「はあっ？」とよく響く低い声を上げた。

「野木森さん、誕生日はいつですか」

「……六月十一日」

「だから、五月中に送ってほしかったんですよ」

考えてみれば……六月十一日は、礼文島から帰ってきて野木森と会った日ではないか。

ブローチは、野木森の誕生日にちゃんと届いていたのだ。

「いやいや、尚斗から誕生日に何かもらったことなんてないし。大体、コレは辻亜加里へのプレゼントなんじゃないかって、貴斗君が言ったんじゃない」

「野木森さん、時計、見せてくれませんか」

彼女が左手にした腕時計を指さす。野木森が着る真新しいジャケットには少し不釣り合いな、古めかしい腕時計だ。太いベルトと重厚な文字盤から、男性用なのだとわかる。

首を傾げながら左手を差し出した野木森に、貴斗は身を乗り出した。

「親の形見だって、尚斗から聞きました」

「父のね。私が学生のときに癌（がん）で死んだから」

「これ、ヴァシュロン・コンスタンタンですよね」

「私、あんまり時計に興味ないんだけど、確かそうよ。貴斗君、時計好きなの？」

野木森の父親が死んでから、二十年以上も時を刻み続けている文字盤には、確かに、マルタ十字がある。

貴斗が聖ヨハネ大聖堂で見たマルタ十字。ブローチのモチーフになった、マルタ十字。

「ヴァシュロン・コンスタンタンのロゴは、マルタ十字なんですよ。尚斗の奴、聖ヨハネ大聖堂でそれに気づいて、野木森さんの誕生日にマルタ十字のフィリグリーをあげようと思ったんです」

一ヶ月前、礼文島から帰った日にちらりと見た野木森の腕時計に、十字架が刻印されていたこと――それがマルタ十字だと気づいたのは、聖ヨハネ大聖堂の祭壇を見ていたときだった。

「それに、ジョゼフからもらったブローチのデザイン画に、尚斗が描いてたんですよ。植物をモチーフにしてほしいって」

折りたたんだデザイン画をポケットから取り出し、野木森の前に広げる。尚斗の直筆の文字を前に、野木森が息を呑む。

「葉脈みたいな模様に、植物の蔓や葉をイメージしたあしらいでしょ? このデザインが、どうしても辻亜加里と繋がらなくて、むしろ〈野木森〉っぽいなと思ったんです。聖堂でマルタ十字を見て、野木森さんの腕時計を思い出して、それで思いつきました」

野木森は、鼻筋に皺を寄せて「いやいやいや……」とこぼした。まだ納得していないようだった。当たり前だよなと笑い出しそうになる。

尚斗が死んだことで、納得なんて永久に不可能になってしまったのだから。

「マルタ十字の八つの角の意味は、忠誠心、敬虔さ、率直さ、勇敢さ、名誉、死を恐れぬこと、弱者を庇護すること、教会へ敬意を持つことらしいです。ちょっとこじつけっぽいですけど、野木森さん、率直な性格だし、多分勇敢だし、会社に忠誠心もありそうだし、優しいときは優しいみたいだし」

「ホントにこじつけよ、そんなの」

「俺はそう思ったんですよ。双子の勘です」

ゆっくり顔を上げて、野木森の目を見た。

「尚斗と双子の俺が、マルタに行って、尚斗と同じものを見て同じものを食って、その結果、野木森さんだって思ったんですよ。あなた以外に渡せる相手が思い浮かばないって」

遺書も残さず命を絶った弟のことなんて、きっと数パーセントしか理解できていない。その数パーセントに縋るしかないなら、それが、遺された者の宿命なのだ。双子であるという繋がりがあるだけ俺は幸福なのだと、思うしかない。

「もらってくださいよ、野木森さん。もし、万が一間違ってたって、何も言わないで死んだ尚斗が悪いんですから」

ははっと肩を揺らして笑ってみせた。ちゃんと笑い声が出ていた。なのに、野木森は唇を噛んだ。歯を剝き出しにした獣のように、鼻の穴を膨らませて、息を吸う。

「勘弁してよ」

腕時計をした左手で眉間を押さえた彼女は、痛みをやり過ごすようにテーブルに肘をついた。個室の扉が開き、店員が笑顔で二人分のパスタを運んでくる。

目の前に置かれたトマトクリームパスタの赤色に、ジョゼフの店の扉を思い出した。

「違うってわかってるのに、あの子に言われてるみたいに思えちゃうじゃない」

野木森がこちらを睨んでくる。恐怖は感じなかった。哀しい、と思った。

「俺もときどき、自分の中に尚斗がいるんじゃないかと思うときがありますよ」

フォークを手に取り、パスタを巻き付けて口に運んだ。野木森はしばらく頭を抱えたまま動かずにいたが、おもむろにフォークに手を伸ばして、蕎麦でも食べるようにズルズルとパスタを啜りだした。じろじろと見ていたせいか、睨みつけられてしまった。

「いいじゃない、個室だし」

「何も言ってないじゃないですか」

「ごめん。尚斗がね、いつも私のパスタの食べ方をからかってたもんだから、つい」

野木森さん、パスタ食べるの超下手なんだよねー。そんな、尚斗の声がする。フォークにちゃんと麺が巻けなくて、ソフトボールくらいのサイズになっちゃうの。はははっ、ははっと、尚斗の笑い声がする。これは一体、いつの記憶だろう。

一時間しかないと言ったのに、野木森は食後にティラミスとコーヒーを注文した。貴斗も同じものを頼み、尚斗の撮った写真を見ながら、マルタの思い出話をしてやった。テーブルで会計を済ませた野木森は、ブローチを顰めっ面で鞄に入れてくれた。

「あの子さ、このブローチを注文したとき、もう死ぬつもりだったのかな?」

店を出た直後、野木森がそんなことを言った。

「ブローチが本当に私宛だったとして、死ぬ前に、私に『今までお世話になりました』とでも言うために、作ってもらったのかな」

それって、酷くない? 重たそうな鞄を肩に掛けながら、野木森はそう言いたげに肩を落とした。足に重りでも括りつけられたかのように、ずるずると足を止める。

腕時計をしていない右手を、野木森はそっと貴斗に差し出した。

「あの日の感触、まだ右手が覚えてるの」

尚斗は寝室のドアノブで首を吊った。朝迎えに来た野木森は、この手で寝室のドアを開けた。

「重かった。無理矢理ドアノブを捻ったら、反対側から、ごりって、あの子の頭が擦れる音がした。両手で引っ張ったら、ドアの隙間から尚斗の肩が見えて、首を吊ってるってすぐにわかった」

喉と胸の間で、息が詰まった。先ほど食べたパスタが、胃から迫り上がってこようとしたのかもしれない。

「十年前、渋谷であの子をスカウトしなければよかったのかも」

「それは違いますよ」

即答できてしまった自分が少し怖くなる。もう、魂を重ねる相手はこの世にいないのに。

「野木森さん、尚斗がどうして野木森さんのスカウトを受けて役者になろうと思ったのか、聞いたことあります?」

貴斗の問いを長いこと噛み締めてから、野木森は首を横に振った。彼女の右手がいつの間にか握り締められている。その右手に残る尚斗の死の感触を振り払うために、彼女は貴斗を替え玉に映画を完成させようとしているのだろうか。

「俺達は生まれたときからずーっと、二人だった。なんでも二人一緒だった。それを楽しんでた。そんな中、野木森さんは尚斗に声を掛けた。あいつはそれを面白がった。俺も、面白がった。二人セットじゃなくて、尚斗単体で何が起こるのか、どんな尚斗になるのか、楽しみだと思った」

まだ、尚斗が俳優デビューする前。学校帰りに演技のレッスンを受けて、気軽にオーディションに参加していた頃、尚斗に言われた。

「貴斗も、芝居やってたら楽しんだと思うよ」

尚斗がレッスンを受けている間、貴斗はファミレスでバイトした。そこで生まれて初めて彼女ができて、生まれて初めて、尚斗の知らない友人を作った。楽しい時間だった。

「俺もそう思うよ」

双子俳優としてデビューしていたら、二人でそんな人生を楽しんだだろう。でも、あの人が選んだのは〈俺達〉でも〈俺〉でもなかったから、お前がやるべきなんだよ。

ここが分かれ目だ。貴斗も尚斗も、それに気づいていた。あのとき、「どうして尚斗だけ」と嫉妬していたら、尚斗を忌々しい弟として、コンプレックスの対象として嫌う人生があったのかもしれない。そうだったら、今、とても楽だったかもしれない。

いっそあのとき、尚斗を放さなければよかったのだろうか。頑なに二人で一人ならよかったのだろうか。

「だから、尚斗は、俳優になってよかったんです。尚斗一人で俳優になって、よかったんです」

俳優にならなければ自殺なんてしなかったんじゃないの？　そう問われたら、どう答えればいいかわからない。問うてきた相手を殴り殺してしまうかもしれない。

「でもさあ……」

溜め息混じりに、野木森は貴斗を見る。右手は握り締められたままだ。路地の先は煌びやかなのに、ここにはその光が届かない。

「こんなものをさ」

野木森が鞄を叩く。ブローチが入った鞄を叩く。

「こんなものを贈るくらいなら、まず相談しなさいよって話じゃない。仕事のプレッシャーが自殺の理由だとか、働き過ぎて鬱状態だったとか、ネットニュースとか週刊誌に好き勝手書かれちゃってさあ……そうなる前に相談してくれたら、よかったのに」

このままここで話し続けてはいけないと思ったのだろうか。野木森は無理矢理足を動かし、通りを目指した。彼女の顔を貴斗は見られなかった。野木森がもし泣いていたら、どうすればいいかわからない。

通りに出ると、途端に蒸し暑さを感じた。目の前のガラス張りのビルが黄金色に光っている。バレッタの夜のような、淡い炭酸を含んだ金色だ。

「尚斗の自殺が仕事と関係してるのかは知りませんけど、去年の十月の時点では、あいつは死のうなんて考えてなかった気がします」

どうして？　と聞かれたら困る。マルタで拾い集めた尚斗の欠片が、貴斗にはそう言ってるように聞こえただけだ。

野木森が再び足を止める。こちらに寄こされる視線に、怯えと憤りが混ざっているのを感じた。尚斗と同じ顔で、尚斗の気持ちを勝手に語るな、とでも言いたいのだろうか。

目の前にそびえるマルタの記憶から目を離すことなく、貴斗は続けた。

「野木森さんが尚斗をスカウトしたのが、俺達が十五歳のとき。尚斗が野木森さんと仕事をするようになって、今年でちょうど十年なんです。今まで誕生日プレゼントを贈ってこなかった尚斗も、何か記念にあげたくなったんですよ」

全然違うかもしれない。マルタ十字を見て、「あ、野木森さんの時計と一緒だ」と思って、気まぐれにプレゼントしてみようと思ったのかもしれない。一週間も休みを取ってもらった礼をしたかったのかもしれない。

「それも、双子の勘？」

野木森が聞いてくる。自分達の目の前をトラックが走り抜けていった。足の裏に響くような低いエンジン音に紛れても、野木森の声はよく聞こえた。

「双子の勘ですね。俺にはもう、これしかない」

野木森と別れてから、電車に乗らず原宿まで歩いた。代々木公園、明治神宮、代々木体育館、JRの線路が見渡せる歩道橋の上まで来ると、このまま尚斗のマンションまで行ってしまう気がした。

夜十時を過ぎた原宿はぎらぎらと輝いていて、歩道橋の下は車が激しく行き交っている。手すりに体を預け、鞄から尚斗の遺骨を取り出した。夜の東京は、べっとりと体にまとわりつく湿った熱を帯びている。遺骨の入った瓶は、冷ややかに貴斗の手に収まった。

「これでよかったのか……?」

瓶を振る。礼文島で拾ったシーグラスと骨がカラカラと鳴った。間違っていたなら言えよ。あのブローチは野木森じゃなくてこの人に渡したかったんだと、はっきり言えよ。

カラカラ、カラカラ——軽やかに鳴る瓶を、このまま歩道橋から投げ捨ててしまおうかと思った。考えただけで手が勝手に力み、瓶を放すまいと握り込む。

人は死んだらどうなるのだろう。天国行きか地獄行きかが決まったら、すっぱりいなくなってしまうのだろうか。どこかでこの世を見ているのだろうか。墓にはいなくて、風みたいに世界中を巡るんだったか。

「だとしたら、見てんじゃねえよ、バーカ」

遺骨の入った瓶を鞄に突っ込み、歩道橋を駆け下りた。歩きながら、尚斗のスマホにメッセージを打った。

〈マルタに行ってきた〉

写真でも送ろうかと思ったが、尚斗の写真ばかり見ていて、自分では何も撮っていないことに気づいた。仕方なく、こう送った。

〈野木森さん、いつかブローチをつけてくれるといいな〉

無性に悔しくなって、怒っているスタンプを立て続けに送った。ピロン、ピロン、ピロン。送信するたび、貴斗のズボンの左ポケットから通知音がする。

足は、尚斗のマンションへ向かっていた。

第三章　台中

[週刊現実9月5日号]

蓮見尚斗、「遺作」に隠されていた自殺の真相

6月2日に自らの意志で命を絶ってしまった俳優の蓮見尚斗さん(享年25)。7月には蓮見さんのお別れの会が開催され、多くのファン・業界関係者が悲しみを抱えながらも故人を偲んだ。蓮見さんの出演映画・ドラマも相次いでリバイバル上映、ネット配信されている。

しかし、自殺の理由については未だ明らかになっておらず、9月9日に蓮見さんの百か日を迎えるが、未だ業界内にはさまざまな噂が飛び交っている。

「自殺の理由を誰も知らない。健康面での不安や、金銭トラブルなど黒い話は皆無でした。楽しそうに仕事していたし、本当どうしてなのか……」(民放局ドラマプロデューサー)

「蓮見君は役を降ろすタイプの役者。台本に書かれていない役柄の生い立ちや、エンディング後の人生にまで思いを馳せながら演じるからこそ、演技にのめり込みすぎて危うい。実生活の自分と役柄に境界線を引けなくなってしまったのではないか」(映画製作会社関係者)

この蓮見さんの〈危うさ〉が自殺に関係しているのではないか？　業界関係者の多くがそう考える理由は、蓮見さんが自殺する直前まで撮影していた映画にある。

遺作の竹若隆一郎監督と一触即発⁉

蓮見さんは来年公開予定の竹若隆一郎監督作品『美しい世界』の主演に抜擢されていた。家族を失った青年が、東京の街でさまざまな人々と出会い愛を紡いでいく人間ドラマだという。製作発表時から話題の作品だったが、蓮見さんは撮影の真っ最中に命を絶った。

自殺の三日前に現場で蓮見さんと会ったという製作会社のスタッフは「明るく挨拶こそしていたが、この作品は登場人物の死が絡むシリアスな内容。現場での蓮見さんも、どこか暗いというか、ピリピリした雰囲気だった」と語る。

竹若監督といえば、『青に鳴く』でカンヌ国際映画祭で審査員賞を受賞。この作品には、役者デビューとなる蓮見さんも出演していた。

「『竹若監督の現場は怖い』と多くの役者、スタッフがおののいています。監督自身がとてもストイックな人で、同じストイックさを役者にも求めるのが竹若流。『青に鳴く』のときの蓮見さんも、高校生なのにかなり絞られたというのは業界内で有名な話。今回の

『美しい世界』の現場も、かなりのプレッシャーがあったのではないでしょうか」（芸能関係者）

また、蓮見さんは雑誌のインタビューなどで再三「20代の間に頑張らないと」「30代、40代でしっかり芝居ができる役者になりたい」と語っていた。周囲の芸能関係者の中には「役者として焦っていたのでは？」と語る人もいる。

蓮見さん遺族「そっとしておいてほしい」

そんな中、蓮見さんの遺族がコメントを発表した。

「私達家族は、尚斗の死をどう受け止めればいいのかわからないまま、今日まで過ごして参りました。無情にも過ぎ去っていく時間の中で、心の整理をしています。どうかファンの皆様、業界関係者の皆様、生前に尚斗を支えてくださったすべての皆様も、静かに尚斗を偲んでいただけたらと思います。またマスコミの皆様におかれましては、私達遺族への取材行為をお控えいただきますよう、重ねてお願い申し上げます」

一方で、蓮見さんが家族関係でトラブルを抱えていたという声もある。蓮見さんの周囲から漏れてくるのは、双子の兄・Tさんとの確執だ。

「双子の弟が芸能人で、Tさんはごく普通の会社員ですからね。蓮見さんが俳優デビューしたときも、Tさんは内心『どうして弟だけ』と思っていたそうですし、蓮見さんが売れるにつれて兄弟の溝は大きくなっていったみたいです」（Tさんの友人）
「兄弟で同じ高校に通ってたんです。よく二人で仲良く登校してるのを見ましたけど、蓮見さんが仕事で休みのときは、お兄さん一人で陰気な顔で歩いてましたね」（高校の同級生）

主演映画のプレッシャーや、将来の不安に加え、蓮見さんは血を分けた兄との関係にも心労を募らせていたのだろうか。

本誌の記者が蓮見さんの兄・Tさんを直撃したところ、無言で自宅マンションへと向かっていった。この日は蓮見さんの四十九日の法要の数日後だったが、Tさんはバカンス帰りのような日に焼けた健康的な肌をしていた。

過去に熱愛報道が出た辻亜加里のSNSが炎上

蓮見さんの死によって思わぬ余波を被った人がいる。昨年、蓮見さんとの熱愛が報じられた女優の辻亜加里だ。

蓮見さんの死の翌日、辻はSNSを更新。その投稿はいたっていつも通りのもので、その内容を「不謹慎だ」と受け取ったフォロワーも多かったようだ。辻のSNSには、彼女との熱愛および破局が蓮見さんの自殺の原因だと非難する誹謗中傷が数多く寄せられている。

こうしたケースは蓮見さんだけに限らず、最近はSNSによる誹謗中傷・脅迫紛いの投稿を苦にした芸能人の自殺も国内外で問題となっている。蓮見さん自身、昨年の熱愛報道の際は、ネット上の誹謗中傷に悩まされたという。

「SNSでの誹謗中傷はもちろん、ウィキペディアの蓮見さんのページに死亡年が書き加えられるなどの悪質な嫌がらせも多くあり、蓮見さんも相当参っていたようです」（芸能関係者）

天国の蓮見さんは、この状況をどのように見ているのか。蓮見さんを想うファンや関係者の心が、平穏を取り戻せる日が来るのを願うばかりである。

「ねえ、これ、何て名前だっけ」

木の実を紐で繋いで作った人形を摘まみ上げた母に、貴斗は父と揃って「あー……」と額に手をやった。貴斗より一拍早く、父が「ボージョボー人形だ」と正解を言う。

「そう、ボージョボー人形。尚斗がサイパンで買って来たやつ。俺の家にもある」

「じゃあ、これも捨てちゃ駄目ね」

母はそう言って、男女ペアのボージョボー人形を段ボール箱に放り込んだ。

尚斗の部屋を、九月末で引き払うことになった。家賃がバカ高いマンションだから、半分以上を事務所が出しているとはいえ、いつまでも借りているわけにいかない。

部屋にあった尚斗の荷物は、ひとまず実家にすべて送ることにした。土日を使ってその作業をするために集まったのに、母も父も貴斗も、何か一つ手に取るたびに「これどうする？」「これってあのとき買ったやつだよね」と話し始めてしまうから、一向に進まない。

家具、家電、洋服、本、小物……片付けるべきものはたくさんあるというのに。

リビングには「処分」と書かれたゴミ袋が用意されているが、まだ何も入れられていない。最初に貴斗が「処分」と油性ペンで書いたのがいけなかったのかもしれない。尚斗のものを、そこに入れられなくなってしまった。

マルタから帰国して、一ヶ月半が過ぎようとしている。尚斗の初盆も無事終え、九月を迎えた。少しだけ蒸し暑い夜の風に秋の気配が滲み始めた。

「おい、台本が出てきちゃったぞ」

本棚を整理していた父が、製本された大量の台本を出してくる。三人で顔を見合わせ、同時に「あちゃー」と天を仰いだ。

本棚には、尚斗がこれまで出演した作品、これから撮影予定だった作品の台本や資料が綺麗に並んでいた。

案の定、「これ面白かったのよね」「これは最終回が急展開でイマイチだったたな」なんて思い出話が始まってしまう。意外にも湿っぽい空気にはならず、正月の実家のようだった。お節と雑煮と箱根駅伝と共に、思い出話に花を咲かす。そんな一家団欒と錯覚する。

両親が泣いていたのは、いつ頃までだったか。週刊誌やネットニュースにあることないこと随分書かれたし、貴斗のいないところで泣いたり悲嘆に暮れたりしたのだろうか。

四十九日の法要を終え、自分達は完全に日常を取り戻していた。混乱した人間の心は、一ヶ月ちょっとで上手いことなだらかになるらしい。こうして尚斗の荷物を整理していても、笑い声が自然と出てくる。四十九日とはよくできたシステムだと、つくづく思う。俺の心も、少しはなだらかになっただろうか。そんなことを考えた瞬間、台本の山の中に見慣れないタイトルを見つけた。

映画『美しい世界』脚本・監督：竹若隆一郎

淡い象牙色の表紙に触れた瞬間、指と爪の間に冷たい痛みが走った。尚斗が最後に出ていた——クランクアップせずに終わってしまった作品の、台本だった。
開くな、と声がした。自分の声だったし、尚斗の声でもあった。それでも、表紙をめくってしまった。キャスト一覧には、主演として尚斗の名前がある。さらにめくる。台本が始まる。まだ主人公の台詞すら始まっていないのに、書き込みがされていた。

尚斗の字だった。

読んだ瞬間、喉の奥が窄(すぼ)まって、息ができなくなった。気がついたら台本をソファの下に隠していた。両親が他の台本に夢中で助かった。胸の奥を暴れ回る心臓の音に耳を澄ましながら、貴斗は溜め息をついた。尚斗の手で綴られた字が、頭から離れない。

さすがにこれを両親と読むのは、駄目だ。

休憩するふりをしてベランダに出た。九月とはいえ昼間は暑い。代々木公園の木々はまだ夏の顔をしていて、葉の一枚一枚がエネルギーに満ちあふれて見える。

ズボンの左ポケットから尚斗のスマホを出した。画面に触れると、顔認証でのロック解除を求められる。自分の顔にスマホをかざすと、あっさりロックは解除されてしまう。

目的があったわけではない。ただ、このスマホに助けを求めたのだと思う。何百回と眺めたカメラロールの写真を、また見てしまう。尚斗がその日食べたちょっと美味しいものの写真とか、出先で見かけた猫の写真とか、そんな他愛もないものばかりだ。

「尚斗のスマホで何してるの？」

母が突然ベランダに顔を出したので、ぎょっと手を止めた。貴斗が尚斗のスマホを持っていることは両親も知っているから、何ら後ろめたいことはないはずなのに。

「いや……自分のスマホ見ようとしたら、間違って尚斗のを出しちゃって」

尚斗のスマホをポケットに押し込んで、自分のを取り出す。機種は同じだが、カバーの色が違う。貴斗が大学を卒業する直前、尚斗に「スマホ新しくしたいから、貴斗も新しくしちゃおうよ」と誘われて、一緒に買い換えた。こうしないと意図せず同じ機種、同じ色、同じようなカバーを買ってしまうから。

自分と尚斗には、「お兄ちゃんは青が好きだけど弟は赤が好きなのね」なんて可愛い好みの違いもなく、別々に買い物に行こうものなら、同じ色の同じデザインのTシャツを買ってきてしまうことだってあった。洋服、靴、鞄、帽子、何だってそうだった。

母が洗濯のときに「どっちのタンスに入れればいいかわからない！」と言うので、身につけるものは極力、一緒に買いに行った。「この二つならどっちでもいいかな」というものを二人で選んで、ジャンケンで勝った方が好きな方を選ぶ。このジャンケンの勝敗も、貴斗が勝てば次は尚斗が勝つ。尚斗が勝てば次は貴斗が勝つの繰り返しだった。

尚斗が渋谷で野木森にスカウトされた日だって、共通の友人と三人で、鞄だか靴だかを買いに行ったのだ。先に店を出て外で待っていた尚斗に、野木森が声をかけた。

そこにいたのが尚斗でなく自分だったら、どうなっていたのだろう。ふと、想像してしまう。尚斗が俺で、俺が尚斗みたいになる未来があったのだろうか。自らの手で自分を殺すのが俺だった未来が、あったのだろうか。

「尚斗のスマホ、どうしようか」

母の声に、殴られたように我に返った。え？　と首を傾げると、母は「尚斗のスマホ」と短く繰り返す。

「……解約するかどうか?」

「マンションに比べたら安いもんだから、しばらく契約したままでもいいんだけど」

その瞬間、わかった。俺の心は全くなだらかになっていない。マンションを引き払うのは仕方ないと思えたのに、尚斗のスマホを解約することに、耐えがたい抵抗感を覚えた。

解約したら、電話番号に紐付けられているトークアプリのアカウントも消えるだろう。尚斗のスマホに残るいろんな人とのやり取りも消えてしまうだろうし……尚斗にメッセージを送り続けている辻亜加里は、どうなる。

「料金の引き落とし、俺の口座に替えてもいい?」

咄嗟に、そんなことを口走っていた。

「貴斗が払うの?」

「尚斗の知り合いが、ときどき連絡してくるかもしれないし」

母はそれ以上何も言ってこなかった。そもそも両親は、貴斗がずっと尚斗のスマホを持っていることも、四十九日すら明けていないのにマルタに行ったことも、何も言ってこない。どうして? とも聞かないし、野木森のように咎(とが)めもしない。

結局、二人の胸の内も、まだなだらかにはなっていないのかもしれない。

＊

帰りに映画でも観にいかない？　と同期の古賀に誘われたとき、心配されているんだなと直感でわかった。彼女が観ようと言ったのは先週公開されたばかりのアクション映画で、とにかく爽快で観るだけでストレス発散になると話題のものだった。

ポスターの中で微笑む尚斗を映画館の入り口で見つけてしまい、咄嗟に「こっちが観たい」と我が儘を言った。古賀はその映画のチケットを二人分買ってくれた。

尚斗の追悼企画として、リバイバル上映されている映画だった。

「日本と台湾の合作なんだっけ？」

座席に着いたところで、古賀が何気ない様子で聞いてくる。一つだけ買ったポップコーンを、彼女は二人の間のホルダーに置いた。

「そう。尚斗が初めて海外で撮影した映画。高校を卒業してすぐ、だったかな」

タイトルは『夏季極光』という。日本と台湾の若者達を描いたひと夏の青春物語で、尚斗は日本から台湾へやってきた病弱な高校生を演じた。

思えば、尚斗が海外旅行に嵌まったのが、この映画の撮影後だった。

「ていうかさあ、今日のアレ、ぜっっったい、蓮見への嫌がらせだよね」

話を無理矢理変えるように、古賀が突然荒っぽい鼻息で貴斗を見た。構わず、塩味とキャラメル味が両方入ったポップコーンの山から、一粒摘まんで口に放り込む。「あ、キャラメルだ」と笑って見せたが、古賀の表情は晴れなかった。

「嫌がらせだよ、絶対」

古賀は貴斗が笑ってしまうほど怒っていた。リップが鬼灯(ほおずき)みたいな色をしているから、余計にカッカして見える。

「……古賀もそう思った?」

「思ったよ。厄介で面倒な取引先ばっかり蓮見の担当になってたし」

九月いっぱいで産休に入る営業部員が一人いるから、営業先の担当替えが今朝発表された。貴斗が懇意にしていた取引先がすべて取り上げられ、窓口の担当者が気難しいとか、うちの製品を毛嫌いしてるとか、そんなクライアントばかりが貴斗に集められた。

課長が一斉送信してきたメールを見たときからそんな予感がしていたが、クラウドに上がっていた担当表を見た瞬間、鳩尾(みぞおち)にずしんと重いものが沈み込んでいった。

離れたところに座る課長の顔も、その向こうにいる部長の顔も、見ないようにした。淡々といつも通り仕事をしたつもりなのだが、周囲から見たらそうでもなかったのだろうか。しばらく一緒に映画に行っていなかった古賀がこうして誘ってきたということは、そういうことなのだろう。

「厳しい取引先ばっかりつけてノルマを達成しづらくして。ネチネチしてるよね、本当」

いい歳して卑怯だ、と吐き捨てた古賀を見て、ポップコーンに伸ばしかけた手を戻した。

「もともと、好かれてなかったんだろうな」

「それにしたって卑怯だよ。ミーハーな客には『あの蓮見尚斗の双子の兄貴がうちで働いてるんですよ』ってドヤ顔で連れて行っておいて、こういうときだけ『芸能人の弟が死んだからって調子に乗ってる』なんて言うんだから」

「忌引きが明けたら通常通り仕事するのが普通だろうし。旅行なんて行った俺が悪いよ」

「でも、家族が亡くなったばかりの人に言うことじゃないよ、『調子に乗ってる』なんて」

古賀はいい奴だなあ……そう声に出しそうになって、慌てて「大丈夫だよ」に切り替えた。冷房が効きすぎているのだろうか。首筋のあたりがぴくりと強ばった。

「蓮見、会社辞めないよね？」

「辞めないよ。弟が死んだからって、働かないと生きていけないし」

「うちらも社会人三年目でしょ？　ちょうど転職を考え始める人もいる時期だけど、蓮見が辞めちゃったら寂しいなと思って」

心配と探りとを含んだ声が飛んできて、答えに困る。

「私が蓮見に告白したのとは関係ないからね。同僚として、本当に寂しいなって思う」

古賀がそうつけ足し、貴斗がさらに反応に困っている間に、シアター内が暗くなった。

リバイバル上映だというのに、平日の夜だというのに、客席はそれなりに混み合っていた。

予告編を何本か挟んで、『夏季極光』は始まった。二十歳前の、どこかあどけない表情をした尚斗がスクリーンの中に現れる。

修学旅行で台湾を訪れた彼は、どうしても行ってみたい場所があって台中市を彷徨う。そこで、台中に住む少女と出会う。彼女のバイクの荷台に乗せてもらって街を巡り、旅の目的地である高美湿地という夕日の綺麗な湿地帯へ向かう。

「もう、一生来られないかもしれないから」

高美湿地の向こうに沈む夕日を眺めながら、尚斗が呟く。黄色、オレンジ、赤、紫、すみれ色、群青。太陽の発する光の色をすべて詰め込んだ光景に、「天国みたいだ」と目を細めるのだ。病弱な彼には、帰国後に大きな手術が待ち構えている——というストーリーだった。

薄く水の張った湿地にとろけるような夕焼けが反射し、客席で見ているこちらまで、宙に浮いているような感覚を味わった。公開時にちゃんと映画館で観たはずなのに、どのシーンもどの台詞も、初めて見聞きしたようだった。

尚斗の背後で沈みゆく太陽の熱に頬を撫でられ、礼文島の元地海岸を思い出した。夕日に向かって祈る地蔵岩の、黒く力強いシルエットも。

端の方の座席だったから、貴斗も古賀も、体を少しだけ斜めにしてスクリーンを見ていた。尚斗がいないシーンが始まるたび、隣の古賀にそのままもたれ掛かりそうになった。寸前のところで、尚斗がスクリーンに戻ってくる。

尚斗の四十九日が明けて、いよいよ世間は彼の死を驚いて悲しむ期間を終わらせ、偲ぶ期間に入った。尚斗が出演した映画がリバイバル上映され、ドラマが配信され——これが終わったら、いよいよ尚斗のいない日常が来る。

ＳＮＳで「蓮見尚斗」の名前を検索すれば、尚斗の死を悲しむ声がたくさん落ちていた。貴斗や両親や、野木森や事務所を非難する声もたくさんあるのに、目につくのはいつだって尚斗に焦がれる声ばかりだ。

それも、これから徐々に減っていくだろう。

「不思議だよな」

上映が終わり、シアター内が明るくなる。観客達が席を立つ中、貴斗は呟いた。

「同じ顔の人間がこうして生きてるのに、蓮見尚斗だけがいなくなっちまった」

スマホの電源を入れようとした古賀の手が止まる。

「ねえ蓮見、まさかだけど、台湾に行こうとしたりしないよね」

古賀の問いに、咄嗟に「どうしてわかったの」と答えてしまった。言ってから、そうか、俺は台湾に行きたいんだ、と気づく。

「行く？　台湾」

再び、古賀が聞いてくる。

「再来週、敬老の日で三連休だから、台湾くらいなら全然行けちゃうよ」

何も映っていない真っ白なスクリーンを凝視して、返すべき言葉を探した。

「なんで古賀が一緒に行くの」

「だって、一人で行かせたら、蓮見まで死んじゃうんじゃないかって気がしたんだもん」

今度こそ、もう何も返せなかった。さっきは会社を辞めないと言えたのに、どうして「死ぬわけないじゃん」と言葉にできないのか。

「出ようか」

古賀が席を立ち、ポップコーンのカップを鬼灯色の唇に寄せ、底に残った欠片を口に含んだ。わしわしと口を動かしながら、階段を下っていく。私は今喋れないから、あんたも何も言う必要はない。麻のジャケットを着た細い背中に、そう言われた気がする。

映画を観た後は居酒屋で感想戦をするのが定番だったのに、何も話をせず別れた。

野木森から久々に連絡があったことに気づいたのは、電車に乗ってからだった。〈今日の二十二時頃、渋谷まで来られない？〉という短いメッセージに時計を確認すると、九時半を回ったところだった。

野木森に指定された店は渋谷駅から十五分ほど歩いたところにあった。看板と出入り口が妙に小さくて、店員に野木森の名前を告げると、店の最奥へ案内される。一般客を通す場所ではない雰囲気がだだ漏れの個室の扉を、店員が恭しい手つきで開けた。

狭い個室にはテーブルとソファだけがあって、すでに野木森ともう一人、鼠色のシャツを着た初老の男が座っていた。

「ごめんね貴斗君、今日の今日で呼び出しちゃって」

野木森は貴斗を上座に座らせた。もてなされているという気分には一切なれず、逃げ道を塞がれた息苦しさだけがあった。半分は、目の前に座る男のせいだ。

日に焼けた肌に白髪交じりの黒髪、色つきの丸眼鏡という出で立ちは、覚えがあった。

「貴斗君、この人は――」

「竹若隆一郎監督ですよね」

野木森の言葉を遮って、貴斗は初老の男性を――映画監督の竹若隆一郎を見た。

「確か、尚斗が初めて出た映画の監督をされてた……」

「『青に鳴く』のときだな。演技初挑戦なのに細かい仕草まですごく自然で、嘘っぽくなくて、現場でも明るく振る舞ういい子だなと思ったんだよ」

枯れ気味の声でそう言って、竹若は両腕を組んだ。眼鏡のレンズに色が入っているせいで視線がはっきりと追えないが、貴斗の顔をまじまじと見ているのがわかる。

「あのときは脇役だったけど、いつか尚斗の主演で一本撮ってみたいと思ってたんだ」

その言葉の通り、竹若は尚斗を主演に映画『美しい世界』を撮っていた。その撮影中に、尚斗はこの世を去ってしまった。

「この度は、尚斗がご迷惑をおかけして……」

「僕に謝るんだ？　僕のせいで弟が自殺したんじゃないかとか、考えないの？」

首を絞められたような感覚がして、目眩に襲われた。竹若は大御所だろうと若手だろうと、現場に入ったら役者に厳しい要求をすると有名な監督だった。「竹若さんと仕事すると毎度毎度、自分には才能がないんだなって思い知らされるんだよ」と、どこぞの大物俳優がテレビで言っていたこともあった。

「僕の現場に入っていたのが自殺の原因なんじゃないか、って週刊誌が書いてたの、読んでない？　僕が弟を現場でいじめてたんじゃないかとか、自殺するほど追い詰めていたんじゃないかとか」

「読んでないですが、そういう記事があったのは知ってます」

初めて竹若の現場に入ったとき、当時高校一年生だった尚斗も猛烈にしごかれたと聞いた。驚いてその場に倒れ込む演技を三十回もリテイクさせられたとか、野木森のアドバイス通りに演技してみたら「自分の頭で考えろ」と一瞬で見抜かれたとか。

あの頃、自分達は実家の同じ部屋で寝起きしていた。二段ベッドの下が貴斗、上が尚斗だった。

「俺、やっぱり俳優なんて無理かも」

撮影現場で竹若に駄目出しされまくったらしく、尚斗が、珍しく弱音を吐いた。ベッドに寝転がった尚斗が、枕に顔を伏せたまま、大きな溜め息をついたのがわかった。

野木森にスカウトされ、事務所に所属して一年。厳しいレッスンもオーディションも「意外と楽しい」と笑っていた彼が、本当に珍しく「無理かも」と言った。

「まあまあ、次は上手くいくかもよ」

まどろみの中で、貴斗はそんなふうに言った。尚斗が本気でやめたいと思っているわけではないと、声色でわかったからだ。

——じゃあ、やめちゃおうぜ。一緒にファミレスでバイトする?

あのときそう言っていたら、尚斗は今も生きていただろうか。

「尚斗は竹若監督のことを、『怖いけど言っていることに筋が通ってて、ぶっきらぼうだけどよかったところは褒める人だから、オファーがもらえて嬉しい』と言ってました」

しかも主演だなんて光栄だ。尚斗がそう話していたのは、去年の夏頃だ。お盆休みに帰省したときだったはずだ。

「尚斗が、そう言ってたの?」

野木森が聞いてくる。「一言一句同じってわけじゃないですけど」と素っ気なく頷いた。

「尚斗は監督を尊敬してました。監督の書く台詞が好きだって。芝居が上手く嵌まると、台詞が自分の中に溶けるみたいに感じられるって。どんなに厳しくされたって、それが自殺の原因になるとは僕には思えないです」

もしそうだったら、話が早かった。撮影現場でパワハラにあって、それが原因で自殺した。週刊誌やネットニュースに面白おかしく書き連ねられた物語が本当なら、衝動に任せて怒り狂って、この人達を糾弾して、何もかも発散できただろう。

「さすが、双子のお兄さんだ。尚斗のこと、よくわかってるんだね」

「今日俺を呼び出したのは、そんな話をするためじゃないですよね」

野木森を見る。わざとらしく喉を鳴らして、彼女は貴斗と竹若を交互に見た。

「尚斗の代役を貴斗君に頼もうというアイデアを監督に話したら、貴斗君にひと目会ってみたいって」

尚斗から聞いた竹若のイメージだと、「代役なんてふざけるな」と激怒しそうなものなのに、目の前に座る竹若は貴斗から視線を外さない。貴斗が個室に入ってきた瞬間から、ずっと。まるで、自分の中にある尚斗の姿と、貴斗を重ね合わせるみたいに。

「野木森さんが代役にと言うくらいだから、双子のお兄さんとやらはどれほど尚斗とそっくりなんだろうと思ったんだけどね」

くすりと竹若が笑った。火花が散るような、ささやかなのに挑発的な笑い方だった。細長く角張った指で、自分の眼鏡のフレームをコンコンと突く。

「顔はそっくりだ。声もそっくり。話し方も仕草もよく似てる。似てるから、尚斗じゃないってことが際立って見える」

当然だろ、と思った。俺達は姿も、好きなものも嫌いなものもそっくりな双子だった。かといって、寸分違わず同じ存在だったわけでもない。

「お兄さん、〈不気味の谷〉って現象を知ってる？　ロボットの外見や動きを人間に近づけていくと、人間はロボットに好感を抱く。ところがある一線を越えた瞬間、好感は嫌悪感に変わるんだ。人間に近すぎるロボットは、人間じゃない部分が際立っちゃって、不気味に見える」

「僕を見ていると、その〈不気味の谷〉に陥るってことですか」

「そうだね。僕は今、尚斗みたいで尚斗じゃない君に対し、とても嫌悪感を覚えている」

「当たり前じゃないですか」

例えば、尚斗は野木森にスカウトされ、芸能界を面白そうと思った。野木森に「お兄さんも一緒にどう?」と誘われた貴斗は、そう思わなかった。尚斗は「光るものがある存在」として声をかけられ、貴斗は「双子の兄」として声をかけられた。その違いは大きい。

「俺と尚斗は、本当によく似てる双子でした。親だって見分けがつかなくて、『小さい頃に入れ違えられてる可能性もゼロじゃないな』『今更どっちが貴斗でも尚斗でもいいけどな』って言い合うくらい、よく似てた」

この会話も、どっちがどっちを言ったのか、もう思い出せない。

「最初に道が分かれたのは、尚斗が芸能界に進んだときです。あいつは俳優の仕事を面白そうだと思って、俺はそうじゃなかった。俺達双子にとって唯一の、越えられない大きな壁です。だからこそ、俺は尚斗の代役なんてできない」

竹若にはどうか「こいつに尚斗の代役なんて無理だ」と思ってほしいし、野木森にもいい加減、映画を諦めてほしい。

でも、なのに、どうして、「お前と尚斗は違う」と言われることが、こんなに腹立たしいのだろう。うなじや耳が赤くなっていくのが、首筋を走る熱でわかった。

自分の中にいる尚斗を、赤の他人に取り上げられた気分だ。

「さっき、僕が尚斗のことをよくわかってる、って言いましたよね？　尚斗のことなんて、何もわからないですよ。なんで死んだのか、未だに全然理解できません」

なのに、ときどき尚斗のことが手に取るようにわかるときがある。竹若を前にしてつくづく思う。尚斗はこの人を、恐れつつも慕っていたし、主演であることを誇りに思っていた。誰が何と言おうと、間違いない。

双子であるという繫がりがこの確信を生んでいるなら、頼むから、あいつの自殺の理由を俺に理解させてくれ。

そのとき、個室の戸をノックして店員が恐る恐る顔を覗かせた。「ご注文はお決まりですか？」という声に、貴斗は急いで席を立った。

「もうお話しすることはないと思うので、僕はこれで」

野木森は「待って」と言ったが、問答無用で個室を出た。竹若は何も言ってこなかった。

「貴斗君！」

店を出た直後、駆け出てきた野木森に一際大きく低い声で呼び止められた。

「あの子が最後に出た映画なの」

振り返ってやるものかと思ったのに、彼女の言葉に自然と足が止まってしまう。

「あいつが途中で投げ出した映画ですよ」

オファーは嬉しかったのだろう。やりがいもあっただろう。そこに嘘はないだろう。でも、尚斗をこの世に繋ぎとめてくれる存在ではなかった。

「野木森さんも、俺を見てると感じますか？〈不気味の谷〉ってやつ」

野木森は答えなかった。店の前の路地は明るかったが、近くの街灯と店の照明が影を作るせいで、野木森の表情が隠れてしまう。

「感じるでしょうね。俺ですら、鏡を見ると感じるんですから」

歩き出す。革靴の踵がアスファルトを鳴らす。ケタケタと笑っているような音だった。耳障りで、腹立たしくて、早足でその場を去ろうとすればするほど、音は大きくなる。

鞄の中には、尚斗の骨が入った瓶がある。財布とスマホと一緒に持ち歩くのが、すっかり習慣になってしまった。

骨が瓶に当たり、音を立てるのが聞こえる気がする。貴斗の足音に呼応するように、ケタケタ、ケタケタと笑う。

「笑ってんじゃねえよ」

そう吐き捨てて、地下鉄の入り口に逃げ込んだ。地面がアスファルトからコンクリートに変わって、笑い声のような足音が消える。

階段を下りた先に、貴斗を嘲笑うように旅行会社のサイネージ広告が煌々と光っていた。

〈近い、美味しい、懐かしい、台湾の旅〉

彩度の高い空の下、台湾茶のカップを手に満面の笑みでこちらを見つめていたのは、辻亜加里だった。そういえば、この旅行会社のテレビCMに今年から出演しているんだった。

「……見てんじゃねえよ」

貴斗をからかうように、サイネージは別の広告に切り替わる。その瞬間、亜加里の笑い声が聞こえた。

＊

羽田からLCCで台北松山空港までおよそ四時間の旅だった。空港から地下鉄のMRTで台北駅へ移動する間も、拍子抜けするくらい何のトラブルもなかった。看板は全部漢字だし、日本語は通じるし、マルタに比べたら国内旅行のようなものだ。

「ご飯だ、ご飯買うよ！　お腹が空いたら何もできないからね！」

台北駅は大きく、週末とあって混み合っていた。すいすいと人混みを縫って進んだ古賀は、フードコートで排骨飯（パーコーハン）と魯肉飯（ルーローハン）の弁当を一つずつ買った。「足りなくてお腹空いちゃったら困るね」と点心まで買い込んだ。肉餡（あん）を包んだもの、高菜とニラを包んだもの、タロイモ餡を包んだものと、しょっぱいものから甘いものまで隙がない。

台湾に行く。そう伝えると、古賀は当然という顔でついてきた。というより、台湾行きのチケットもホテルも、当たり前のように彼女が手配した。大学時代の友人に台湾からの留学生がいるとかで、古賀は三度も台湾旅行をしたことがあるらしい。

嫌なら、黙って出発すればよかっただけだ。そうしなかったのは間違いなく、彼女の肩に寄り掛かりたかったのだと思う。

「高鉄（こうてつ）に乗っちゃえば、台中まではそんなに時間はかからないから」

高鉄——台湾高速鉄道は、台北市と高雄市を結ぶ形で台湾を縦断する新幹線だ。古賀は両手に弁当と点心の入った袋をぶら下げ、さらに改札を通る直前に「これ、美味しいよ」とスイカジュースまで買った。

「蓮見ぃ、排骨飯と魯肉飯、どっちがいい？」

座席にやっと腰を下ろしたところで、息つく暇なく古賀が買ったばかりの弁当を見せてくる。六角形の紙製の弁当箱を二つ見比べ、「どっちでも」と答えたら魯肉飯を渡された。

「点心も、温かいうちに食べよ」

簡素なビニール袋に入った点心を、魯肉飯の弁当の上にどんと置かれる。点心はまだ温かく、ビニール袋の中が湯気で曇っていた。

「古賀って、こんな食う人だっけ？　確かに昼飯もよく大盛ラーメン食べてるけど……」

「台湾旅行のメインはなんていっても食事だよ？　気合い入れて食べないと」

タロイモ餡の点心を大口を開けて頬張った古賀が、早く食べろと言いたげに目配せしてくる。目についた点心を摑んで半分に割ると、小振りな饅頭から肉餡と肉汁がこぼれ落ちそうになって、慌てて口に入れた。程よく温かい餡は予想以上に肉々しく、香ばしい脂を吸った生地は甘く柔らかい。

そうこうしている間に、高鉄は台北駅を出発した。「日本の新幹線技術を投入して作られたんだよ」という古賀の言葉通り、車輛の見た目も内装も日本の新幹線そっくりだった。

しばらく地下を走り、板橋駅を通過すると地上に出る。遠くにビルと山が見えた。人工物と緑がつづら折りになった街並みが、窓の向こうを軽やかに通り過ぎていく。

「台南は行ったことあるけど、台中は私も初めてなんだよね」

排骨飯を口に運び、古賀は満足げに深く頷いた。グルメ漫画の主人公みたいな顔で「豚の脂が香ばしい」なんて呟くものだから、堪らず笑ってしまった。

旅の目的地は、映画『夏季極光』と同じ高美湿地だ。

ヤケクソというやつだと、自分でもわかっていた。懲りない野木森に、竹若の言葉に、映画の中の尚斗に、広告の中の亜加里にむかついて、全員の頬を引っぱたきたくなって、すべて投げ出したくなって、台湾へ来た。尚斗が見たものと同じものを見てやりたかった。

「台湾はどこで何を食べても美味しいって、本当なんだな」

魯肉飯を一口食べ、唸るように貴斗は言った。八角が効いていて、賽（さい）の目に切られた豚バラ肉に絡んだタレは甘辛だ。八角以外にも何かスパイスが入っているのか、こってりとした味の割に口の中は爽やかだった。

「駅弁だけで満足しちゃいけないね。まだまだ美味しいもの、いっぱいあるよ」

古賀が魯肉飯を少し寄こせというので、半分食べたら排骨飯と交換した。甘いものがほしくなったらタロイモ餡の饅頭をちぎって口に入れた。驚くくらい、穏やかな時間だった。

車窓からの景色は、雲が流れ行くように少しずつ姿を変えた。山の緑と空の青さに挟まれ、黒々とした高層ビルが何十棟も鎮座していたと思ったら、いつの間にか田畑が目立ち始めた。ほのかに色づいた稲穂が風に揺れ、田園に風の通り道をくっきりと浮かび上がらせる。用水路が走り、送電線が続く様は、日本の農村地帯とそっくりだった。

桃園、新竹と聞き覚えのある駅を通過し、一時間ほどで高鉄台中駅に到着した。直前まで田園が広がっていたが、台中自体は大きな街のようだ。新しい建物と古い建物が入り混じり、何故か正反対の気候のはずの札幌を思い起こさせた。

車輌を降りた途端、鼻が尚斗の匂いを勝手に感じてしまう。目の前はもう『夏季極光』の世界だった。

「蓮見、せっかくだから、高美湿地には日没の頃に行きたいよね?」

「そうだな。今日、天気もいいし、できれば夕方に見たい」

まだ午後二時過ぎだ。夕焼けを拝むには時間がある。

「じゃあ、観光しよ。行きたいところ、いろいろあるから覚悟してついてきて」

付箋(ふせん)の貼られたガイドブックを得意げに掲げた古賀に、大人しくついていくことにした。彼女が頑なにこの旅を「楽しい台湾旅行」にしようとしているのがわかるから、それにもたれ掛かることにする。

魯肉飯と点心を平らげて満杯になった腹を抱え、在来線に乗り換えて台中市の中心街へ出た。空港を出てからずっと乗り物に乗っていたから、肌にまとわりつくじっとりとした暑さに、やっと台湾に来たんだと実感する。

「覚悟して」という言葉の通り、古賀は貴斗を連れ回した。最初に行ったのは、日本統治時代に作られた台中市役所と台中市政府庁舎。大きな交差点に向かい合うようにして古い建物が並ぶ。石造りの白い建物は、バレッタの聖ヨハネ大聖堂を思い起こさせた。

観光客に古賀が声を掛けられ、庁舎をバックに写真を撮ってやっている間、貴斗は交差点を行き交うバイクを眺めていた。信号が変わるたび、大量のバイクが目の前を通過する。近くの店の駐車場も、車よりバイク用のスペースの方が遥かに大きい。

『夏季極光』で尚斗が台湾の女の子とバイクに乗っていたのを思い出した瞬間、古賀に「よーし、次行こう」と手を引かれた。

「蓮見、暑いからアイスクリーム食べようよ」

あまりに強い力だったから、ガクンと首が揺れて、空を仰いだ。胸を張るような青空に、青天白日満地紅旗がはためいている。旗に使われた青・赤・白の三色が、青い空と白い建物の前でとても鮮やかだった。

宮原眼科という、これまた日本統治時代の眼科病院をリノベーションして作られたスイーツショップに行って、まだ腹の中にタロイモの点心が残っているのにフルーツとクッキーが大量にのったアイスクリームを食べた。レンガ造りの建物内は図書館のように木製の商品棚が並び、天井のステンドグラスから花びらみたいに細かな光が差していた。

バスで連れて行かれたのは審計新村というクリエイター村だった。かつては公務員宿舎として使われていた場所で、クリエイターショップとカフェが並ぶ観光スポットにリノベーションされたらしい。アクセサリー、革製品、小物雑貨、お茶やスイーツを売る露店街は、アイスクリームや台湾茶を片手に散策する若者でごった返していた。

「台湾の人はリノベが好きなの？」

レンガ造りの二階建ての建物は、確かに古いが立派な作りをしていた。施設内はカフェやスイーツショップになっていて、建物と建物の間には大量のライトが吊され、その下に露店がたくさん出ている。

「こういうのね、文創っていうらしいよ。台北でも古い倉庫とか工場をカフェやホテルやオフィスにしたりするのが増えてるんだって」

天然石のアクセサリーを売る店の前に屈み込んだ古賀が、陽の光をぎゅっと凝縮したような蒲公英（たんぽぽ）色の石を使ったピアスを摘まみ上げる。

「台湾の歴史って複雑じゃない？　親日国だって日本人は思ってるけど、歴史を見たらみんながみんなそうってわけじゃないはずだし。あと、オリンピックに台湾って国名で出場できなかったり、ユネスコに加盟してないから世界遺産がなかったりさ。だからこそ、歴史あるものを大事にしていこうってことなんじゃないかな」

ここで会話を広げられるほど、台湾の歴史に詳しくない自分に気づいた。台中で『夏季極光』を撮影しているときの尚斗は、どうだったのだろう。

ああ、そういえば……尚斗の部屋に、『夏季極光』の台本と一緒に、台湾の歴史の本が置いてあった。

「あ、杏仁茶だ。蓮見、杏仁茶飲む？」

古賀にTシャツの袖を引っ張られ、脳裏に浮かんだ尚斗の部屋が霧散する。もしかしたら古賀は、故意にやっているのかもしれない。

杏仁茶の店の壁には「為民服務」と書いてあったが、かつてこの建物が何だったのか、貴斗にはわからない。とろりと甘い杏仁茶は冷たくて、前歯にシンと染みた。

「いやあ、楽しいね、台湾」

ちゅう、と音を立ててストローで杏仁茶を吸い上げる古賀に、「そうだな」と素直に口にできた。慌ただしいけれど、話し相手のいる旅はいい。

マルタ旅行は綺麗なものがたくさん見られて、美味いものもたくさん食べられて充実していたけれど、何を見ても食べても感想を言う相手はいないし、独り言はどんどん増えるし、常に胸に空っ風が吹いていた。

——お前の隣には今、誰かいるのか？

無性に、尚斗に語りかけたくなる。尚斗のスマホが入っているズボンの左ポケットが、ずしんと重くなる。「親にお土産でも買ってったら?」と古賀に言われるがまま、両親に揃いの革製のコースターを買った。

そういえば、『夏季極光』で台湾に行った尚斗が買ってきてくれた土産は、パイナップルケーキだった。


高美湿地の最寄りのバス停は、だだっ広い駐車場に囲まれた寂しい場所だった。

大勢の観光客と共にバスを降りた瞬間、潮の香りがした。礼文島の海とも、マルタ島の海とも違う。親に頭を撫でられるような懐かしさを含んだ磯っぽい風が、前髪を揺らす。

アスファルトの塗り直しが何度もされたぼこぼこの道を進むと、堤防が見えた。階段を上ったら目の前は広場になっていて、『夏季極光』で見た広大な湿地帯が広がっていた。

細い桟橋が沖に向かって延び、靴を脱いで湿地に降りる観光客の姿もある。

湿地は夕焼け空を鏡のごとく反射し、夕刻と夜が溶け合い、オレンジとすみれ色のあわいで、さまざまな色が揺らめいている。遠くに風力発電のプロペラが等間隔に並び、音も立てずに羽が回転する。

「よかった、ちょうど干潮の時間と被ったね」

満ち潮の時間を示した看板を確認して、古賀が「行こう」と桟橋を指さす。半熟卵みたいに輪郭の溶けた太陽が、湿地に向かってゆっくりゆっくり降下していく。

「ウユニ塩湖みたいだね。天空の鏡、だっけ」

「ああ、確かに。よく似てる」

湿地は近くで見ると複雑な姿をしていた。乾地もあれば草地もある。目をこらすと砂の上をカニが歩いていた。足の長い鳥が、餌を探して草地を動き回る。

桟橋の先端まで行くと、湿地は薄く海水で覆われ、小さく波打つ音がはっきりと聞こえた。太陽の位置が低くなり、空は飴細工に似た淡い色になる。オレンジ色とすみれ色が混ざり合った空が、湿地帯と一つになる。

「ずーっと、尚斗さんのことを考えてるみたいだけどさ」

古賀の声色は、うんざりとしていた。

「やっぱり、特別なんだね、双子って」

「特別かあ……そうだな、特別だったな」

「鬱陶しいって思ったりしないの。同じ顔で、弟は人気俳優だなんて。現に蓮見、会社で嫌な思いもいっぱいしたじゃん」

「そりゃあ、したよ。大学のときなんて、付き合った女の子が尚斗目当てだってことがあった。あれはホント、最悪だった。でも、それは尚斗のせいじゃない。もし、仮に尚斗のせいだったとして、尚斗のせいなら俺のせいでもある」

古賀が鋭く息を吸った。次に出て来る言葉は、笑ってしまうくらい、易々と想像できた。

「でもさ、双子っていっても、蓮見は蓮見で、尚斗さんは尚斗さんなわけで……」

「当たり前じゃん」

沖から一際強い風が吹いた。地球の底が抜けたような、空に投げ出されたような感覚がして、足の裏がひゅっと痒くなる。

「俺達はちゃんと二人で二人だったし、二人で一人でもあったんだよ」

自分の言葉のおかしさに笑ってしまった。世の中、そんないい関係の兄弟ばかりではないだろう。本気で弟を妬ましいと思う兄だっているだろうし、本気で兄を馬鹿にして嘲笑う弟だっているだろう。

幸か不幸か、自分と尚斗はそうでなかったのだ。俳優・蓮見尚斗を一番応援していたのは自分だったと自信を持って言えた。

「人間は一人で生まれてきて一人で死んでいくって言うだろ。違うんだよ。俺達は二人で生まれてきたんだよ。ぼんやり、死ぬのだって二人な気がしてた。なのに俺は一人にされた。この気持ちは、俺にしかわからないよ」

だから知りたかった。教えてほしかった。何がいけなかった。俺は何をすればよかった。

「……降りてもいい?」

古賀が何か言うより先に、靴と靴下を脱ぐ。素足で、湿地に降りる。泥は柔らかく、水は冷たかった。くるぶしまでしか浸かっていないのに、火照った体が一気に冷えていった。

何も言わず、沖に向かって歩いた。進めば進むほど周囲から人が減っていく。美しい光景に感動する声、写真を撮り合う楽しげな声が遠ざかっていく。

夕日が湿地に沈もうとしていた。水面に映るオレンジ色の光は細長く伸び、あたりの色を変える。火が爆ぜる音が聞こえた気がした。自分の体がすみれ色に飲み込まれていく。

尚斗がいた、『夏季極光』の世界だった。

「見ろよ尚斗、綺麗だな」

リュックの中を探って、尚斗の遺骨を取り出した。ガラス瓶を夕日にかざす。瓶に反射した太陽の光が、貴斗の掌で躍る。

少しずつ、夕日は湿地の向こうに隠れていく。湿地の輝きは増し、オレンジ色の光は赤に、すみれ色は群青へ変わる。地球が大欠伸をして、眠りにつこうとしている。

貴斗の姿が水面に映り込んでいた。黒髪に眼鏡をかけたその顔は蓮見貴斗に間違いないのに、わからなくなる。蓮見貴斗なのか、蓮見尚斗なのか、境界が曖昧になる。

自分のような尚斗のような、ぼやけた男に貴斗は語りかけてしまう。

「お前が死んでから、天国みたいな場所ばかり来てるよ」

なのに、お前はどこにもいないんだな。自分の意志でこの世を去った理由の欠片すら、投げて寄こさない。

「それ、まさかだけど、尚斗さんの遺骨？」

水の弾ける音が近くでした。靴を一足ずつ両手に持った古賀が、貴斗を凝視している。

「人差し指の……基節骨っていうらしいね。第二関節と付け根の間の骨」

瓶を振って、中の遺骨とシーグラスを鳴らした。カラカラと小気味のいい音がする。古賀は無反応だった。嫌悪も憤りも、無理矢理飲み込んだ顔をしていた。

「尚斗のスマホの顔認証を自分の顔で解除して、尚斗の遺骨を持って、礼文島にもマルタにも、ここにも来た」

古賀の目がすーっと見開かれ、瞳に夕日の色が滲んだ。頬を強ばらせた彼女が何と言うか、奥歯を噛んで待つ。

「ごめん、変なこと言う」

そう前置きした古賀の声が、強ばっているのに妙に冷静で、背筋がヒヤリとした。

「あなたは、蓮見貴斗だよね？　蓮見尚斗じゃないよね？」

「……どういうこと」

「なんか、今、怖いことを考えた。死んだのは貴斗の方で、私の前にいるのは尚斗なんじゃないかって。蓮見尚斗が、蓮見貴斗のふりをしてここにいるんじゃないかって」

古賀の瞳は困惑に揺れていた。咄嗟に、水面に映る自分を見る。貴斗か尚斗か曖昧なその男は、こちらを睨みつけていた。

「俺は蓮見貴斗だよ」

同じ顔の人間が、同じ遺伝子情報を持つ人間がすぐ側にもう一人いて、嫌い合うことなく生きてきた。それは大きな奇跡だったのだ。

険悪な仲ならよかった。兄は弟の活躍を羨んで、コンプレックスに感じて、嫌な思いをたくさんして、顔も見たくないと思ってる。弟はそんな兄を見下していて、尊大で偉そうで……そんな兄弟だったら、こんなことを考えずに済んだ。

「死んだのは尚斗だ。俺の双子の弟だ」

転ばないように静かに、古賀が近づいてくる。こちらの顔を見ることはせず、貴斗と並んで沖を見つめた。水平線に消えようとする太陽に、凪いだ眼差しを向ける。

「尚斗は死んだんだ」

唇を引き結んだ。太陽が沈み、あたりは一気に暗くなる。赤い光は紫に、群青の空はさらに濃くなり、ちらちらと星が見え始める。

洟を啜った。所沢の墓でも、礼文島でも、マルタ島でも流れなかった涙が頰を伝った。潮風に涙が乾ききった頃、古賀に肩を叩かれた。日が落ちて何も映さなくなった湿地を、バシャバシャと音を立てながら桟橋へ戻った。

古賀が予約してくれたホテルの部屋がツインだったときから、そうなるだろうと思っていた。バスルームを出ると、先にシャワーを済ませてベッドに寝転がっていた古賀に「ホクロ、見せてよ」と言われた。

夜市でチキンやら臭豆腐やらをたらふく食わされている合間に、貴斗と尚斗を見分けるポイントについて古賀に聞かれた。

「俺だけ、足の付け根にホクロがある」

そう答えたら、「あとで見せてよ」と言われた。他人に見せられる場所じゃない、と答えようとしたら、古賀はサツマイモボールの屋台を見つけて走っていってしまった。

そのときから、予感はしていた。

古賀のベッドに腰掛けて、バスローブの紐を解いて、ホクロを見せてやった。左の内太腿、足の付け根のぎりぎりのところに、茶色っぽいホクロがある。母は貴斗のオムツを交換しているときにこれを見つけて、「これで万が一どっちがどっちかわからなくなっても識別できる」と安堵したらしい。

「蓮見は死んじゃ駄目だよ」

ベッドに横になったまま、古賀は貴斗のホクロに触れた。体の中で一番皮膚が柔らかな場所を何度も指先で撫でた。

「古賀は、どうして俺にここまでしてくれるの」

「わかんないなー。ちょっと好きになった人がこんなにメンタルやられちゃったなら、もう放っておけばいいのにね。一緒にいてもハラハラするし」

古賀の指は温かかった。指先の熱を弄ぶみたいに、古賀は貴斗のホクロを引っ掻く。細い痛みが内太腿に走る。

「蓮見は不可解かもしれないけど、もう〈ちょっと好き〉って段階でもないんだよね。惚れた弱みだよ、弱み。だから、死なない程度に元気出してね」

古賀の言葉に応える代わりに、彼女のこめかみに手をやった。軽い手触りの髪を掻き上げて、何も塗られていない薄ピンク色の唇に自分の口を押しつけた。ふに、と馬鹿らしいくらい初々しい感触がした。

リバイバル上映の『夏季極光』を観にいったとき、古賀の肩に寄り掛かりたいと思った。今、寄り掛かってもいいじゃないか。古賀はそれを許してくれる。

「そんなに皺を寄せると、取れなくなっちゃうよ」

古賀が自分の眉間を指さす。「尚斗さんと同じ顔じゃなくなっちゃうよ」と彼女がつけ足した瞬間、バスローブを羽織っただけの薄い体をベッドに思い切り押しつけて、酷く熱を持った舌を古賀の口にねじ込んだ。

最低な行為だとは重々承知していた。喪失感を言い訳にこんなことをしていいのだろうか。そもそも、俺の胸にあるのは喪失感なのだろうか。墓から尚斗の骨を持ち出したのも、礼文島へ飛んでいったのも、ブローチの正体を探ろうとマルタ島へ行ったのも、喪失感に押し流されていたのだろうか。

だとしたら、俺の行為には何の意味があるのだろう。

古賀の掌が何かを探すように貴斗の胸を登っていった。体の中の血液がそれを追いかけていく。貴斗の体は斑（まだら）に熱を持ち、肌は粟立っていった。

なのに。

「……はすみ？」

うっすらと眉を寄せて、古賀が首を傾げる。何でもないと言って彼女の首筋に鼻先を寄せた。時間をかけて彼女に触り、古賀も同じようにしてくれた。

なのに、どうやっても、何をどうしても、古賀とセックスすることができなかった。勃（た）

たなかった。

「ごめん」

先に古賀に謝られてしまった。失敗が予想できた仕事を案の定失敗した。そんな顔をしていた。泣いたり怒ったりしてくれたら、お互い、つまらないことをしたものだと割り切れたのに。

エアコンを入れているはずなのに、貴斗の額を汗が伝った。古賀の顔に滴らないよう、慌てて掌で拭(ぬぐ)った。

拭った瞬間、わかってしまった。

「俺達、二人で一人だった」

誰かが「それは違う」と言おうと、「その考えは間違っている」と言おうと、尚斗は自分の片割れだった。半身だった。尚斗が死んで貴斗が生殖に必要な機能を失うのは、理にかなっている気がする。尚斗の道連れになったのかもしれない。

もしくは、貴斗自ら尚斗に差し出したのかもしれない。贖罪なのか当てつけなのか、わからないけれど。

彼の死は、半分、貴斗の死でもあった。

＊

野木森はインターホンも押さずに入ってきた。そういえば、彼女はまだ尚斗の部屋のカードキーを持っているんだった。

「貴斗君、いないのー？」

リビングから野木森の声がする。「風呂でーす」と叫んで、髪をシャワーで流した。頭を振って雫を払い、ドアノブに掛けておいたハンドタオルで頭と上半身を拭く。タオルからは海水と砂の匂いがした。高美湿地の匂いだ。

着替えがもうないから、さっきまで着ていた汗臭いTシャツに再び袖を通し、洗面台に置いておいた眼鏡を摑んで脱衣所を出た。

リビングのドアを開けると、煌々と明かりが灯った部屋の中央に、野木森がたたずんでいた。彼女の足下には貴斗が先ほど放り投げたリュックと、ドラッグストアのレジ袋がある。尚斗の荷物が運び出され、処分する予定の本棚とソファだけが残ったリビングは広く、エアコンをつけているわけでもないのに寒々しかった。

「貴斗君、いきなり呼び出してどうし……」

言い終えないうちに、野木森が息を止めた。

「なおと……？」

眼球が飛び出してしまいそうなくらい、大きく大きく彼女は目を見開く。声を震わせる。

「尚斗に見えます？」

タオルで髪を拭きながらソファの真ん中にどかりと腰掛けた。濃いめのカフェオレみたいな色になった自分の髪に、指を通す。

「なんで、尚斗と同じ色に……」

「カラー剤買って自分で染めたんですけど、意外と綺麗に染まりますね」

裸眼では野木森の表情がはっきり見えなかったが、あえて眼鏡はかけなかった。

「尚斗が死んだのは夢だったんじゃないか。そう思いました？」

答えない野木森に、「俺も、鏡に映る自分を見てそう思いましたよ」と笑いかける。

「貴斗君、どうしてそんなことを」

「野木森さん、俺に尚斗になってほしかったんじゃないんですか？」

わざと嫌味っぽく言ってやった。リュックサックのファスナーを開け、中から台湾土産のパイナップルケーキの箱を取り出した。

「俺、連休中に台湾に行ってたんです」

パイナップルケーキを受け取った野木森が、貴斗を窺うように「台湾……」と呟く。

「リバイバル上映された『夏季極光』を観たら、高美湿地に行ってみたくなって」

「貴斗君、どうして私を呼び出したの？」

パイナップルケーキの箱を両手で抱えたまま、野木森が聞いてくる。静かな声色だったが、滲み出る怒りが貴斗の耳をくすぐった。

「尚斗と同じ髪にして、私に対する当てつけのつもり？」

一歩、二歩、野木森が迫ってくる。大柄で声が低いから、威圧感に肌がピリピリした。

「私はね、貴斗君にそんなことされなくても、尚斗の自殺は私のせいだと思ってる。あの子は楽しそうに、一生懸命に仕事してた。いいビジネスパートナーだったと思ってる。でも、自殺の理由が仕事にあったにせよ、人間関係や将来に対する不安にあったにせよ、それ以外の何かだったにせよ、毎日顔を合わせてるのに気づいてあげられなかった。だから、どうしたって私のせいなの。週刊誌とかネットニュースとかＳＮＳで、事務所やマネージャーが叩かれるのは、当然の報いだと思ってる」

「そんなこと言ったら、俺のせいでもあるし、うちの両親のせいでもありますよ」

誰一人、あいつをこの世に繋ぎとめる役目を負えなかった。首を吊る瞬間、尚斗は俺の顔を、父の顔を、母の顔を、野木森の顔を、辻亜加里の顔を、他の誰かの顔を、思い浮かべなかったのだろうか。

この人がいるから死ぬのはやめよう。そう思える人間が、いなかったというのか。

「……いなかったから、死んじゃったんだろうけど」

思わず声に出してしまって、誤魔化すように貴斗は濡れた髪を搔き上げた。

「髪を染めたのは、野木森さんへの当てつけじゃないです。台湾に行ってやっと、尚斗は本当に、綺麗さっぱり死んだんだなって思い知ったんですよ。でも、そう思ったらちょっと寂しくなっちゃって」

この世に尚斗がもういない。だから、尚斗の存在を自分の側に残しておきたくなった。気がついたら、ドラッグストアのヘアカラー剤コーナーの前にいた。

「尚斗が最後に出た映画を野木森さんが完成させたいって躍起になるのは、俺が礼文島に行ったり、マルタに行ったり、台湾に行ったりしたのと、根っこでは一緒なんですよね」

辻亜加里が尚斗にメッセージを送り続けるのも、きっとそう。

尚斗が死んだという事実を確かめる作業、といえば聞こえはいい。正確には、現実に溺れぬよう、必死に水を搔いて息をしているのだ。それは、気づいたからといって終わらせられるわけでもない。

ソファの下に手を突っ込んで、部屋の片付けをしたときに隠した台本を引っ張り出した。

『美しい世界』と書かれた象牙色の表紙を見た瞬間、野木森がハッと息を呑んだ。

「あ、勘違いしないでくださいね？　髪を染めたのと、尚斗の替え玉をするのは。別の話ですから。そのことを、野木森さんにはっきり言いたかったから呼び出したんです」

台本を捲る。緑色の付箋がいくつも貼られ、ペンで書き込みもされていた。

「静かだけど、いい話ですね」

監督である竹若が脚本も書いている。家族を失った青年が大学を中退し、職を求めて東京へ出てくる。河川敷に段ボールの家を持つホームレス、新宿二丁目のゲイバー店員、えげつない記事ばかり書く週刊誌の記者、コンビニで働く外国人店員、少年院上がりの板前見習い、暴力団の下っ端……灰色の冷たい街と言われがちな東京で出会いを繰り返す。竹若監督作品らしい、重厚な人間ドラマを描きつつ社会問題を抉る作品になりそうだ。

「尚斗が冒頭のシーンに何を書き込んでたか、見ました？」

野木森は首を左右に振って、何も言わず貴斗が差し出した台本を受け取った。マネージャーといっても尚斗の台本の書き込みまではチェックしてないらしい。尚斗の手書きの文字を目で追って、押し黙る。

映画は、主人公のトモヒコが夜行バスで東京にやって来るところから始まる。台詞はなく、早朝の新宿を一人歩いていくトモヒコの表情をひたすら追う構成になっていた。

――彼は、死ぬために東京へ来た。

尚斗は、そう書き込んでいた。この部屋の片付けをした日にこの一文を見てしまい、こんな台本を見ながら両親と話すなんて到底無理だと思って、咄嗟に隠した。

「映画のせいだとは思いません」

台本を凝視したまま動かない野木森を横目に、ソファに体を投げ出す。大きく息を吸って、吐く。

「あいつはただ純粋に、自分の演技プランとして、そう考えただけだと思います。でも、それと同じくらい、これがきっかけだったんじゃないか、とも思ってしまいます」

それは、野木森だって同じだろう。

「野木森さん、まだこの作品を完成させたいですか？　尚斗が自殺したのはこの映画が原因かもしれないって思いながら、双子の兄貴を替え玉にして、完成させられますか？」

それでも野木森は強行するんじゃないか。そんな予感がした。貴斗も彼女も、溺れているのだ。ただ息をするために、必死に水を掻き、口を開けている。納得ができるとか、筋が通っているとか、そんな問題ではない。

ただ懸命に、死なないために、息をしている。そこまでして死なない必要があるのだろうか、と頭の隅っこで考えながら。

野木森は何も言わず帰っていき、貴斗はその日、尚斗の部屋のソファで寝た。翌朝、家に帰ってスーツに着替え、会社に行った。

髪を染めて出社した貴斗に、誰よりも早く古賀が驚いた。昨日の夕方に羽田空港で別れたばかりなのに、随分久々に顔を合わせた気分だった。

「蓮見……髪……」

眼鏡をかけていなかったが、彼女が困惑しながら貴斗の髪の毛を指さしたのがわかった。古賀が貴斗の足の付け根のホクロに触れたこと、そのときの互いの体温を思い出して、喉の奥が冷たく軋(きし)んだ。

「ごめん」

あのとき古賀に先を越されて言えなかった謝罪を口にして、たじろぐ彼女を尻目に、部長の座るデスクに向かった。課長と何やら話し込んでいる。二人まとめて済ませてしまえるから、ちょうどよかった。

社員の服装規定に抵触するような髪色ではないはずだが、部長も課長も、貴斗の姿を見て目を丸くした。直後、険しい顔で二人同時に口を開く。

彼らの言葉を奪うように、ジャケットの内ポケットから取り出した封筒を、部長のデスクに置く。

退職願と、尚斗そっくりの字で書いてある封筒を。

「退職させてください」

低く擦(かす)れた声だったのに、何故か周囲が静まりかえった。

俺はまだまだ、溺れている。

第四章　ロンドン

@nanashi　2021年6月22日
辻亜加里とかワンパターンの演技しかできない一発屋じゃん　#蓮見尚斗

@NAKAYAMASYOYA　2021年6月22日
蓮見尚斗に熱愛ですか。それにしても辻亜加里きらわれすぎだろ。

@takuya5　2021年6月22日
でも辻亜加里の常に人を見下してる感じは嫌いじゃない。蓮見尚斗もそういう性癖なんでしょ

@sky　2021年6月22日
辻亜加里、付き合った男の好感度を下げるタイプだなー。蓮見尚斗、せっかく女性人気高かったのに

@matomerude　2021年6月22日
辻亜加里と蓮見尚斗のなれそめは？　週刊現実とエブリデイポストの記事を検証しました！　https://www.matomerude.jp/……

@koyasugai　2021年6月22日
熱愛報道なんて、、、嘘だよね、、、？？？　#蓮見尚斗

@wadachi5560　2021年6月22日
蓮見尚斗くんと辻亜加里が付き合ってたとか精神的にエグイ

@Cotton　2021年6月22日
推しが性格悪い女と熱愛出たら普通に自殺する。大勢の人が関わってる主演ドラマを生放送で批判する女優とか、どれだけ美人でも嫌だ。別に蓮見尚斗は好きじゃないけど。

@AR120　2021年6月22日
蓮見尚斗と辻亜加里って『君の恋の匂いがした』で共演してたよね

弟が芸能人であることで兄が被る煩わしいあれやこれやについて、尚斗に謝罪されたことは一度もなかった。双子であることで発生する〈迷惑〉はお互い様という不文律が、生まれたときから……もしかしたら母のお腹の中にいるときからあったのかもしれない。貴斗と尚斗、どちらが先だったかわからないが、母の子宮で受精卵が二つに分裂するとき、「じゃあ、ここからは持ちつ持たれつで」と声を掛け合ったのだ。

その尚斗が、一度だけ謝罪の電話をしてきたことがある。辻亜加里との熱愛が週刊誌にスクープされたときだ。亜加里の家に二人で入っていく姿が写真に撮られていた。尚斗の手にはコンビニのレジ袋があって、ワインボトルが二本見えた。

尚斗から電話が来たのは、報道のあった日の夜だった。会社から帰宅してテレビを点けた瞬間、スマホが鳴った。

『なんかごめんね』

その謝罪は、辻亜加里と付き合っていること——双子の兄が好きな女優と恋人同士であることに対する「ごめん」なのか。

『思ったよりでかいニュースになっちゃってさあ、貴斗にもなんか迷惑かけてない？』

ワイドショーは尚斗と亜加里を「人気若手俳優カップル誕生」と歓迎していたが、それぞれのファン達は心穏やかではなかった。

「そりゃあ、辻亜加里が相手じゃ、こうなるでしょ」

辻亜加里は同世代の女優と比べてもきついキャラで売っていて、バラエティー番組に出ても不味(まず)いものは不味いと言い、面白くないものは面白くないと言うものだから、しょっちゅう彼女の公式SNSは炎上していた。ドラマの番宣でお昼の生放送に出演したときなんて、「こんなわざとらしい番宣しないと視聴率取れないなんて馬鹿みたいですよね」と発言し、視聴者からもマスコミからも大バッシングを喰らった。

尚斗のファンからしたら「なんであんな生意気な女と」だし、ファンでなくても「あんな高飛車な女と付き合ってるのか」だった。

『確かに言いたいことは何でも言っちゃう奴だけどさ、アレはテレビ用にデフォルメされたキャラクターじゃん』

俺はそうでない彼女もよく知っている、と言いたげな尚斗に、呆れて溜め息をつく。

「で？　本当に付き合ってるの？」

『うん、まあね。付き合ってるよ。二ヶ月くらい前から』

「おおー、一番楽しい時期じゃん。しばらく大変そうだけど、まあ、お幸せに。こっちは別に、何かあっても今まで通り適当に躱すから。慣れてるし」

『ごめんね』

その「ごめんね」は、迷惑をかけるかもしれないことに対してなのか、亜加里と付き合っていることに対してなのかは、わからなかった。

ほとぼりが冷めたら食事にでも行こうと話して、電話を終えた。すぐに二人の所属事務所が「友人同士である」と発表して、なんとなく〝そういうこと〟として収まった。

三ヶ月後に二人が別れたとささやかにネットニュースが取り上げ、少しだけ騒ぎになったけれど、瞬く間に世間から忘れ去られた。

破局後の尚斗はケロリとしていて、「別れたんだって？」という貴斗の問いに、「別れちゃいましたねー。友達が一番いいってことだね」と苦笑いしながらマンゴーの切れ端を口に放り込んだ。そうだ、あれはタイ料理屋だった。デザートのマンゴーが運ばれてくるまで、自分は亜加里のことを切り出せなかった。

破局の理由については、先日の「ごめんね」の答え合わせをしてしまう気がして、聞かなかった。

「貴斗、あんた、これ着たら？」

母の声にハッと我に返って、貴斗は咄嗟に「おう」と返事をした。手には上等なニットがあって、染み込むように手に馴染んだカシミヤの滑らかさに、長いこと思い出の渦に沈んでいたことを実感する。

高校卒業まで寝起きしていた部屋のクローゼットは開け放たれ、衣装ケースから尚斗の洋服が溢れている。すべて、夏の終わりに尚斗の家から実家に運んだものだ。

母は、見覚えのあるチャコールグレーのトレンチコートを両手に持っていた。

「このコート、いいやつだよ？　お母さんにはブランドとかよくわかんないけど」

「あいつ、冬になると着てたね、これ。マッキントッシュだっけ」

「パソコンの？」

「違う違う、アップルじゃなくて、イギリスの高級ブランド」

タグを確認すると、やはりMACKINTOSHのロゴが縫い付けられていた。試しに羽織って、姿見の前に立ってみる。ウール素材のトレンチコートは手触りがよくて軽い。着た瞬間に自分のまとう空気がふっと暖かくなる。

「うわ……」

鏡の中には、顰めっ面をした弟がいた。咄嗟に髪を掻き上げると、カフェオレみたいな髪色をした弟が、同じポーズを取る。

「眼鏡外して髪まで染めると、ホントにそっくりよ、あんた達」

貴斗の代わりに母が笑いながら呟く。鏡の中で、尚斗は肩を震わせる。ははっという乾いた笑い声は、尚斗のものに聞こえた。

「見分けがつかない？」

「生きてる方が、貴斗」

母はさらりと言った。歌でも歌うようだった。当然のことなのに言い返したくなってしまう。反論の言葉なんてないのに、何かが喉元まで迫り上がってくる。

「貴斗、ほしい服があったらどんどん持っていっちゃってよ。どうせサイズも服の好みも同じなんだし。仕事辞めちゃったんだから、服を買うお金も節約しないと」

手提げ袋か何か持ってくるから、と母が立ち上がり、部屋を出て行く。貴斗は姿見と再び向き合った。

九月に台湾から帰国した直後、髪を染めた。上司に退職願を提出した。その日の帰り道にコンタクトレンズを買った。有休を消化して正式に退社したのは十一月の頭のことだ。

名実共に無職となった息子を、両親は批判しなかった。会社を辞めると実家に報告に来たときも、母は「あらそうなの」とお茶を淹れ、父は「貯金はあるのか？　あるならいいけど」と貴斗が手土産に買ってきたシュークリームを食べた。

尚斗そっくりの髪になって、コンタクトまでして現れた貴斗にも、二人は何も言わない。「今、どう見ても尚斗に見えるんだけどびっくりしないでね」と事前に電話したせいか、動物園でパンダでも見るような顔で「はあー、ホントに尚斗だね」と感心された。

母が見つけてきた大きなトートバッグに服を入れた。俺が置いていったら誰もこの服を着ないんだと思うと、冬物の服を全部段ボールに詰め込んで宅配便で送る羽目になった。きっと、来年の春、夏、秋と同じことをして、尚斗の服は全部貴斗のものになる。

午後七時過ぎに、父が会社から帰ってきた。リビングにいた貴斗を見て、父は「会社辞めたんだったな」と思い出したように笑った。夕飯は、別に誰かの好物というわけでもないイカと大根の煮物だった。

「貴斗、帰ってこないのか？」

父にそう聞かれたのは、風呂上がりにリビングで晩酌しているときだった。父は缶ビールの中身をお気に入りのタンブラーに注いで飲んでいた。母は風呂に入っていた。

「貯金が寂しくなったら、戻って来ようかな。ずっとニートってわけにもいかないし」

「二十代だし、どこも人手不足だし、一年くらいふらふらしてても何とかなるだろうよ」

随分楽観的なことを言うな、と貴斗は缶ビールに口をつけた。無意識に前髪を指先で弄っていたことに気づく。まるで他人の髪を撫でつけるような手つきだった。

俳優の弟が死んで半年。瓜二つの姿をした双子の兄がまともに社会活動を送るには、本人的にも対外的にも、もう少し時間が必要だと父は思っているのかもしれない。

「大丈夫、一生無職で過ごそうなんて思ってないからさ」

「父さん達のためか、その格好は」

突然の問いに、前歯がアルミ缶に当たって音を立てた。父は貴斗の髪を見ていた。尚斗と同じ色に染まった、貴斗の髪を。

「違うよ」

答えて、ビールを呷る。苦く鈍い喉ごしの向こうで、「正直だね」と尚斗が笑った気がした。俺だってわかってる。父さんの問いを肯定すれば、この行為に意味を見出せて、楽になれる。

「どっちかというと、自分のためだ」

それも違う気がするけれど、そうとしか言えない。

「尚斗と間違われて困ったりしないか、外歩いてて」

「何回かあったけど、去年、尚斗が連ドラに出てた頃に比べれば全然」

ＳＮＳ上に〈蓮見尚斗がいた！〉とか〈蓮見尚斗の双子の兄弟を見た〉なんて投稿を時々見かけるくらいだ。

ばたん、と風呂場の方から音がした。父との話はそこで途切れ、風呂上がりに母が柿を剝いて、三人で柔らかくなりすぎた橙色の実を頰張った。母に「お酒飲み過ぎちゃ駄目よ」と注意され、自分が缶ビールを四本も空けていたことに気づいた。

父も母も寝静まった頃、自分の部屋で尚斗のコートを再び羽織り、姿見の前に立った。

自分で染めた髪は、生え際が少しずつ黒くなってきていた。明日、東京の自宅に帰る道すがら、ドラッグストアで以前と同じカラー剤を買おうと決める。

俺はまだ、欠片でもいいから尚斗でいたい。自分の髪を梳きながら、鏡の中で尚斗は力なく笑っている。

そのとき、コートの袖が妙に艶めかしく光った。黄ばんだ照明の下で、尚斗の――貴斗の左手が、青く煌めく。

「なんだ……このボタン」

青い光の正体は、コートの袖のボタンだった。どう見ても元からついていたものではない。チャコールグレーの生地にぽつんと浮かぶボタンは七宝焼きで、瑠璃色と銀色が組み合わさり、タータンチェックに似た模様を作っている。見るからに古く、物語の蓄積を感じさせる。

右腕を確認してみる。シンプルな黒いボタンがついているだけだった。コートの前を留めるボタンと同じデザインだ。

ボタンを見下ろしたまま姿見の前をうろうろして、ベッドの側に置いた鞄から、尚斗の遺骨を取り出した。瓶はいつもと変わらず、ひんやりと素っ気ない温度をしている。

「なんで片方だけなんだよ」

骨とボタンに交互に問いかけ、ベッドに寝転ぶ。片方だけなくしてしまい、新しいものにつけ替えたのだろうか。どうしてこんな古びた七宝焼きのボタンにしたのだろう。

枕元に置いてあった尚斗のスマホを、顔の前にかざす。顔認証を解除して、尚斗のカメラロールを遡る。去年の秋にはマルタ共和国に行っている。それより前の写真は日本のものばかりだ。貴斗が知る芸能人と尚斗が一緒に写る写真もたくさんあった。

探していた写真は、さらに三月まで遡ると見つかる。マッキントッシュのコートを羽織った尚斗が、ロンドンのタワー・ブリッジを背に微笑んでいる。次の写真は、バッキンガム宮殿の衛兵交代式の様子。ロンドンの街並み。白いクリームがかかった、ずっしりとしたカップケーキ。キングス・クロス駅の9と4分の3番線で、柱に突っ込むカートのモニュメントの前でハリー・ポッターの物真似をする尚斗。

尚斗がロンドンに一週間ほど旅行に行ったことは、よく覚えている。出発の少し前に、「話があるんだけど」と尚斗に誘われ、二人で飲んだ。

「久々にハリー・ポッターの映画を見たら、ロンドンに行きたくなっちゃってさあ」

彼はそう言って笑った。「話ってそんなことかよ」と貴斗も笑った。「貴斗も一緒に行く?」と誘われたが、「年度末は忙しいから無理」と断った。大学生の頃は金がなくて一緒に旅行に行けず、会社員になったら時間がなくて旅行に行けなかった。

「お土産はハリー・ポッターの杖でいい?」と言ったくせに、尚斗は何故か青いコートと赤い帽子を身につけたくまのパディントンのぬいぐるみを買ってきた。

カメラロールに保存された写真は、そんなロンドン旅行の道中で撮られたものだ。

タワー・ブリッジで自撮りする尚斗のコートに、まだアンティークボタンはない。しかし、カップケーキの写真に写る尚斗の左腕には、瑠璃色と銀色が重なり合ったタータン模様のボタンがある。

そして、カップケーキは一つじゃない。尚斗の手の隣には、ピンク色のカップケーキを持つ別の手がある。白く長い指の先には、ターコイズのネイル。そのネイルの主の顔が写る写真は、どこにもない。キングス・クロス駅での尚斗の写真は自撮りではなかった。彼を写真に収めたのは、このターコイズの彼女のような気がした。

尚斗と亜加里は、去年の四月頃に付き合い始めたはずだ。六月に熱愛報道が出て、その時点で尚斗が「二ヶ月前から付き合ってる」と言っていたのだから。

つまり尚斗は、ロンドンでコートのボタンをつけ替え、このターコイズのネイルの女性と会った直後に、亜加里と恋人になった。

ぱきん、と部屋のどこかから家鳴りがした。思考を断ち切るような乾いた音に、「考えすぎか」と肩を竦める。

「行かないよ」

胸の上で、尚斗の骨が入った瓶を握り締める。まさか、ロンドンへ行って、ターコイズの彼女を探そうだなんて思わない。礼文島とマルタ島と台中へ行ってよくわかった。尚斗の残り香を探し歩いても、救われることはない。頭を撫で、頬を撫で、背中を摩(さす)ってはくれても、救いはしない。

「お前は何から救われたいのか」と問われても、答える自信がなかった。弟が死んだ喪失感から俺を救ってくださいなんて、口が裂けても言えない。

尚斗の骨は浮き輪だ。彼が命を絶っておさらばしたこの世界で溺れる哀れな兄を、沈まないように、水面に浮かび上がらせてくれる。

だから、髪を染めても、どれだけ姿が尚斗に近づいても、尚斗の骨を墓に戻してやることができない。

＊

誓いが破られるときはあっさり来た。

日曜の深夜……ほとんど月曜の早朝に近い時間に、自宅でバレッタのジョゼフとビデオ通話していたときだった。マルタ島を訪ねてから早四ヶ月、彼とはときどき連絡を取り合い、夜中に（ジョゼフにとっては晩酌の時間に）パソコンの前で酒を飲みながらだらだらと話すようになった。おかげで英語も随分と上達した気がする。

ジョゼフがワイン片手に話すのをうんうんと聞いていたら、スマホの通知音がした。会社を辞めてからも古賀からはちょくちょく映画の誘いが来る。映画を観て、感想戦をして別れるという、今まで通りの友人関係が続いている。古賀のそういうところが、遠くに見える街明かりのようだった。

ところが、自分のスマホを見ても何も表示されてなかった。恐る恐る、尚斗のスマホに手を伸ばす。

メッセージが届いていた。また亜加里かと送り主を確認し、表示された〈MARY〉という名前に、「は?」と声を上げてしまう。同時に、親指が勝手に動いてメッセージを開いてしまった。手にしていた度数の高い缶チューハイが、掌から滑り落ちそうになる。

『どうした?』

ジョゼフが聞いてくる。最近やっと仕事が一段落したらしいが、忙しさにかまけて恋人と会わずにいたら、すっかり愛想を尽かされてしまったのだとか。

「いや、なんか……尚斗に英語でメッセージが来たから。スパムじゃなさそうだけど」

おいおい、勘弁してくれよ。頭を抱えながら、貴斗はジョゼフに見えるよう、スマホをパソコンのカメラの前に掲げた。

〈ナオト、久しぶり。ロンドンで一緒だったメアリーだけど、覚えてる? あなたをスリから守ってあげたメアリーよ〉

軽やかな英語で、そう書いてある。

『スパムではなさそうに見えるが』

ジョゼフが眉間に皺を寄せたのを見計らったように、ピロンと再びメッセージが届く。

〈今日、骨董市でナオトが買ったアンティークボタンとよく似たやつを見つけたの。これ

ならコートにつけても違和感がないと思う〉

一緒に、ボタンの画像が送られてきた。尚斗のコートの袖についていたボタンとよく似た色味だ。濃紺とブルーが混ざり合い、どことなく真冬の夜空を思い起こさせる。瓜二つではないが、コートの袖に縫い付けたら違和感はないだろう。

『ナオトの奴、ロンドンに仲のいい女の子がいたようだな』

ふふふっと笑ったジョゼフに、呆然と「……そうだね」と返した。〈MARY〉という名前が、瞳の奥に焼きついて離れようとしない。

スマホのカメラロールを開いて、去年の三月に撮られたカップケーキの写真を表示した。尚斗の手と、ターコイズのネイルの手。このターコイズの彼女が、メアリーなのだろうか。アンティークボタンを買い、キングス・クロス駅で尚斗の写真を撮り、一緒にカップケーキを食べ、尚斗が帰国してからも対になるボタンを探し続けていたんだろうか。

「ジョゼフ、俺の英語って、結構通じる？　ロンドンに行ったとしても通じるかな」

『こうして俺と会話しているのが答えでは？』

「なるほど」

そうしている間にも、メアリーからメッセージが細切れに届いた。

〈ナオトのお眼鏡にかなうようなら日本に送るけど。気に入らないならパパのジャケット

にでもつけるから〉

尚斗が気に入るかもわからないボタンを、この子はわざわざ買ったのか。飛行機の絵文字と共に送られてきた文章を、睨みつける。

考えた末に、貴斗は寝室のクローゼットから尚斗のコートを引っ張り出した。寝間着の上から羽織って、先日実家でしたのと同じように姿見の前に立つ。右手と左手、全く表情の違うボタンが、袖のベルトを留めている。

「俺、尚斗に見える？」

パソコンの前に戻って缶チューハイを呷り、ジョゼフに聞く。ワイングラスを手に持ったまま、彼は大口を開けて笑った。

『お前が初めてマルタに来た日と、その髪で初めてビデオ通話したときのことを忘れたか』

髪を染め、コンタクトをしてカメラの前に立った貴斗を見て、ジョゼフは「わお、ナオト！」と叫んだのだ。本物の「Oh,my God!」を貴斗は生まれて初めて聞いた。

「だよねー、似てるよねー」

ははっと笑って、パソコンの横に置いた遺骨の瓶を、人差し指でつつく。デスクライトが反射して、百円ショップで買った瓶は安っぽい白色に光る。

「ロンドン、遠いなあ」

『直行便があるから、マルタに来るより近いんじゃないか？』

そう言われると、行かない理由が一つ減ってしまう。どうしたものかと椅子の背もたれに体を預けると、棚の上に置かれたパディントンのぬいぐるみが視界に飛び込んできた。

子供の頃、パディントンが特別好きだった記憶はない。イギリスの児童文学ならハリー・ポッターの方が馴染み深い。それは、尚斗だって同じはずなのに。

青いコートを着たクマのぬいぐるみは愛くるしい顔をしていた。あれも、尚斗はメアリーと一緒に選んだのだろうか。

どうしてパディントンだったのか、聞かなかったことを今更後悔する——ことはなかった。後悔なんて他にも山ほどある。

染め直したカフェオレ色の髪を指先でくるくると弄びながら、貴斗は自分のスマホで航空券の予約サイトを開いた。ジョゼフの言う通り、ロンドンはマルタより近かった。

＊

豪奢な門扉越しに見たバッキンガム宮殿から、ここがイギリスの真ん中だという声が聞こえた。重厚な白い佇まいには不思議な引力があり、宮殿の屋上では王室旗がはためいていて、女王が在宅であると知らせていた。

バッキンガム宮殿の正面広場には、ヴィクトリア女王記念碑がそびえていた。白い塔のてっぺんには女神像が、塔の周囲には石像とブロンズ像が並び立っている。

その一角で、貴斗は息を吸う。十二月のロンドンの空気は東京よりずっと冷たく、喉の奥に引っ掻かれるような痛みが走った。記念碑の女神は金色をしていて、冬の日差しに鋭く光った。目を細める貴斗の周囲で、観光客が写真を撮ってはしゃいでいる。

今朝、時差九時間のところにいる古賀から映画の誘いが来ていたことを思い出し、バッキンガム宮殿の写真を送った。何も書かなくても、彼女は何もかも察してくれる。きっと、怒るだろうけど。

古賀の既読がつく前に、雑踏の中、真っ直ぐ自分に向かってくる足音に気づいた。ああ、彼女だ。カツン、カツンというヒールの音は、焚き火の音と似ている。

女神像を見上げたまま、貴斗はもう一度深く息を吸った。

「ナオト」

切れ味のいい英語のイントネーションで紡がれる、弟の名前。

モミの木みたいな色のチェスターコートを着たメアリーは、青い目をしていた。礼文島の澄海岬で見た海の色とよく似ている。赤みを帯びた栗色の毛をそっと耳にかけて「久しぶり。ほとんど二年ぶりね」と笑った彼女は、目元は子供っぽいのに眉や口元からは凜とした知性を感じさせた。

——近々またロンドンに行く予定だから会えないか。ボタンはそのときに受け取る。

彼女からのメッセージに、そう返信した。尚斗のスマホから、他ならぬ尚斗として。

「会えてよかった」

バッキンガム宮殿が見えたときから用意していた英語は、するりと出てきた。

「背中のパディントンが遠くからでもわかったから、迷わなかった」

貴斗のリュックの口からは、パディントンのぬいぐるみが顔を出している。これを目印に落ち合おう、という約束をしていた。

ふふっと、メアリーは笑った。青い目をくりっとさせた笑顔には愛嬌があって、見ているこちらも釣られて頬を緩めている。

「土曜だから、衛兵交代式が見られないね」

「この前来たときに見たし、今日はいいよ」

尚斗はきっとこう言うだろう。メアリーが貴斗をひと目見て、「あなた、本当にナオトなの?」と少しでも怪しんだら、白状するつもりだった。自分は双子の兄で、尚斗は死んだと。たった数日かもしれないけど、弟と仲良くしてくれてありがとう。それだけ言って、ロンドンを去ろうと思っていた。

「ねえ、そのパディントンは、お兄さんへのお土産じゃなかったの？」

メアリーがパディントンの頬を指先で突く。ネイルはターコイズではなく、熟成されたワインを連想させるボルドーだった。

「パディントンはよく知らないって言われてさ。やっぱり、ハリー・ポッターの杖にすればよかった」

「それはパディントンを買わせた私への嫌味？」

ああ、パディントンを尚斗に勧めたのは、やっぱり彼女だったのか。

「そんなつもりはないよ。パディントンは俺が気に入ったから、こうして二度目のロンドンにも連れて来たんだ」

「次はお兄さんと一緒に来るのもいいなって言ってたのに、また振られちゃったの？」

そんなことをあいつは言っていたのか。「一緒に行こう」なんて、帰国してからは言わなかったくせに。

「そういえば」

メアリーの手が、貴斗の左手を摑んだ。咄嗟に振り払ってしまいそうになって、ぐっと堪える。持ち上げられたマッキントッシュのコートの袖には、瑠璃色のアンティークボタンが留められていた。

「よかった、取れてなかった」

革製のショルダーバッグから、メアリーがグレーのハンカチを取り出す。ハンカチを開くと、以前写真で送ってくれたアンティークボタンがあった。

「この前、ポートベロー・マーケットで見つけたの。似てるでしょ？」

「これなら、袖につけても違和感なさそうだ」

慎重に、アンティークボタンを摘まみ上げた。ロンドンの冬をまとった七宝の表面は冷たい。紺色と青色が格子状に混ざり合う様は、まさに真冬の夜空だった。冷え切った空気がピンと引き締まる音まで聞こえてきそうだ。

「一九六〇年代のフランス製ですって」

「えっ、このボタン？　そんなに古いの？」

「左腕についてるのだって一九三〇年代製よ。忘れちゃった？　アンティークボタンなんだから、歴史ある一点ものに決まってるでしょ」

自分の手に収まるこのボタンが、六十年以上も昔に生まれたなんて。ボタンの重量が一層増した気がして、掌が熱くなる。物体が持つ歴史に重みがあるのなら、この熱がその重量を表しているに違いない。

「ち、ちなみにお値段は……」

「そこまで高くないから安心して。前にナオトが買ったボタンと同じくらい。私からのクリスマスプレゼントってことにしてあげる」

はてさて、尚斗が買った左袖のボタンは、一体いくらだったのだろう。

「あとでつけてあげるよ。ママに裁縫セットを借りてきたから」

貴斗の掌からボタンを取り上げたメアリーは、ハンカチに包んでバッグに戻してしまう。

「いいの？」

「ナオトに持たせてたら、鞄ごとスリに持っていかれちゃうかもしれないし」

「そんなに不用心じゃないと思うけどなあ」

「ポートベロー・マーケットでぼーっと銀食器を眺めてスリに遭いそうになったくせに」

そうか、そんなことが、あったのか。

勝手な想像をした。露店に銀食器が並び、店員が英語で接客している。その横で商品を眺める尚斗の顔が、銀のスプーンやフォークに映り込む。いくつもいくつも映り込む。

「それで、今回はどこに行きたい？　また大英博物館とかセントポール大聖堂に行きたい？　クリスマスシーズンだから、あちこちでクリスマスマーケットもやってるけど」

尚斗のスマホに残っていたタワー・ブリッジやキングス・クロス駅には心惹かれなかった。俺は尚斗として、二度目のロンドンに来ている。そう思えば、これまでのように弟の痕跡を追う必要性には駆られなかった。

尚斗なら、あいつなら——。

「ポートベロー・マーケット、また行きたい」

「あはは、言うと思った。気に入ったみたいだったものね。今日は土曜だし、骨董市の日だからいいかも」

「ああいう雰囲気、好きなんだよね」

「スリが後ろに引っ付いても気づかないくらいにね」

皮肉っぽくこちらを見た青い目には、尚斗が映っている。日本から遠く離れたロンドンの中心で、尚斗が生きている。

あ、駄目だ、と思った。そう思ってしまったらもう、貴斗に戻れない。

「どこのホテルに泊まってるの？」

「前と同じ、パディントン駅の近く」

「空港にも出やすくてバッチリね。せっかくだから、マーケットのあとはこの前行けなかったケンジントン宮殿に行きましょう。ハイド・パークでウィンター・ワンダーランドをやってるし」

コートの裾と栗色の髪を揺らして、メアリーが歩き出す。最初は斜め後ろをついていったが、広場を出る頃にはぴたりと横に並んだ。

十二月のロンドンはクリスマス一色だった。バスの車内にまでどこからかクリスマス・キャロルが漏れ聞こえてくる。大通りに軒を連ねるショップのショーウインドウも、デパートのエントランスも、赤と緑のクリスマスカラーだ。

道の反対側は巨大な公園だった。メアリー曰く、ここが先ほど話に出たハイド・パークらしい。ロンドンにある八つの王立公園の一つで、隣接するケンジントン・ガーデンズの奥にはロイヤルファミリーが暮らす宮殿があるのだとか。

「ナオト、前もそうやって窓からの景色を一生懸命見てたよね」

混み合うバスの中、隣に立つメアリーが貴斗を見上げる。聞き取りやすいように平易な単語選びでゆっくり話してくれているのだと、このとき初めて気づいた。

「完全にハリー・ポッターの世界だから、何度来てもいいなって思う」

ロンドンという街の始まりは二〇〇〇年前のローマ帝国まで遡ると、世界史の授業で聞いた覚えがある。街のどこに視線をやっても、歴史の蓄積が感じられた。その中で、それそれに違うものを抱えた人々が、クリスマスの季節に浸っている。

バスはケンジントン・ガーデンズに沿って進み、見るからに高級住宅街という区画に入り込む。冬枯れした街路樹の向こうに見える建物は、上品で高貴なたたずまいだった。

メアリーの提案で、ノッティング・ヒルゲート駅でバスを降り、街を見物しながらポートベロー・マーケットに向かうことになった。

「ナオトが帰ったあとに、初めて『ノッティングヒルの恋人』を観てみたの」

ドーム型の屋根をした白い建物の前で、メアリーが突然そんなことを言い出す。

『ノッティングヒルの恋人』って、映画の？」

「ナオトが話してくれたんじゃない。映画で観たことがあるから、来てみたかったって」

俳優をやり出して、尚斗は野木森に命じられて真面目に映画を観るようになった。尚斗が持ち帰った映画のDVDを、貴斗もよく一緒に観た。『ノッティングヒルの恋人』もその一本だったのだろうが……どれだけ眉間に力をこめても、映画の内容が思い出せない。

尚斗が『ノッティングヒルの恋人』を観ている頃、貴斗はファミレスでせっせと注文を取っていたのかもしれない。

「私が赤ん坊の頃の映画だから、タイトルは知ってても観たことがなくて。このコロネ・シネマが出てきてびっくりしちゃった」

ふふっと笑って、メアリーはドーム屋根の建物を指さした。古い建物だが、どうやら映画館のようだ。映画でここがどう描かれたのか、貴斗は想像を巡らせた。メアリーそっくりの主人公が、尚斗そっくりの男とこの映画館で出会うシーンが勝手に浮かぶ。

バス通りから一本入ると、建物がぎっしり隙間なく並んでいた。真っ白な家ばかり並ぶ通りがあれば、水色やピンク、黄色といったパステルカラーの建物の通りもある。歩いているだけで不思議と心が躍ってしまう。

徐々に通行人の数が増えてきた。メアリーが「前に来たときは言わなかったけど、あのアンティークショップはパディントンの映画にも出たの」と、前方の真っ赤な店舗を指さす。店頭には、繊細な花模様の入ったティーポットがずらりと並んでいた。

その店を境にアンティークの家具や食器、絵画を扱う店が目立ち始め、露店がずらりと並ぶ通りに入った。アンティークのアクセサリー、ティーカップとソーサー、カメラ、絵画……玩具や切手を売る店まであった。銀食器が山積みになった店の前でメアリーがにやにやする。尚斗がスリに遭いかけたのはどうやらここらしい。

ピカピカに磨き上げられたスプーンやフォークには前の持ち主の体温や時間が残っていて、しかもそれが不快に思えなくて、尚斗が見入ってしまったのもよくわかる。骨董品を売るマーケットは思っていたより大規模で、歩いても歩いても途切れなかった。

る店だけでなく、パンや肉、ピザやフルーツを売る屋台もある。

「あった！」

メアリーが駆け出して、とある露店の前で貴斗に手を振った。雨が染み込んだような深い色合いの木箱が並ぶその店は、アンティークボタンを売っていた。木箱の中で七宝やガラスのボタンがひしめき合い、昼前の鈍い日差しにきらきら光っている。貴斗とメアリーが箱を覗き込むとボタンの光がうねり、薄氷の張った湖面を彷彿とさせた。

「ここだっけ……？　ボタンを買ったの」

左腕のボタンを指さし、恐る恐る聞く。メアリーは「え、忘れたの？」と唇を尖らせた。

「ナオトが『対になっているものが片方ないのは落ち着かない』ってぶつぶつ言うから、私がここで選んであげたんじゃない」

「そうだっけ？」

「『この七宝のボタンは気に入ったけど、つけ替えるならお揃いがいい』って我が儘を言うあなたのために、ときどき骨董市に来て、似たようなボタンを探してあげたのに」

「あはは、ありがとう」

それで見つかったのが、あの冬空のボタンなのか。

「もともとついてたボタンが片方なくなっちゃったのは寂しいかもしれないけど、こうやって新しいものを選ぶのだって楽しいし、気に入ったものなら別にお揃いじゃなくてもいいと思うんだけど」

メアリーが露店の木箱の中からガラス製のボタンを手に取る。夕焼けが一滴こぼれたような、鮮やかな橙色をしていた。

「私の見繕ったボタンが気に入らないなら、自分で選んでみたら?」

「いや、メアリーが買ってくれたやつがいい」

「あらそう、ならよかった」

素っ気なく言った割に、彼女は嬉しそうだった。青い目を細め、寒さに赤らんだ顔を貴斗から背けて、小鳥が歌うみたいに笑った。

ボタンの店を冷やかしたあと、屋台でホットドッグを買った。マーケットの終点では古着が大量に売られ、パフォーマー達が路上で歌ったり踊ったりしていた。観たことのない『ノッティングヒルの恋人』のロケ地をいくつか巡り、高級住宅街をぶらぶらと歩きながら、ケンジントン宮殿を目指した。

会話が増えるとボロが出るかと思いきや、メアリーとの会話は怖いくらいスムーズだった。彼女が大学で経済学を専攻し、卒業後は会計事務所で働いていると、「前も聞いたかもね」なんて誤魔化しながら聞き出せた。メアリーが貴斗より一歳年下の二十四歳であることも、話の流れでわかった。

ケンジントン・ガーデンズは大きな公園だった。葉の落ちた木々が枝を縮こまらせて春を待ち、常緑樹は反対に寒さに負けず葉を広げる。遠くからジョギングするロンドン市民が近づいてくる。犬の散歩をする人もいる。どこかに似ていると少し考え、ああ、皇居だ、と閃いた。

「この季節はちょっと寒いけど、春から夏にかけては緑がいっぱいで気持ちいいの」

「だろうね。いいところだ」

目の前にある裸の木の枝振りを見るに、緑が茂ったら綿菓子のように立派な風貌になるだろう。そんな木が、公園内に何本もある。

ケンジントン宮殿はレンガ造りだった。宮殿というにはいささか質素なデザインに思えたが、ヴィクトリア女王像を横目に近づいていくと、温かみのある風合いに全身を掬い上げられる感覚がした。

「ヴィクトリア女王はこの宮殿で生まれ育ってね、ダイアナ妃もここに住んでた。今はウィリアム王子夫妻が暮らしてる」

宮殿内の一部は見学できるからと、メアリーに先導されるがまま入場チケットを買った。

マルタ島の聖ヨハネ大聖堂を思い出させる豪奢なホールと階段を抜けると、ロイヤルファミリーの住居が見学できた。

謁見の間、王の私室、ダイニング、応接室、客室と、歴代の王と女王の暮らした空間が綺麗に残されていた。椅子の肘掛けに施された装飾、ベッドの天蓋の刺繍、戸棚の彫刻に至るまで、世界中の美しいものをこの宮殿に閉じ込めようとした執念が伝わってきて、怖くもあった。

「美術や服飾の歴史には詳しくないけど、ずーっと見てられるね」

王の間に飾られた真っ白なドレスを前に、メアリーが呟いたのが聞こえた。ヴィクトリア女王が実際に着ていたものだという。

王室所蔵のコレクションが飾られたギャラリーに足を踏み入れたら、細長い窓から外の景色がよく見えた。ダ・ヴィンチ、ラファエロ——貴斗ですら知っている絵画や彫刻が、真っ赤な壁を背に当然という顔で飾られている。それらをゆっくり眺めながら、体が勝手に窓に吸い寄せられた。

先ほど見たヴィクトリア女王像が背を向けている。その先に大きな池があって、鴨と白鳥がいた。冬のロンドンの陽は短いようで、まだ午後三時前だというのに日差しに夕日の気配が滲む。

「ラファエロより外の景色が気になるの？」

からかうように言ったメアリーが隣に歩み寄ってくる。

「そういうわけじゃないけど、ただ、すごいところだなと思って」

「そりゃあ、ロイヤルファミリーが実際に暮らす宮殿だもの。一般人が見学できるのはほんの一部よ。私達には見られないところに、もっと美しくてすごいものがいっぱいある」

「これよりすごいものか」

植物が連なるダマスク模様の真っ赤な壁を見回し、溜め息をついた。人間の一生がちっぽけに思えてしまうほどの歴史を抱えたコレクションの山に、何故か息が苦しくなる。

見学を終えて公園内に戻ったところで、貴斗は堪らず胸につかえたものを言葉にした。

「こういう言い方は、君を不快にさせるかもしれないんだけど……宮殿のどこにいても何かがずっとのしかかってる気がして、よくあそこで生活できるなと思った」

「そりゃあ、いいことばかりのはずないよ。自分で選んで王室に生まれたわけじゃないのに、日常のありとあらゆる行動が国民の注目の的なんだもの」

ギャラリーの窓から見た池の側に、ベンチがあった。腰掛けたメアリーが、バッグから例のボタンと裁縫セットを取り出す。

「コートは着たままでいいよ。袖だし、このまま縫ってあげる」

「じゃあ、お言葉に甘えて」

右手を差し出すと、メアリーは糸切りバサミで既存のボタンを取り、真っ黒な糸で濃紺のアンティークボタンを縫いつけた。徐々に低くなってきた太陽がボタンに反射し、目の前を泳ぐ鴨の羽のように、ぬるりと光る。

ささっとつけてあげる、という顔をしている割に、メアリーの手つきは丁寧だった。フィリグリーと向き合うジョゼフのようで、貴斗は腕を動かすことなく、息を深く吸うこともせず、彼女が針を動かすのを見ていた。

この時間が終わるのが惜しいと思うのに、メアリーはあっさり「できた！」と顔を上げる。マッキントッシュのコートの右袖に濃紺のボタン、左袖に瑠璃色のボタンがついた。

「右のが一九六〇年代製で、左が一九三〇年代製だっけ？」

「そう、三十歳くらい歳が離れてる」

「三十歳か……」

両袖のボタンを見下ろし、スマホでそれぞれの年代を調べてみた。当然のように、尚斗のスマホで。

一九六〇年代は、ベトナム戦争が始まり、ベルリンの壁が築かれ、ケネディ大統領が暗殺され、東京オリンピックが開催された。

一九三〇年代は、満州事変が起きて、ドイツでナチスが独裁政権となり、世界が第二次世界大戦に向けてほの暗い道を歩んでいた頃。

全く違う時代に生まれた二つのボタンは、今日この瞬間まで、出会うことなく世界を巡ってきた。別々の道で別々の物語を背負って、たまたま貴斗の両腕で〈対〉になった。

「ねえナオト、日本で何かあったの？」

突然メアリーに聞かれ、大袈裟なくらい肩を震わせてしまった。

「……どうして？」

「そういう顔をしてるから」

去年尚斗とロンドンで少しだけ一緒に過ごしただけの君に、どうしてそんなことがわかる。問いかけたら、自分にとって最も苦しい答えが返ってきてしまう予感がした。

「あ、もしかして、前に告白されたって言ってた女の子と、上手くいってないとか？」

メアリーが貴斗の肩をボルドーの指先で突いてくる。「どうなの？　どうなの？」という声は弾んでいるのに作りものめいていて、それはきっと彼女が尚斗のことを好きだからなのだと、わかっていた。

「そんな話、したっけ？」

「したよ！　ロンドンに来る前に友達の女の子から『付き合わない？』って言われて、帰国したら返事をしようと思ってるって」

その女の子とやらは、間違いなく辻亜加里だ。もしかしたら尚斗は、出発前に貴斗と飲んだとき、そのことを話そうとしたのだろうか。「話があるんだけど」という言葉は、ロンドン旅行のことではなく、亜加里のことだったのではないか。

「俺、他に何か言ってたっけ？」

メアリーの青い目を見た。そんなに自分は酷い顔をしているのか、彼女の頬が強ばる。

「……子供の頃からの親友が、その子のことを好きだから、付き合ったら気を悪くするんじゃないか、って」

「気を悪くする、かあ」

馬鹿じゃねえの。その言葉は、喉にも届かず弾けて消える。

これは怒りだ。尚斗の自殺を知ったときよりも、ずっとはっきりとした怒り。気にしてんじゃねえよ。相手が、双子の兄貴が好きな女優だからって、遠慮してんじゃねえよ。尚斗がここにいたら、脇腹に手刀の一つも入れてやりたい。いや、殴ってやりたい。あいつが「やめて」と言うまで、何度だって殴りつけたい。

できないのが、猛烈におかしい。感情が混線して、涙と笑い声が一緒に出てきてしまう。

「ナオト？」

メアリーの栗色の髪は、夕日が差して赤く染まっていた。瞳は、目の前に広がる池と同じ色になっている。

「尚斗じゃない」

膝に抱えたリュックから顔を出したパディントンを、左手で撫でてやる。赤い帽子を被ったクマは穏やかな顔をしていた。

「尚斗じゃないんだ。俺は貴斗。君が一緒に過ごした尚斗の、双子の兄貴だ」

自分の声は明らかに怒気を含んでいて、メアリーが少しだけ身じろぎして距離を取った。

「何言って……」

「嘘じゃない。嘘じゃないんだ」

当然ながら、メアリーは信じてくれなかった。眉のあたりを緊張させながら、慎重に貴斗の表情を窺っている。

リュックから自分のスマホを取り出し、尚斗と二人で撮った写真を探した。何年か前の正月に実家で撮ったものがあった。

「ほら」

写真を凝視したメアリーは、幽霊でも前にしたような顔でスマホと貴斗を交互に見た。

尚斗の幽霊がここにいたらよかった。尚斗を彼女に会わせてやれた。

「尚斗はね、死んだんだ」

遠くで犬が吠えた。水鳥が羽ばたいた。池が波打つ音に、頭の奥をノックされる。

「嘘」

「俺だって嘘だと思いたい」

おかしい、尚斗は死んだと、高美湿地で俺は飲み込んだはずなのに。あいつの死を思い知ったはずなのに。

俺はまた戻ってきてしまったのだろうか。輪郭のはっきりしないあやふやな感情や、些細な景色や言葉をきっかけに、いとも簡単に戻ってきてしまうのか。

こんなにあっさり悲しみの中心に帰ってしまうなら、どうやって生きていけばいい。

「ちゃんと、ちゃんと説明して」

メアリーの目がぎらりと光って、貴斗を睨む。青い瞳に尚斗はもういない。あいつはロンドンでも死んでしまった。

「さっき話した通りだ。尚斗は俺の双子の弟で、今年の六月に死んだ。自殺した。俺は尚斗のふりをして君と連絡を取り合って、君に会いに来た」

どうしてそんなことをしたのか。尚斗と一緒に過ごしたメアリーという女性に純粋に会いたかったのか、メアリーが記憶するロンドン旅行中の尚斗を垣間見たかったのか、もしくは……尚斗の死が浸透していないこの街で、尚斗を生かしたかったのか。

どれも違う。けれど、すべてがビーズのネックレスのように連なって出来上がったのが、今日という時間だったのかもしれない。

「――――!」

メアリーが何か言う。これまでの聞き取りやすい英語ではなくて、貴斗の耳は認識できない。直後、彼女の手が貴斗の頬を引っぱたいた。乾いた音と冷たい痛みに、彼女の言葉の意味を理解する。

「最低なことをした、ごめん」

立ち上がり、メアリーに頭を下げた。彼女が尚斗と一緒に写真に写らなかった理由を、連絡先を交換したのに二年近く何のメッセージも寄こさずにいた理由を考えて、そこにある甘酸っぱくて苦い感情に、胸を掻きむしりたくなる。

頭を下げるだけじゃ足りない。そう思って、貴斗はその場でゆっくり両膝をついた。掌に小石が食い込んだ。

「本当に、ごめんなさい」

地面に額を擦りつけた瞬間、背後で水が爆ぜる音がした。水鳥が飛び立ったらしい。遠くなっていく羽の音を聞いた。聞き届けて、顔を上げた。

メアリーはベンチに座ったままだった。土下座する貴斗を、青い瞳で見ている。観光客なのか近隣住民なのか、何人もがこちらをじろじろ見ている。

「俺も、尚斗も、もう二度と君の前には現れないから」

彼女の隣で虚しく天を仰いだパディントンごとリュックを持ち上げ、背負い、メアリーを振り返ることなく歩き出した。額に細かな砂がついていたが、メアリーの視界から早く消えたくて、構わず歩いた。

広大なケンジントン・ガーデンズを闇雲に進むと、湖に架かる橋に辿り着いた。二車線の車道が走る大きな橋だった。

「……どんだけ広いんだよ」

橋の中央で、冷たい風に呟いた。木々の枝葉が、湖面を走る風紋に沿って音を立てた。

リュックを漁って、尚斗の遺骨を出した。尚斗でいることに何の支障もなかったから、連れてきたことをすっかり忘れていた。あのままメアリーとクリスマスマーケットを巡り、明日もロンドン観光をしていたら、俺は本当に蓮見尚斗になれたんじゃないか。

「俺達みたいだな」

コートの両袖についたボタンを見る。そっくりだが同じではない。それがもどかしい。俺が寸分違(たが)わずお前だったらよかった。お前が寸分違わず俺だったらよかった。お前の死に思いを馳せずに済んだ。何もかも共有し、すべてを受け止めてやれた。

「なあ、お前、メアリーがお前のことを好きだって気づいてたか？　気づいてただろ？」

メアリーから向けられた好意を感じながら、自分は亜加里が好きだと理解したのだろうか。「でも貴斗も亜加里が好きなんだよなあ」と、困り顔で頬を掻いただろうか。

コートの袖のボタンを片方だけつけ替えて、姿形が似ていようとこの世に全く同じものは存在せず、それも悪くないと思ったのだろうか。違うからこそ似ている部分が際立ち、似ているからこそ違う部分が愛しくなる、と。

双子だから同じ人を好きになっても無理はなく、双子だからこそ両方の想いが叶うことはない。でも、それでも俺達は持ちつ持たれつで生きていけると、確信したのだろうか。だから、亜加里と付き合ったのだろうか。

「ふざけんなよ」

俺の辻亜加里に対する「好き」はどちらかというと「いいな」の方で、恋人になりたいなんて望みではないのだ。お前とはそもそも「好き」の意味が違うのに。俺と亜加里を天秤にかけるなんてナンセンスだと、お前だってわかるだろう。

「馬鹿だよ、本当に、馬鹿だよ。バーカ」

腕を振って、湖に尚斗の骨を投げ捨てようと——指が瓶を離す直前、湖面に尚斗の姿が見えた。夕刻になり、鉱物みたいに滑らかな色をした水面に、尚斗がいた。高美湿地のときと同じように貴斗を見上げていた。

橋の欄干から身を乗り出したまま、瓶を両手で握り締めた。

「いつまで待てばいいんだ」

時間がたつほど、癒されるものじゃないのか。心はなだらかになるんじゃないのか。尚斗の死は〈当たり前〉となり、空気になり、そして——最後は、一体何になるのだろう。

「俺は、俺がどんどん壊れていく気がするよ」

自分の悲劇に酔っているような口振りに、虫酸が走る。何も知らない女性を一人、徹底的に傷つけておいて、何を言っている。

森の向こうに観覧車が見えることに、今更気づいた。笑い出したくなるくらい人工的なネオンの色が、薄暗くなってきた空にぼんやりと広がり、尚斗がいた湖面に落ちていた。

ハイド・パークでウィンター・ワンダーランドをやっているとメアリーが言っていたが、貴斗が想像したクリスマスマーケットとは随分様子が違った。クリスマス飾りや雑貨、食べ物や飲み物を売る屋台といった、いわゆるクリスマスマーケットらしい風景に加え、観覧車にメリーゴーラウンド、サーカス小屋、スケート場まである。ケンジントン・ガーデンズの穏やかな雰囲気から一変し、騒がしい場所だった。

しょぼくれた貴斗が周囲から浮いていたのか、ホットワインを売る屋台の店主に声をかけられた。低いガラガラ声の英語は上手く認識できなかったが、差し出されたワインのカップを受け取り、四ポンドを支払った。

紙コップに入ったホットワインは、ほのかに林檎とシナモンの香りがした。湯気に鼻先をくすぐられ、鼻水が出る。鼻を啜る代わりに、ワインを呷った。体を仰け反らせ、一気に飲み干す。舌と喉の奥が焼けるのがわかった。屋台の店主が何やら歓声を上げて、カップにもう一杯ワインを注いでくれた。代金はきっちり請求された。

もういっそ、この屋台のワインを飲みきってやろうか。二杯目のワインを飲み干し、本気でそんなことを考え出したとき、バッキンガム宮殿の前で聞いたのと同じ足音がした。たくさんの楽しげな声や音の中でも、はっきり彼女のものだとわかった。

「見つけた！」

足音は、真っ直ぐ貴斗に向かってくる。もう尚斗ではない貴斗に向かってくる。

「ホットワインなんて、がぶ飲みするもんじゃないでしょ、馬鹿」

三杯目を勧めてきた店主にメアリーは「もう結構よ」ときっぱり断り、貴斗の腕を引いて屋台から離れた。掴まれたのは右腕だった。つけてもらったばかりのボタンは、ちゃんと冬の夜空の色をしている。

人混みを無言で歩いた彼女は、しばらくすると貴斗の腕を放し、近くの屋台でホットチョコレートを二杯買った。「寒いならこっちにしなさい」と、一つを貴斗に差し出す。

「どうしてここにいると思ったの」

カップはずっしりと重く、中のチョコレートは液体になっても艶やかな色をしていた。

「次にロンドンに来たらクリスマスマーケットに行きたいって、ナオトが言ってたから」

メアリーの口調にはどことなく距離がある。彼女の中で、はっきり自分は〈ナオトではない〉と認識されたようだ。土下座が効いたのだろうか。

「そうだなあ。あいつはこういう雰囲気の場所が好きだから」

「あなたは？」

双子なら、あなたはどうなの。陽が落ちて暗くなっても綺麗な青い瞳が聞いてくる。

「俺も好きだよ、こういうの。だから思わず来ちゃったんだ」

ホットチョコレートに息を吹きかけ、一口含む。ワインで口内を火傷していたせいで、甘み以外の複雑な味は感じられなかった。

「聞いてもいい？」

メアリーが首を傾げる。そのわずかな動作で、マーケットの楽しげな空気から二人は切り離される。ハリー・ポッターの透明マントに覆われ、周囲の人々からも見えなくなる。

「ナオトは、どうして自殺したの」

「わからない」

「あなたにも、わからないの？」

答えられずにいると、メアリーの青い瞳がすーっと大きくなった。直後、「ごめんなさい」と謝罪してくる。自分の右目から、一筋だけ涙が伝っていた。

「こっちこそ、ごめん」

慌てて右目を擦った。夜になって一段と気温が下がり、目の周りの皮膚がわずかな刺激に痛む。チョコレートの甘い香りだけが、自分と彼女の間を漂った。

「……双子のくせに、何一つ、気づいてやれなかった。あいつが死んで半年たつのに、未だに、あいつが死んだ理由すらよくわからない」

メアリーも思うだろうか。貴斗や両親や野木森や、蓮見尚斗に関わった大勢の人が「何かできていたら」と思ったように、彼女も思うだろうか。濃紺のボタンをもっと早く見つけていたら。ボタンなんて関係なく、もっと早くナオトにメッセージを送っていたら。

青い瞳が白く光るのを見つめながら、そう考えた。言葉にはできなかった。

「俺も、聞いていいかな」

ひりつく喉で生唾を飲み込む。左袖に縫いつけられた瑠璃と銀のボタンは、夜になっても綺麗なタータン模様をしていた。

「このボタンのこと、もう少し教えてほしい」

ホットチョコのカップを握り締めたまま、メアリーはしばらく黙り込んでいた。何度か言い淀むような仕草をして、静かに語り出す。

「私は、古着を買いたくてポートベロー・マーケットに行ってて、そこでナオトと会ったの。スリから助けたお礼にサンドイッチとコーヒーを奢ってくれた。コートのボタンはロンドンに到着したらもうなかったって言ってて……七宝のボタンは私が選んであげたの。店主がその場で縫い付けてくれた。彼、最初は落ち着かない、落ち着かないって文句言ってたけど、そのボタンが一九三〇年代のものだって知って、満更でもなさそうだった」

「あいつらしいや」

側を通りかかった男の肩が背中に当たって、メアリーがよろける。切り離されていた空間が再びつながり、賑やかなマーケットの雰囲気が二人を飲み込んだ。

「君が知ってる尚斗のこと、もっと聞きたい」

メアリーは頷かなかった。記憶にある尚斗との思い出を、必死にアルバムをめくって見返しているようだった。

どちらともなく歩き出し、マーケットをとぼとぼと見物しているうちに、彼女は話してくれた。ポートベロー・マーケットを楽しんだ帰りに、翌日も一緒に過ごす約束をして別れたこと。次の日にバッキンガム宮殿の衛兵交代式を見に行ったこと。ロンドンの街を歩いたこと。一緒にカップケーキを買って食べたこと。キングス・クロス駅の9と4分の3番線ではしゃぐ尚斗の写真を撮ったこと。「一緒に写る?」と言われたけれど、恥ずかしくて断ったこと。

「そういえば、俺へのお土産がパディントンだった理由、聞いていい?」

リュックから顔を出すパディントンを指さし、やっと聞くことができた。乗るつもりもないのに観覧車を見上げているときだった。

「尚斗、俺にはハリー・ポッターの杖を土産に買ってくるって言ってたんだ」

「私の名前がメアリーだから。『くまのパディントン』で、ロンドンにやって来たクマをパディントン駅で見つけて、家に連れ帰ってあげる女性の名前がメアリーなの。クマにパディントンって名前をつけたのもメアリー。だから、杖じゃなくてパディントンのぬいぐるみにしなさいよって勧めたの。私の名前がハーマイオニーやジニーやルーナだったら、彼に魔法の杖を買わせてた」

「ハリー・ポッターにもメアリーっていなかったかな。いそうなもんだけど」

「いないよ。いたら絶対覚えてるもの」

言い合いをしながら、貴斗は自分のスマホでハリー・ポッターシリーズの登場人物を調べた。メアリー・カターモールという人物がどうやら存在するらしい。

「誰よ、メアリー・カターモールって！　七巻にちょっと出てくるだけじゃない」

貴斗のスマホを覗き込んだメアリーが、唇をツンと尖らせてそっぽを向く。気がついたら、あははと声を上げて笑っていた。二人揃って、尚斗の死を飲み込むための助走をしているみたいだった。

「ナオトのフルネームはナオト・ハスミっていうんだけど、検索してみたことある？」

空になったホットチョコレートのカップを潰してコートのポケットに入れ、メアリーに問う。彼女は首を横に振った。

「日本で俳優をやってた。検索すれば、あいつが出てた映画やドラマが配信で見られると思う。見てやってよ、あいつのこと」

そろそろ自分達は別れた方がいい。彼女は尚斗の死と対峙する時間が必要で、貴斗にも弟で頭を満たす時間がまだ必要だった。

ちょうど、出入り口が見えてきた。

「それじゃあ……今日のことは、本当にごめんなさい。ボタンをありがとう。尚斗も、間違いなく喜んでると思う」

そんなことまでわかるのに、どうしてあいつが命を絶った理由に辿り着けないのだろう。

「尚斗のこと、好きだった？」

気がついたらそんなことを口走っていた。メアリーが再び目を見開き、息を止める。

「ごめん、答えたくないなら、別に……」

「そうね、好きだった」

たった数日しか一緒に過ごしてないけれど、確かに好きだった。

ゆっくりと、彼女はそう言った。

「銀食器に夢中になってスリに狙われちゃうところも、アンティークのボタンに目をキラキラさせるところも、素敵だと思った。彼は、美しいものが大好きだった」

そうだ。尚斗は綺麗なものが、美しいものが好きだ。礼文島の桃岩、高山植物、元地海岸の夕日、澄海岬、シーグラス、フィリグリー、バレッタの街並み、聖ヨハネ大聖堂、高美湿地……この世には美しいものがたくさんあるのに、すべてを捨てていなくなった。

「ありがとう。尚斗を好きでいてくれて」

同じ「好き」ではないけれど、俺も好きだったよ——とは、さすがに言葉にできない。

亜加里の一件の怒りと憤りの方が勝っていた。

「また連絡をしてもいい？」

踏み出しかけた足がメアリーの声に止まる。

「ナオの作品の、感想を送る」

「うん、わかった」

最後に一度だけ振り返って、青い瞳に礼を言った。彼女は小さく手を振ってくれた。

出入り口のすぐ側にあった店で、青いオーナメントを買った。雪が降った翌日の晴天のような澄んだ青色はメアリーの目にそっくりで、パディントンの首につけてやった。

第五章　ニューヨーク

［ウェブ現実］女優の辻亜加里が芸能活動休止　元カレの自殺が影響⁉

女優の辻亜加里が芸能活動を無期限休止し、アメリカへ留学することを所属事務所が1月5日に発表した。3月に渡米予定だというが、帰国時期は未定とのこと。

辻亜加里といえば、元交際相手である俳優の蓮見尚斗さんが昨年6月に自殺。多くの芸能人が追悼する中、いつも通りマイペースにSNSでくだらないつぶやきを公開して世間から反感を買った。蓮見さんの自殺の動機は未だ明らかになっておらず、辻亜加里との熱愛&修羅場が原因だと嘆く芸能プロ関係者もいる。

自由奔放なキャラも二十代半ばが限界かと噂される中、この活動休止は辻亜加里の転機となるのか？

「さっきから何を警戒してるの?」

先を歩く野木森が、訝しげに振り返る。最後に会ったのは台湾から帰国した直後だから、顔を合わせるのは五ヶ月ぶりだ。お互い、面白いくらい何も変わっていない。貴斗は尚斗そっくりな姿のままで、野木森にも目立った変化はない。相変わらず、喧嘩したら勝てそうにない。

「野木森さんに突然呼び出されて、向かう先が事務所なんて、警戒もしますよ」

野木森から〈金曜十時、表参道駅B1出口〉と一方的なメッセージが届いたのは先週だった。貴斗が無職だと母親経由で知られているから、予定の確認すらされなかった。

出頭するつもりで約束の場所に向かうと、待ち構えていた野木森に尚斗が所属していた芸能事務所のオフィスに連れて行かれた。

「何か私にお説教される覚えでもあるの?」

エレベーターに乗り込んだ野木森が聞いてくる。

「そりゃあ、いろいろありますよ」

「尚斗そっくりの格好で街中をうろうろして、ネットを騒がせてくれたりね」

「それは俺のせいじゃなくて、勝手に騒いだ人のせいじゃ……」

一ヶ月前のことだ。カフェでカレーを食べている貴斗、電車の中でうたた寝する貴斗、池袋の映画館でチケットを買う貴斗の写真が、立て続けにネットにアップされた。尚斗のファンなのかそうでないのか、勝手に写真を撮って「蓮見尚斗の幽霊がいた」とSNSに投稿されてしまったのだ。礼文島の帰りに新千歳空港で尚斗のファンに目撃されたときのように、ささやかな騒ぎになった。

「別に、尚斗に双子の兄貴がいるのはウィキペディアにだって書いてあるし、すぐに収まったじゃないですか」

一度ネットに上がった写真が消えるわけはないのだが、写真に写った貴斗は尚斗にしか見えないから、どうだっていい。むしろ、この世にあいつの写真が増えてよかったと思ってしまう。

「そんな屁理屈で私の怒りが収まるとでも?」

野木森が笑う。目は、ものすごく怒っている。

「私には、貴斗君が尚斗の人生の延長戦をしてるように思えてしょうがないの。延長戦をプレーすれば、あの子が死んだ理由がわかるんじゃないかって」

延長戦——それは言い得て妙だな、と貴斗が思ったとき、途中階で事務所の社員が乗り込んできた。野木森と貴斗に会釈したその顔が、一瞬だけ凍りつく。野木森が「ほーら、事務所の社員でさえこうなんだから」と言いたげに貴斗を睨んだ。

「そうですね。延長戦がプレーできるかと思ったけど、やっぱり駄目でした」

ビルの八階でエレベーターを降りると、広い応接室に通された。革張りのソファが並び、巨大なテレビが壁に備え付けてある。

これは怪しい。渋谷のレストランで竹若に引き合わされたときと同じ匂いがする。

野木森に促され、恐る恐るソファに腰を下ろす。スプリングが効いたソファは座り心地はいいが、居心地は悪い。向かいに野木森が腰掛けたから余計に。

「年末にお母様から聞いたけど、その格好でロンドンに行ったんだって?」

「尚斗がロンドン旅行でいい感じになった女の子に、尚斗のふりをして会ってきました」

鞄を漁っていた野木森の手が、止まる。「最後にはばれまして、思い切り引っぱたかれたんですけどね」と笑ったら、「当たり前だ」と溜め息をつかれた。

「むしろ貴斗君、引っぱたかれるために行ったんじゃないの?」

「どうして俺が」

「尚斗の代わりに、いなくなっちゃったことを詫びに行ったんじゃないの？」

まさか、と言いかけて、野木森の言葉がストンと自分の胸に嵌まる。引き剥がしたいのに、境目すらわからないほどぴったり収まってしまった。

会議室のドアがノックされ、新入社員らしい若い男が二人分のコーヒーを運んできた。彼が退室してすぐ、野木森は鞄からDVDの山を取り出す。

「尚斗が最後に出演した作品の映像、借りてきた」

『美しい世界』と、真っ白なDVDの表面には書いてあった。「要返却」と真っ赤な文字で殴り書きもされている。

「クランクアップしてないから、撮りっぱなしの映像がDVDに焼いてあるだけ」

「どうする？」とも「見る？」とも野木森は聞かない。壁に取り付けられた大型テレビに歩み寄り、横にあったプレイヤーにDVDを一枚セットする。自分の分のコーヒーを持って、貴斗の隣に移動してきた。

「コーラとポップコーンでもほしかった？」

「いらないですよ」

短く言って、両膝に肘をついた。手を組んで、祈るような体勢でテレビを凝視する。当然ながら、映画のタイトルもオープニングクレジットもない。

突然、画面にカチンコが映し出され、男性の声がシーンとカットの番号を読み上げ、カチンコを打ち鳴らす。緊張の糸を限界まで張り詰める、甲高く鋭い音だった。

カチンコの向こうには、尚斗がいた。

頭の中で『美しい世界』の台本を捲る。冒頭は、主人公のトモヒコが夜行バスで東京にやって来るシーンから始まる。

バスに揺られながら尚斗は目を閉じている。薄暗い車内に、カーテンの隙間から光が射し、尚斗は目を開ける。カーテンを少しだけ開けて、外を覗く。

たったこれだけのカットが何度も続いた。カチンコの音が幾度となく応接室に響く。角度を変えて同じシーンを何回も撮っていて、竹若のしつこさが画面から滲み出ている。

「本当は台本通りの順番で撮影してないいんだけど、助監督が気を利かせて台本に沿って映像を並べ替えてくれてる」

映像の合間に野木森が言う。彼女の言う通り、車内のシーンが終わると、バスターミナルに降り立つ尚斗の映像に切り替わった。

——彼は、死ぬために東京へ来た。

台本に書き込まれていた、尚斗の字を思い出す。

尚斗が演じる主人公のトモヒコは、故郷を襲った災害で家族と家を失った。行く場所がないからと東京へ来た。尚斗は彼を、「死ぬために東京へ来た」と解釈して演じた。

画面に映る尚斗の横顔が、目が、背中が死に場所を探して東京を彷徨う。同じ路地を幾度も通り、同じ登場人物と同じ会話を繰り返し、繰り返し繰り返し、やっと次のシーンが始まる。

何時間見ていただろう。途中、野木森がDVDを新しいものに替え、先ほどの若い社員がコーヒーのお代わりや軽食を持ってきた。

貴斗も野木森も、それらにほとんど手をつけなかった。日が落ちても、ずっと二人で尚斗を見ていた。

尚斗が――トモヒコがホームレスの男性に野宿のノウハウを学び、ゲイバーの店員に新宿を連れ回され、週刊誌の記者の使い走りをし、コンビニの外国人店員と廃棄の弁当を分け合い、少年院上がりの板前見習いと口論になって殴られる。真っ当に生きようと足掻(あが)く暴力団の下っ端組員の不手際を発端に、彼らはきな臭い事件に巻き込まれていく。

そしてそれは、物語の後半で起こった。

「――待って！」

堪らず金切り声を上げた。物静かなシーンだったから、野木森がびくりと肩を震わせた。

「こんな台詞、台本にない！」

叫んだ直後、同じシーンが画角を変えて繰り返される。

トモヒコは橋の上にいた。隣には、東京で最初に親しくなったホームレスの男がいる。男はゲイバーの店員や記者、外国人店員、板前見習い、組員の名前を次々と挙げ、「あいつらが死にたいと言ったらお前はどうする」と問いかける。

台本通りなら、「俺はあいつらに生きていてほしいよ」と、トモヒコは言うのだ。なのに——。

「綺麗なところに連れて行くよ」

トモヒコは川面を見つめながらそう呟いた。

「俺が知る限りの綺麗な場所にたくさん連れて行って、一緒に美味しいものを食べようかな」

ホームレスの男は「そりゃあ、いいな」と肩を揺らして笑った。「もう一日くらい、生きてみようと思えそうだ」と。

「貴斗君、あなた……まさか台本、暗記してるの？」

こちらの顔を覗き込むように、野木森が聞いてくる。

「うるさい。覚えたくて覚えたんじゃないですよ」

朝、布団の中で。家を出るまでのちょっとの時間に。カップ麺ができあがるまでの三分間に。テレビCMの合間に。風呂が沸くまでの間に。寝る前に……思い出しては読んでいるうちに、すべての台詞が、ト書きが、頭に刻みつけられてしまっただけだ。

「多分、ここは尚斗のアドリブ。竹若監督、ときどきこうやって俳優に任せるの。アドリブに合わせて台本を書き替えちゃうこともある」

野木森の言葉尻を奪うように、「綺麗なところに連れて行くよ」という尚斗の台詞がまた聞こえる。今度は尚斗の顔がアップになった。綺麗なところに連れて行くよ。綺麗なところに連れて行くよ。綺麗なところに連れて行くよ……なら、どうしてお前は死んだ。

骨になったお前を綺麗なところに連れて行ってるのは、俺じゃないか。

「なんで死ぬ前に言わないんだよ」

ただ一言、「死にたい」と言ってくれればよかったのだ。礼文島だってマルタだって、台中だってロンドンだって連れて行ったのに。

尚斗のアドリブのシーンが終わる。

翌朝、ホームレスの男は川で入水(じゅすい)自殺をし、遺体で見つかった。河川敷にあった彼のテントで、トモヒコは自分宛の手紙を見つける。「綺麗な場所に行ったら、死ぬのが惜しくなりそうだったので」と短く記してあった。竹若監督が、尚斗のアドリブに台本を合わせたのだろう。

「遺される人間の気持ち、お前にだってわかったはずだろ」

テレビに向かって吐き捨て、倒れ込むようにソファに腰を下ろす。野木森が「もう遅いし、やめる?」と聞いてきたが、首を横に振った。

未完成の映画は続く。友人の死にショックを受けるトモヒコに、外国人コンビニ店員と板前見習いが犯罪の片棒を担がされていると、週刊誌の記者が教える。裏にはヤクザがいる。「真っ当に生きたい」と足掻く下っ端組員のいる組が。トモヒコは彼らを助けるために夜の歌舞伎町を奔走する。死ぬために東京にやってきた自分を救ってくれた人々を、今度こそ救うために。

なのに、映画はある瞬間にプツンと終わる。

「このシーンを撮った次の日だった」

野木森が言う。テレビ画面には、コンビニ店員と板前見習いの罪を背負って出頭する下っ端組員と、警察署の前でそれを見送るトモヒコがいた。

気がついたら、栗皮色のカウンターに組み伏せられていた。右手をねじり上げられる痛みで、少しだけ酔いが覚めた。

「ごめんね、マスター。もう静かになったから」

野木森の甲高い笑い声と、「いえいえ」という低い声が聞こえる。「痛ぁ……」と体を起こすと、どこかのバーのカウンターにいた。近くに空になったグラスが一つある。

途切れ途切れの記憶の糸を辿って、事務所を出たあと、野木森と近くのバーに入ったのを思い出した。名前は忘れたがとにかく強い酒を飲んで、飲んで飲んで、野木森の制止も聞かずに飲んで、最終的に野木森に「なんであんなもの見せた！」と摑みかかった。

そして、今に至る。彼女に喧嘩で勝てるわけがない。

「すいません、なんか、プツンって何かが切れました」

初老のマスターが出してくれた水を一気飲みして、頭を抱える。他の客からの視線が痛いが、考えないことにした。

「貴斗君、あなた、メンタルが不安定なときにお酒飲まない方がいいよ。尚斗もそうだったけど、酔うと一つの感情に思い切り沈んでいっちゃう性質なんだね」

「メンタルが不安定だって自覚できるなら世話ないですよ」

「ごめん、不安定にさせたのは私だ」

そうだ。本当に、その通りだ。

「なんで俺に見せたんですか。そんなに、俺に替え玉をさせたいんですか」

「あなたに見せたいって、私が勝手に思っただけ」

素っ気ない物言いなのに、何故かそう感じなかった。「律儀にぜーんぶ見たのは貴斗君じゃない」とつけ足され、むかっ腹が立ってしまったせいかもしれない。

「さっきからスマホがずっと鳴ってるけど、大丈夫なの？」

水をもう一杯頼んでくれた野木森が、眉を寄せて聞いてくる。咄嗟に左ポケット——尚斗のスマホに触れる。直後、右ポケットに入っている貴斗のスマホが鳴った。電話だった。

発信者の名前を見て、両肩が抜け落ちそうになる。

「今日、夜に約束があったんだった」

「えっ、何時から？」

「会社の同期と、九時から映画を観ることになってたんですよ」

時刻は夜十一時を回っていた。スマホには、何本も電話とメッセージが入っている。

席を立とうと思ったのに立ち上がれず、その場で通話ボタンを押した。

「古賀、ごめん」

開口一番に謝罪すると、古賀は『ほう、なるほど、とりあえず生きてはいるんだね』と、明らかに怒っている声で返してきた。

「いろいろあって、完全に吹っ飛んでた」

『ま、映画は一人で観たからいいんだけどね。蓮見が約束破るの珍しいから、ちょっと心配しただけ。ていうか、声というか喋り方が変だけど、大丈夫なの？』

今どこにいるの？ と聞かれて、「ここどこですか？」と野木森を見る。彼女の代わりにマスターが「表参道のバー・ムフリッドです」とにこやかに答えた。

『わかった』

マスターの声が聞こえたのか、貴斗が何も言わないうちに古賀は電話を切った。

まさかと思ったが、古賀は三十分後にバーの重そうな扉を開けて現れた。

「ごめん、人と一緒だと思わなかった」

長い沈黙の末に、古賀が謝罪してくる。タクシーの車体がガクンと揺れて、貴斗は窓ガラスにこめかみを打ちつけた。

「いいんだ、別に。あの人は尚斗のマネージャーってだけだから」

バーに現れた古賀に、野木森は「この子、家に送ってあげて。多分一人じゃ帰れないから」と貴斗を押しつけた。古賀を、貴斗の恋人か何かと勘違いしたのかもしれない。

後頭部をガリガリと引っ掻いた。爪の先が脂っぽくなる。首の骨を引き抜かれたように頭が固定できず、視界の端で色がぼんやり滲む。全く酔いが覚めていない。

「そっか、あの人がマネージャーなんだ」

呟いたきり、古賀は押し黙った。会社を辞めてからも彼女との付き合いは続いていた。〈観ない?〉という短いメッセージと共に彼女から新作映画のURLが送られてきて、貴斗はOKという旨のスタンプを返す。台湾への旅などなかったかのように二人で映画を観にいく。かと思ったら、何かをきっかけにものすごく居心地の悪い気分になる。でも、数週間するとまた映画を観にいく。

貴斗の家に着くまで、それ以上の会話はなかった。貴斗を担ぐようにしてタクシーを降りた古賀は、妙に周囲を警戒していた。

「どうしたの」

「だって、この前、蓮見を家の前で直撃したってネットニュースを見ちゃったから。もし記者がいたら、また変なこと書かれるんじゃないかと思って」

蓮見尚斗の双子の兄は、これまでと打って変わって蓮見さんそっくりの髪色をしていた。弟の名声と人気を自分のものにしたいのだろうか——なんて書かれていた記事だ。その文面を思い出して、あははっと声を上げて笑ってしまう。

「一回記事になったし、どうせしばらく来ないよ。次に騒がしくなるのは、尚斗の一周忌の頃じゃないかな。いーよいーよ、尚斗は双子の兄貴に殺されたって説を検証してる謎のブログより、ずーっとマシ」

　酔いを振り払うようにもう一度笑ったら、マンションの階段を踏み外しそうになった。古賀が「わかった、わかったから」と背中を摩ってくる。

　古賀に玄関の鍵を開けてもらい、ベッドに寝かせてもらい、水を汲んできてもらった。

「部屋がゴミ屋敷だったらどうしようかと思ったけど、そうじゃなくて安心した」と彼女は言った。今の俺は、ゴミ塗れで生活していそうに見えるのだろうか。

「今日はすっぽかしてごめん」

　体を少しだけ起こして、グラスに入った水を飲む。ただの水道水のくせに、内臓を洗い流すような凜とした味をしている。

「いーよ。とりあえず、何か大変なことが起こっていたことはわかったから」

　空になったグラスを床に置く。そうしたらもう腕を上げられなかった。古賀が何も言わずグラスをキッチンに持っていった。

「もう終電ないし、タクシーで帰るのも面倒だから、一晩寝ていっていい？」

「いいよ、ベッド使って」

　掛け布団を残し、毛布だけを体に巻きつけるようにして、床に転がり落ちる。どす、と肘をフローリングに打ちつけた。

「蓮見がベッドで寝なよ」

「大丈夫。酔ってるからここでもすぐ寝られる」

古賀はしばらく貴斗の体を揺すったり、爪先で腰のあたりを突いたりしていたが、貴斗が眠ったと思ったのか、しばらくすると静かにベッドに入った。

部屋の明かりが消えて、ベッドから古賀の寝息が聞こえ始めたとき、体の奥底が蠢くように振動し、ピロンと電子音がした。ポケットに、自分と尚斗のスマホを入れっぱなしにしていた。

直感で、尚斗のスマホだと思った。引っ張り出したスマホには通知ライトが灯っていた。青い小さな光が信号を送るように点滅していて、吸い寄せられるように顔認証を解除した。カーテンの隙間から差し込む外灯の光のおかげで、あっさりロックは外れる。

メッセージが届いていた。送り主の名前は〈AKARI TSUJI〉。まーた辻亜加里かよ、と思った瞬間、思考が体内のアルコールによって、どろどろに溶ける。

メッセージを開いてしまった。辻亜加里が尚斗に宛てて綴った言葉が、そこにはあった。

〈ワシントンDCへ行ってきます。だから、もう連絡するのはやめます〉

眠れたのか、まどろんでいただけなのか、判断できなかった。ただ、油の弾ける軽妙な音と人の気配に、貴斗は目を開けた。うつ伏せで寝ていたせいで、毛布が涎まみれだった。締め切られたカーテンから滲む日光が、目に痛い。

一体全体、昨夜はどれくらい酒を飲んだのだろう。頭の内側で誰かにずっと怒鳴りつけられている気がする。背骨が針金みたいに硬く、圧迫された胸が詰まって痛い。

「最悪だ」

声は擦れて上手く言葉にならなかった。けほっと咳をしたら、キッチンから「あ、起きた」と古賀の声がした。古賀がキッチンからフライパン片手に話しかけてくるなんて、奇妙な光景だった。

「蓮見の家ってさ、毎日食パンどうやって焼いてるの？　レンジにオーブン機能ついてないし」

「生で齧ってる」

「あ、焼かないのか。牛乳と卵の賞味期限が昨日だったから、フレンチトーストなんて可愛いもの作っちゃったよ。食パン生で食べるなら、目玉焼きにしてもよかったね」

確かに、部屋には牛乳と卵の甘ったるい匂いが漂っていた。冷たい冬のフローリングとは正反対の、温かく柔らかい香りだった。

「悪い、朝飯まで作ってもらっちゃった」

「って言っても、もうすぐ二時だけどね。私も随分寝坊しちゃった」

重たい体を動かして、カーテンを開けた。太陽の光は、すでに一仕事終えた顔で雲間を漂っていた。

ピロン、と音が聞こえた。尚斗のスマホからだった。

無愛想なくせにしつこくこちらの袖を引っ張るような電子音に、寝落ちする直前の記憶が、火の粉が散るように蘇る。光の断片に目が眩み、喉の奥で悲鳴を上げた。

「つじ、あかり……!」

床に放り投げてあった尚斗のスマホに飛びつき、トークアプリを開く。辻亜加里からのメッセージは、気持ちいいくらい既読になっていた。

今しがた届いたばかりの、新しいメッセージも。

〈あんた、双子の兄貴でしょ〉

悪寒に、背筋が粟立った。しかも、立て続けに新しいメッセージが届いてしまう。

〈今すぐワシントンに来い〉

見ているのが双子の兄だと、何故わかるのだろうか。スマホを取り落としそうになり、その場にへたり込む。〈ワシントンDCへ行ってきます〉というメッセージが届いたのは、昨夜の十時だった。貴斗がバーで飲んだくれていた頃だ。フライト直前に尚斗にメッセージを送り、ワシントンDCに到着して、既読がついていることに気づいたのだろうか。

「だからって、口調が変わり過ぎでは……」

恐る恐る、画面をスクロールした。尚斗が死んでから半年以上、彼女が送り続けた言葉が並んでいた。

〈日本脱出しちゃおうかなー。ワシントンDCなんてどうだろう。子供の頃に住んでたし。ワシントンってね、実は四季があるの。春は桜も咲くし〉

〈明けましておめでとう。今年もよろしくね。笑〉

〈クリスマスツリーの写真をSNSに投稿しただけで見ず知らずの人に文句言われるとか、ホント、バーカバーカバーカ、って感じ〉

〈役作りで髪を染めたんだけど、ちょっと明るすぎたかも〉

まるで尚斗が生きてるかのように、日常の出来事を伝えてくる。ときどき、写真やURLが添えられている。何のコメントもなく、ステーキやケーキの写真だけが送られてくる日もあった。二人は、ずっとこんな感じでやり取りを続けてきたのだろう。美味しいものを食べたら写真を撮って相手に送って、「いいじゃん、美味しそう」なんて言い合っていたに違いない。

スクロールするうちに、あの日が近づいてくる。去年の六月、尚斗の死後、初めて彼女がメッセージを送ってきた日。貴斗が礼文島から帰って来た日。

〈ふざけんな〉

たった一言だった。そこからしばらく連絡は途絶え、貴斗がマルタ島の聖ヨハネ大聖堂で受け取ったメッセージは、すっかり日常の報告になっている。

「辻亜加里がどうしたの」

我に返ると、フレンチトーストが焼ける香ばしい音は止んでいた。皿を二枚手にした古賀は、刻々と色を変えるオーロラみたいな複雑な表情をしていた。呆れているし怒っているし、悲しんでもいるし、貴斗を哀れんでもいた。

「蓮見、辻亜加里と連絡取ってるの」

「いや、向こうが、一方的に、尚斗のスマホにメッセージを送ってくるだけだ」

その意味を、古賀はどう捉えたのだろう。吐息とも区別できないような小さな溜め息をついて、フレンチトーストをテーブルに置いた。

「蓮見って、辻亜加里が好きだよね。去年も一緒に観に行ったじゃん、辻亜加里が出てる映画」

「そうだね、好きだね」

「尚斗さんの元カノでも?」

「そう言ったら俺が怒るとでも思うの?」

声も上げず、肩を揺らして笑った。ここで一言「そんなんじゃない」と声を荒らげたら、胸につかえているものをすべて洗い流せる気がした。そうやって楽になれるチャンスを、これまでことごとく握りつぶしてきた。

「辻亜加里、アメリカ留学したんだよね」

フレンチトーストに手をつけることなく、古賀が聞いてくる。手を伸ばせば届くところにいるのに、とても遠くに向かって語りかけるような口調だった。

「蓮見、まさか、行ったりしないよね」

〈今すぐワシントンに来い〉という辻亜加里の言葉が、彼女の声になって耳の奥で暴れる。彼女らしい、屈強な骨格を持った、輪郭のはっきりした声。

「もうさ、そういうのやめなよ」

こんなにも、ずっとずっと案じてくれている人が側にいるのに、古賀の声は貴斗の前でぼんやりと溶けてしまう。

「悲しむのをやめろなんて言わないから、悲しいならいつまでも悲しんでていいから。だからせめて、もうちょっと自分のことを許してあげなよ」

なんだ、それ。古賀には俺がそう見えるのか。何も気づいてやれなかった自分を、永遠に許さないつもりなのだと。

「蓮見は、尚斗さんについて苦しむことを自分に強制してる。少しくらい楽になったって、誰も責めたりしないよ」

頭を掻きむしって、スマホをベッドに放った。このまま古賀と口論して泣き喚（わめ）くか、彼女をベッドに引き倒して台中の夜の続きを試みてしまうかもしれない。そんな終わらせ方を、他ならぬ貴斗が許さない。

洗面台に走って、冷たい水で顔を洗った。それだけじゃ足りなくて、そのままシャワーを浴びた。

古賀が部屋を出て行く気配が、細かな水滴が肌を打つ音の向こうから聞こえた。わざとシャワーの勢いを強くした。

テーブルに置いてあった皿は、古賀の分だけ空になっていた。フレンチトーストを頬張りながら出て行ったのかもしれない。

全裸のまま、部屋の隅に転がっていた鞄から尚斗の遺骨が入った瓶を取り出した。窓から白い光が散って、遺骨を握り締める貴斗の手を、貫くように照らす。

「おい、どうする」

骨に語りかけた。「綺麗なところに連れて行くよ」という尚斗の台詞が蘇る。きっと、あの声は一生、貴斗の耳にこびりついて離れない。

「お前は、まだ、どこかに連れて行ってほしいのか?」

＊

ワシントンDCは思っていたより長閑な街で、青リンゴみたいな匂いがした。ビルがぎっしり建ち並ぶ大都会は、どちらかというとニューヨークのイメージらしい。

駅からホワイトハウスへの道のりは緑豊かで空が開けていた。寒暖差が激しいと聞いたから尚斗のおさがりのコートを着てきたものの、冬の寒さが緩みつつあるのが耳元を通り抜ける風から感じられた。できるだけ荷物を少なくしたが、大きめのリュックを背負った背中がうっすらと汗ばんでくる。

芝が敷き詰められたラファイエット広場に足を踏み入れると、遠くに馴染みのある白い建物が見えた。ニュース番組で、映画で、ドラマで、マンガで見たことがある、あのホワイトハウスが。屋根の上で星条旗がはためいている。

「結構小さいな……」

辿り着いたホワイトハウスは、鉄柵に遮られて思いのほかミニマムサイズだった。擦れたような色合いの芝の上に噴水があり、噴き上がった水が三月の日差しに銀色に光る。一般人が立ち入れる場所からは酷く距離があって、木々に囲まれたホワイトハウスは遥か向こうだ。

「遠いけど……世界の中心、って感じだな」

言ってから、尚斗に語りかけている自分に気づいた。律儀に持ってきてしまった尚斗の遺骨を、リュックから出してやろうとした。せっかく来たんだからあいつも、ホワイトハウスを見たがるだろう。

——そのときだった。

「ホワイトハウス、小さいでしょ」

背後から、日本語で声をかけられた。

息を吸って、吐いた。ゆっくり振り返ると、首の付け根が軋んだ音を立てる。

辻亜加里がいた。セルリアンブルーと言えばいいのだろうか。真っ青なコートに身を包んだ彼女は、顰めっ面だった。整いすぎて素っ気なく見える眉間に、薄く皺が寄る。

春の気配が滲む風が路上を駆け抜け、亜加里の長い髪がふわりと浮き上がり、不規則にうねる。一足先に春の日差しを吸い込んだような、艶やかな飴色の髪だった。

亜加里が貴斗に視線を巡らせる。尚斗が愛用していたマッキントッシュのコートを羽織り、尚斗と同じ髪色にして、コンタクトにした貴斗を、検分するように見る。

「札幌の、時計台みたいだよね。この肩透かし感」

言いながら、彼女はブラウンのショートブーツを履いた右足を振り上げた。わあ、さすが女優だ、足が長い。そう思った瞬間、思い切り腹を蹴られた。

身構えることもできず、ぐえ、と声を上げて後ろに倒れ込んだ。鉄柵に背中を打ちつけ、体の前と後ろから同時に襲ってきた痛みに蹲る。

蹴りを入れた亜加里は、無言で貴斗を睨みつけていた。通行人や観光客がこちらを見る。

十二月のケンジントン宮殿前でもこんな感じだったたなと思い出した。

真っ青なコートを着た、長身の、華やかで整った目鼻立ちの女性がホワイトハウスの前で男に蹴りを入れてるなんて、まるで映画だ。

「来てくれたんですね」

トレンチコートには灰色の靴跡がはっきりとついていた。手で払いながら、亜加里の顔を窺う。彼女の表情は一ミリとて変わっていなかった。

彼女から〈今すぐワシントンに来い〉とメッセージが届いたのが、五日前。慌ててアメリカ行きの航空券を予約したから随分高くついた。

羽田からおよそ十三時間。午前七時に出発したのに、ワシントン・ダレス国際空港に到着したのは、同じ日の午前六時。十四時間の時差を突き抜けた代償は、全身に渦巻く倦怠感だった。

ダレス国際空港に到着するまで、亜加里には何の連絡もしなかった。空港の到着ゲートにあった「WELCOME to the UNITED STATES of AMERICA」という看板の写真と一緒に、〈ホワイトハウスへ行きます〉と尚斗のスマホから送信した。五分ほどで既読がついたから、予約していたホテルへのチェックインを後回しにして、すぐここへ向かったのだ。

「尚斗のスマホ持ってるの、やっぱりあんただったんだ。アメリカまで何しに来たの？」

「辻さんが〈今すぐワシントンに来い〉って言ったんじゃないですか」

「本当にワシントンまで来るとか、馬鹿じゃん」

くすりとも笑わず吐き捨てた亜加里に、貴斗は肩を竦めた。なんとなく、こう言われる予感がしていた。辻亜加里のキャラなら、間違いない。

「来られちゃう心境だったんですよ。尚斗が死んでから、あっちこっち飛び回ってたんで。仕事も辞めて暇だし」

わざと尚斗の名前を出した。亜加里の眉間の皺が深くなる。彼女の顔がひび割れる音が聞こえた気がした。

「あっちこっちって？」

「北海道とか、マルタとか、台湾とかイギリスとか」

貴斗が出した地名と国名に、亜加里の切れ長なのに大きな目が揺れた。少しだけ眉と眉の間に走る筋が薄くなる。

「礼文島と、バレッタと、台中と、ロンドン？」

ゆっくり口を開き、やや遅れてそう言った彼女に、息が止まる。尚斗が旅した場所、尚斗が行きたかった場所、行きたかったかもしれない場所の名を。

「……知ってるんですか？」

「礼文島は、尚斗がでっかいウニ丼が食べてみたいって、いつだったか言ってた。バレッタは一昨年に行ったけど、天気が悪くてイマイチだったたって。台中は向こうで映画を撮ったときに行って、今度じっくり旅行してみたいって。ロンドンは二年くらい前に……」

会話の相手が貴斗であると思い出したのだろうか、亜加里は徐々に唇をねじ曲げていった。構わず貴斗は頷いた。

「行きましたよ。礼文島にバレッタ、台中の高美湿地。ロンドンは年末に行きました」

「その顔で敬語使わないでよ、気持ち悪い」

周囲の人がまだ自分達をちらちらと見ている。その視線が鬱陶しくなったのか、亜加里は煩わしそうに踵を返した。命じなくても貴斗はついてくると確信している背中だった。

同時に、ついてこないならそれはそれで構わない、という声にならない声も聞こえた。遠くに、ホワイトハウスを迂回する形で、亜加里はナショナル・モールへ歩いて行った。遠くに、空に向かって鋭くそびえる白いオベリスクが見えてくる。ワシントン記念塔だ。

ナショナル・モールは国立公園で、公園内には博物館や美術館だけでなく、アメリカ合衆国議会議事堂、リンカーン記念堂、キング牧師の記念碑、第二次世界大戦記念碑に、朝鮮戦争とベトナム戦争の戦没者慰霊碑もあったはずだ。アメリカを象徴するありとあらゆるものが、この公園の中にある。

無言のままナショナル・モールに入り、ワシントン記念塔を目指した。貴斗に決定権も主導権もなく、ただ亜加里が進むままについていく。

広い公園だった。ケンジントン・ガーデンズとはまた趣が違う。左右に目をこらしても果てが見えない。立派な建物がいくつも建っていて、あれらが博物館や美術館のようだ。

小高い丘の上にあるワシントン記念塔の周囲を、星条旗が囲っていた。旗が風にはためく低い音は、塔が唸り声を上げているようで、空の青さと塔の白さで、目が痛い。

「ジョージ・ワシントンの功績を称えて、建てられたんでしたっけ……初代大統領の」

「なんでそんな格好してるの」

貴斗の話に相槌すら打たず、亜加里は一方的に聞いてくる。

「随分前に会ったときは、髪も黒くて、眼鏡もかけてたのに」

「覚えてるんですね。尚斗と三人で食事したの」

「だから、敬語使わないで」

ふんと鼻を鳴らし、彼女は再び歩き出す。広大な公園内を西に向かって進む。

「コートは純粋に尚斗のおさがりってことでもらった。髪を染めてコンタクトにしたのは、去年の九月かな」

前を行く青いコートの背中に、投げかける。

「なんでって理由を聞かれると困るっていうか……寂しいからかもしれないし、あいつにまだ怒ってるのかもしれない。こうしていれば、ある日ふと、何かがわかるんじゃないかと期待してるのかもしれない」

言おうか言うまいか迷って、初めて亜加里のメッセージを受け取った日から胸につかえていたものを、言葉にする。

「辻さんこそ、尚斗にメッセージを送ってたのはなんで？」

また蹴られるかと思ったが、亜加里は足を止めなかった。むしろ速度を上げ、大股で街路樹の植わった遊歩道を進んでいく。

「俺は、辻さんも同じような気持ちでやってるんだろうなと思ってた。尚斗に〈ふざけんな〉って送ってきたときから……」

　立ち止まった亜加里が、音が聞こえそうなくらいの素早さで貴斗の頬を平手打ちした。流れるような動作は美しいとすら思えてしまい、痛みも忘れて呆けてしまった。

「……〈ふざけんな〉より前のやり取りは、見てませんから」

「別に、見られて困るようなやり取りなんてない」

「大体、辻さんはメッセージを見た相手が俺だって、どうしてわかったんですか？」

「既読がついたのを見て、あんたの顔が直感で浮かんだだけ」

　再び歩き出した彼女と、数十分かけてナショナル・モールの端まで歩いた。巨大な池の向こうに、白いドーム屋根が見える。

「ああ……あれが議会議事堂か」

　これまで訪ね歩いた場所と比べると、怖いくらい自分の胸が動いていない。如何にも世界の中心だと思うのに、体内を巡る血が沸き立つ感覚が一向にやって来ない。

　隣に立つ亜加里の顔を盗み見た。側で写真を撮る観光客と正反対の、冷め切った目をしている。子供の頃に住んでいたと言っていたし、飽きるくらい見た光景なのだろうか。

「尚斗の気配がないからだ」

　呟くと、亜加里が目線だけをこちらに寄こすのがわかった。うなじのあたりが、ちりちりと熱くなる。

「心が躍らないのは、ここには尚斗が来てないから。来たかったわけじゃないからだ」

尚斗が行きたがった礼文島。尚斗が行ったマルタ島、台中、ロンドン。尚斗の気配のないワシントンDCは、色も匂いも薄くて、どこもかしこも輪郭がはっきりしていなくて、寂しい。

「ニューヨーク」

ぽつりと、亜加里が言う。

「ニューヨーク？」

「尚斗、映画の撮影でニューヨークに行ってた。街全体が映画の世界みたいで、楽しかったって」

「ああ、『真夜中の虹』？」

そうだ、あの映画は確かに、後半がほとんどニューヨーク撮影だった。

「そうだね、『真夜中の虹』だった」

辻亜加里の目は色素が薄く、明るい茶色をしていた。初めて互いに視線を合わせて言葉を交わした。尚斗を交えて食事をしたときも、こんなふうに話はできなかった。

「撮影は、俺が大学二年のときだったと思うんだけど……土産に、自由の女神のチョコレート買ってきてくれた」

「行こうか」

何事もないかのように言い放った亜加里が、スマホを片手に歩き出す。歌うように鳴るブーツの踵は、軽やかだった。

「……どこに？」

「ニューヨークに決まってるじゃん。あんた、尚斗が行ったところに行きたいんでしょ？」

まるでコンビニにでも行くかのように、彼女はサラッと言ってのけた。

「辻さん、アメリカで運転したことあるんですか？」

レンタカーのハンドルを堂々と握る亜加里とは反対に、貴斗は助手席で体を小さくしていた。ただでさえ左ハンドル右側通行で落ち着かず、助手席に座っているだけなのにハラハラする。

「あるわけないじゃん。国際免許持ってるけど、渡米してまだ一週間なんだから」

「そもそも、日本では運転してたんですか？」

「しないしない。マネージャーが送迎してくれてたもの」

顔の半分を覆うような大きなサングラスをした亜加里は、「当然でしょ」と首を左右に振る。そうこうしている間に、ハイウェイらしき道に入ってしまった。カーナビ代わりの亜加里のスマホは、一応、ニューヨークへ向かうルートを示している。

「本当に行くんですか」

「三時間半で着くんだから、腹をくくって行くようなところでもないでしょ」

お腹空いた、と亜加里が貴斗に手を伸ばす。膝に抱えていた紙袋から、昼食に買ったチリドッグを渡してやった。シンプルなパンにソーセージと刻み玉ねぎ、真っ黄色のチーズと、ドロドロのチリソースがかかっている。ジャンキーな匂いが車内に充満した。

運転しながらチリドッグにかぶりつき、口の端についたソースを舐める亜加里を、貴斗はぼんやり眺めていた。

アメリカは大きかった。ハイウェイをかなりのスピードで走っているのに、景色がほとんど変わらない。青空と緑だけが延々と続く道を、亜加里と二人で、百キロ以上の速度でニューヨークへ向かっている。

しかも、亜加里はスマホから音楽を流していた。尚斗が二年前にリリースした歌だ。あいつ、そういえば歌手活動もしていたんだった。ジャンキーな匂いと一緒に、尚斗の声が体に染みついていく。

チリドッグを食べる気にはなれず、付け合わせのフライドポテトを口に入れた。こっちにも濃厚なチーズとチリソースがかかっていて、数本で胸焼けを起こした。

尚斗の歌は何度もリピートされ、だんだんと時間の感覚が溶けていく。目を開けると尚斗の歌が飛んでいて、眠ってしまっていたことに気づく。眠っては起き、尚斗の歌を聴く、また眠る、というのを繰り返した。

途中、フィラデルフィアという看板を見た記憶がある。低いのによく澄んだ尚斗の歌声が聞こえていた。

どれくらいたったのか、亜加里の「もう着くよ」という声で目が覚めた。隣で悠長に寝ていたせいか、亜加里の声は不機嫌そのものだった。

もう着くと言った割に、ハイウェイの周辺は高い建物もなく、長閑な地方都市の一角を走っているようだった。

ところが、ハドソン川を潜る長いトンネルを抜けると、そこは紛うことなくニューヨークだった。見上げきれないほどの高いビルが何十棟もそびえ立ち、午後の日差しがビルに反射して眩しい。尚斗の歌声が、街の音に遮られる。車の走行音、クラクション、どこかから漏れ聞こえてくる音楽、道行く人の足音と話し声が混ざったような、名前のつけられない騒がしい音に。

レンタカーショップで車を乗り捨て、徒歩十分ほどのところにあるタイムズスクエアに向かった。尚斗が、映画の中で訪れた場所だ。

ワシントンDCとは打って変わって、ニューヨークはキャラメルポップコーンの匂いがした。

「ギラギラだな」

混雑した通りを抜けると、十字路の先に見覚えのある屋外広告とネオン看板が見えた。通り一帯が企業の広告で埋め尽くされている。

二〇二〇年代の地球を、ぎゅっと一本のストリートに凝縮したような賑やかさと煌びやかさだ。そこをさまざまな年齢、国籍の人が行き交っている。一秒とて時間が止まることはない。むしろ、世界中のどこより時間の流れが速い。

「今から思うと、馬鹿みたいにお金のかかった映画だったよね、『真夜中の虹』って。脇役まで引き連れてタイムズスクエアで撮影するなんて」

鮮やかなコカ・コーラの看板を見上げた亜加里が、肩を竦めて笑う。映画の中で、尚斗は主役の男の弟役だった。兄と連れだって、尚斗はタイムズスクエアを歩いた。

映画のシーンを追いかけるように、二人でブロードウェイと七番街を行ったり来たりした。亜加里とは並ぶことなく、かといって離れることもなく、絶妙な距離ができていた。

一人になりたいのに一人になりたくない。そんな距離が。

ホワイトハウスとは別の意味で「世界の中心」という顔をしたこの街で、尚斗の影を探し続けた。この行為を心地がいいと思ってしまうのをやめたい。やめたいのに、目を閉じるたびにスクリーンの中の尚斗がこちらに手を振る。

「ねえ、尚斗」

周囲を飛び交う英語を切り裂いて聞こえた日本語に、弟の名に、ハッと振り返る。

スマホを構えた亜加里が、貴斗の姿を写真に収めた。にやりと笑った彼女に「どういうつもりなの」と問いかけた声は、少し上擦っていた。

「尚斗って呼ばれて振り返る尚斗と同じ顔の男なんて、ほとんど尚斗なんじゃないかなと思って」

亜加里は写真を見せることなく、スマホをコートのポケットに戻した。自分は、どんな顔でそこに写っているのか。竹若に言われた〈不気味の谷〉現象のことを思い出す。

無性に、タイムズスクエアにいるのが怖くなった。ここにいることで、自分と尚斗の差違が、亜加里の中で際立ってしまう。尚斗の気配がないワシントンDCは虚しいと話したばかりなのに、尚斗の匂いに溢れたこの場所が怖い。

歩き出した貴斗に、亜加里はついてきた。地下鉄の駅に入って、適当なホームから適当な方向へ行く電車に乗り込んでも、文句を言ってこない。こちらの胸の内が否応なく伝わっているみたいで、恥ずかしくて仕方なかった。

「どこ行くの」

電車が走り出したところで、亜加里が聞いてきた。

「辻さんはどこに行きたい?」

「あんたが行きたいところでいいよ。あんたの行きたいところは、尚斗が行きたかったところな気がするから」

なんだ、それは。亜加里だって、貴斗のことを尚斗だなんて思っていないくせに。

十分近く迷った末、車内アナウンスから聞こえた「World Trade Center」という言葉に、耳の奥が緊張する。電車が停車し、扉が開くと、亜加里ではない誰かに背中を押された気がした。

「グラウンド・ゼロか」

背後で亜加里が呟いた。

二〇〇一年九月十一日の9・11アメリカ同時多発テロの記憶は、うっすらと残っていた。リアルタイムの記憶ではなく、後にテレビか何かで見たのを覚えているだけかもしれないが、双子のように並んで立つ高層ビルに二機の飛行機がつっこみ、ビルが黒煙を上げて崩壊する光景は、不思議と脳裏に焼き付いている。

俺がそうなら、きっと尚斗もそう。だから、尚斗も「World Trade Center」というアナウンスを聞いたら、電車を降りるだろう。

地下鉄の駅を出ると、高層ビル群が貴斗達を見下ろしていた。9・11後に再建された新ワールドトレードセンターだ。形の違う六つの新しいビルに囲まれ、かつてツインタワーがあった場所には二つの巨大な記念碑がある。

記念碑は瓜二つの正方形の池だった。犠牲者の名前が刻まれた石碑が池をぐるりと一周し、四方から池に滝が流れ込む。

滝の音を聞いた瞬間、二の腕が粟立った。

池の周囲には観光客もいるが、明らかにそうでない人もいた。石碑に刻まれた名前を撫でたり、滝をぼんやり眺めたりしている。

「グラウンド・ゼロは、初めて来たわ」

石碑の前に立った貴斗に、背後から亜加里が話しかけてくる。

「私は全然記憶にないんだけど、ワシントンDCの小学校に通ってるときに習った。四機の飛行機がハイジャックされて、二機がツインタワーに、一機がペンタゴンに激突して、最後の一機はピッツバーグの郊外に墜落して、合わせて三千人以上死んだって」

「墜落した飛行機、議会議事堂かホワイトハウスに向かってたんでしょ？」

数時間前に亜加里と見た、ホワイトハウスの白いたたずまいを思い返す。この場所を尚斗が訪れたら、ワシントンDCにも行きたがる気がした。途端に、もう少しナショナル・モールをじっくり見ておけばよかったなんて思ってしまう。

石碑を見下ろすと、見ず知らずの名前に白い花が添えてあった。刻みつけられたアルファベットに、茎を短く切った花が刺してある。ビル風に揺れる花びらはまだ瑞々しく、誰かが祈りを捧げた残り香がした。

その名前に、貴斗はそっと指を這わせた。右袖につけられた濃紺のアンティークボタンが鈍く光る。水音が一際、鮮明になる。石碑から流れ落ちていく滝は、遺された人間の祈りがグラウンド・ゼロに吸い込まれていくのを具現化しているようだった。

「なんだこれ」

亜加里は答えない。うなじのあたりに鋭い視線を感じた。

「めちゃくちゃ泣きたいのに、涙が出てこない」

眩しさに顔を上げると、再建されたワールドトレードセンターの中でも最も背の高い1（ワン）WTCがあった。ガラス張りのビルが西日を反射し、巨大な水晶のようで、墓石のようでもあった。

双子の弟を失った兄として、泣きたかった。泣いておきたかった。その昔、双子として存在していたタワーがテロにより崩壊した、この場所で。

ドラッグストアでビールを買った。買い物カゴを貴斗に押しつけてどこかへ行った亜加里は、会計が終わる直前に「これも一緒に払って」とスキンケア用品と下着をカゴに放り込んだ。

貴斗がワシントンDCのホテルにキャンセルの電話を入れ、キャンセル料の説明を受けている間に、亜加里はホテルのフロントで部屋を取った。グラウンド・ゼロから歩いてすぐの、狭い土地に縮こまるようにしてたたずむホテルだった。

部屋には当然という顔でダブルベッドがあり、亜加里は問答無用でベッドに寝転ぶと、バドワイザーの瓶を開けてそのまま呷った。半分ほど飲むと、「せっかくだから一杯目はブルックリンにすればよかった」と呟いて、バドワイザーと一緒に買ったブルックリンという名の缶ビールを開ける。

ナイトテーブルに中途半端に残されたバドワイザーは、貴斗が何も言わず口にした。亜加里が口をつけたビールだということが、心に一ミリも引っかからない。

「ピザ頼むけど、トッピングはペパロニでいーい?」

「お好きにどうぞ」

窓際のソファに腰掛けようとしたら、バルコニーがあることに気づいた。黒いテーブルと椅子が二つ置いてある。亜加里からできるだけ距離を取るため、ビール瓶を持ったまま外に出た。日没後のニューヨークは寒かった。あちらはハドソン川だろうか。川から吹いてくる冷たい風が、耳たぶをちぎろうとする。

グラウンド・ゼロがよく見えた。記念碑はライトアップされ、石碑から流れ落ちる滝が金色に照らされていた。光の粒が一つ、また一つ、地球に吸い込まれていく。

亜加里が「ピザ届いたよー」とバルコニーのドアを開けたのは、随分たってからだった。貴斗の向かいに腰掛けたものの、すぐに「無理、寒くて食べてられないわ」と溜め息をつき、貴斗の腕を引っ張って部屋に戻っていく。

テレビで恋愛リアリティーショーを見ながら、ベッドに寝転がってピザを齧った。モッツァレラチーズとペパロニがこれでもかとのった、マンホールくらいのサイズのピザだった。生地が薄いからと二つ折りにして食べても、まだでかい。

途中から見るリアリティーショーは、驚くほどつまらなかった。糸を引く真っ白なチーズと格闘しながら、よく知らない男女がデートする様子を眺めていた。

「尚斗のどこが好きだった？」

硬くなったピザを噛み切り、ビールで流し込みながら、聞いた。貴斗と同じようにピザを口に詰め込みながら、亜加里は「それ、どういう意味？」とこちらを見た。

「あまり深い意味じゃなく、純粋にどこが好きだったのかなと思って」

「私、あんまり年上に好かれないから。同世代から好かれるわけでもないけど」

「ああ、わかるわかる」

睨まれた気がしたが、テレビを見ていて気づかないふりをした。

「でも、意外と尚斗とは気が合ったの。初めて出た映画の現場だったかな。一緒のシーンが多いと、話す機会も増えるし」

「どうして付き合ったの」

貴斗の言葉に、もごもごと顎を上下させていた亜加里が動きを止めた。何本目かわからないブルックリンの缶を空にして、足先に引っかかったフットスローを蹴り上げた。

「私から言った。よく一緒に飲みに行ってたから、ずーっと週刊誌に狙われててさ。いつか、付き合ってもないのに付き合ってるって騒がれるくらいなら、撮られる前に本当に付き合わない？　って」

「尚斗のことが好きだったわけじゃないの？」

「好きよ。付き合ってもいいなって思うくらい好きだった。でも尚斗の奴、『いいよ』って言った直後になんて言ったと思う？　『あ、でも、貴斗が怒るかなあ。あいつ、亜加里のこと好きなんだよね』だって」

「馬鹿じゃん」

堪らず、足に挟んでいたクッションを壁に投げつけた。テレビの角に当たって、翡翠色のクッションは床に落ちる。

「尚斗、そのあとロンドンに行っただろ」

言いながら、メアリーの顔が浮かぶ。ハイド・パークで別れてから、一切連絡がない。彼女は、尚斗の出演した映画を見ただろうか。

「帰国してすぐ、『この間の話だけど、付き合おっか』って返事された。『別に貴斗は怒らないし、怒っても許してくれるだろうし』ってさ」

馬鹿じゃねえの。ケンジントン・ガーデンズでメアリーから尚斗の話を聞いたときと同じ怒りが、喉の奥から湧いてくる。クッションを投げるべきは今だったな、と後悔した。

「あんた、本当に私が好きだったの？」

「好きだったなあ。尚斗と三人で飯食ったとき、辻さんをちゃんと見られなかった。女優としても好きだったし、実物はもっと綺麗だったし、なおさら好きになったね」

「じゃあ、尚斗が私と付き合って、腹が立たなかった？」

「自分と尚斗がどこまで同じで、どこからどう違うかくらいよく認識してる。ホワイトハウスの前で元カレの双子の兄貴に蹴りを入れる辻亜加里は好きだけど、辻亜加里に蹴られたいわけではないし、付き合いたいわけでもない」

そんなに面白かったのだろうか。亜加里が「あははっ」と声を上げて笑った。すっかり冷めてチーズが固まってしまったピザを大口で頬張って、「硬っ」と紙箱に戻してしまう。

「辻さん、俺が……俳優の弟に双子コンプレックスをこじらせてると思ってる？」

「興味ないかな」

「ああ、そう」

「でも、普通は思うよね。兄貴はさぞかし弟に嫉妬してるんだろうなって。偏見っていうか、願望かな。ドロドロしてる方が面白いじゃない」

こんな感じにさ、と亜加里はテレビを顎でしゃくった。恋愛リアリティーショーは山場を迎え、男が複数人の女性の中から一人を選ぼうとしている。

「大学の頃、尚斗目当てに近づいてきた人と付き合ったことがあるけど、すぐに気づいて別れたよ。こっちだってそれなりに人を見る目はある」

「あんた、尚斗が大好きなんだね。絶対に尚斗を悪く言わない」

「当たり前だろ。じゃなきゃ、あいつが死んで半年以上経つのに、尚斗と同じ髪色にして尚斗の元カノとニューヨークでピザ食ったりしない」

冷え切ったピザを噛み千切る。生地の欠片がシーツに落ちたが、構わず咀嚼し続けた。

亜加里だって、きっと同じだ。好きじゃなければ、死んだ元カレの双子の兄貴とニューヨークでピザを食べたりしない。

「別れたのは、どうして？」

「予想以上にお互いの事務所が怒ったんだよねー。うちより尚斗の事務所の方が怒り心頭だったかな。蓮見尚斗の彼女が辻亜加里ってのは、イメージ的に勘弁してって感じだったのかも」

「じゃあ、事務所に反対されたから別れたの？」

「ごちゃごちゃ言われて面倒だったのもあるけど、いざ付き合ってみるとさ、友達付き合いするのとそんなに変わんなかったんだよね。キスとセックスが入ってくるくらい」

何だそれ、と言いかけて、尚斗の顔が浮かぶ。「近くに友達がいるらしいんだけど呼んでもいい？」と笑って、亜加里と貴斗を引き合わせたときの顔だ。

「今はお互いに仕事が大事なタイミングだし、実際、仕事を一番頑張りたいって私も尚斗も思ってた。煩わしいものや、なくても困らないものは極力減らして、付き合いたくなったらまた付き合えばいい、くらいに思ってた」

「それは、辻さんから言ったの？」

「私から。でも、尚斗も『付き合ってみてわかったけど、今の亜加里と付き合うのは仕事の状況的にも結構大変だ』って笑ってたよ」

ナイトテーブルに置いた缶ビールを摑んだが、中身は空だった。何本飲んだか、いよいよわからない。

「尚斗のスマホに、辻さんと付き合っているときの写真が残ってなかった」

枕の位置をずらし、仰向けに寝転がる。ズボンの左ポケットから尚斗のスマホを引き出して、自分の顔の前にかざす。顔認証を突破し、ロックが外れる。

「それ、もしかして尚斗のスマホ？」

貴斗の一連の動作を、亜加里がまじまじと見ていた。

「そう。あいつ、ロックを顔認証にしてたから、俺の顔で突破できたの」

亜加里は怒るのではないかと思った。しかし、ふーんと鼻を鳴らしたきり、何も言ってこない。

「一緒に写真撮ったりしなかったの？」

「撮ったけど、別れたあとに『めちゃくちゃ恥ずかしいね』って話になって、せーので消した記憶がある。手違いで流出なんてしたら嫌だったし」

そうか、消したのか。一昨年の春から夏にかけての写真を見返しながら、喉の奥で呟いた。尚斗が残した写真の合間にあったはずの、恋人同士の二人の写真を思い浮かべた。

「後悔してる？」

聞いた瞬間、横から亜加里の手が伸びてきてスマホを奪われた。「喧嘩売ってるの？」と声をすごませた亜加里が、尚斗のスマホをベッドの足下に放る。

そのまま、獲物の首を狙うように貴斗の体に覆い被さった。肩口から落ちた彼女の髪が、貴斗の鼻先をくすぐる。

「ワシントンＤＣへ行ってきます……だから、もう連絡するのはやめます」

ダレス国際空港行きの飛行機の中で何度も反芻した亜加里の言葉を、声に出す。

「辻さんがそう決めた気持ち、俺はわかる。俺だって、どこかでやめないとって思ってる。終わらせるきっかけを探してる」

尚斗の痕跡を辿ってふらふらと出かけてしまうのも、尚斗そっくりの髪型にしているのも、尚斗のスマホを肌身離さず持ち歩くのも、尚斗の遺骨を手元に置いておくのも――終わらせ方がわからない。古賀がチャンスをくれたのに、摑むことができなかった。

亜加里が深く息を吸う音がした。

「こっちが終わらせようと思ったのに、アメリカまで飛んできたのはあんたじゃない！」

貴斗の腹を抉るような低い声に、ベッドに押しつけられて動けなくなる。

「俺を呼んだのは辻さんだろっ……」

言い終えないうちに、左頬を殴られた。明らかにパーではなくグーだった。彼女から暴力を受けるのは、何度目だろう。

「後悔してるよ」

亜加里の指は長かった。その指に、胸ぐらを掴まれる。

「写真、消さなければよかった。いつでもまた付き合えるなんてうぬぼれてないで、ずっと恋人でいたらよかったんだ。そうすれば、せめて、何かわかったのかもしれない。あいつを、助けられたかもしれない」

あんたはどうなの？　と亜加里が貴斗の体を揺さぶってくる。

「あんただって、どうして気づいてやれなかったんだって思ってるでしょ？　散々周りに言われたでしょ？　元カノの私ですらSNSが炎上したし、週刊誌にもネットニュースにも好き勝手書かれたんだから、あんただって私と同じこと思ってるでしょ？」

「当たり前だろ」

怒鳴り返してやるつもりで放った言葉なのに、自分の平坦な声に驚いた。

「俺は、あいつの双子の兄貴だったんだ。世界中の誰にも理解できないことだって、俺ならわかってやれたんだ」

また殴られるのではないかと思ったが、亜加里はゆっくりと胸ぐらを掴む手を緩めた。瞬きを数度して、鼻から吸った息をゆっくり口から吐き出す。テレビの音が聞こえた。恋愛リアリティーショーは終わったようだ。

「双子ってさ、同じ遺伝子情報を持ってるんでしょ?」

亜加里はこちらを睨んでいる。彼女が何を言おうとしているのか、何をしようとしているのか、手に取るようにわかってしまう。

「……そうだよ。俺と尚斗は一卵性双生児だから、一つの卵に一つの精子が受精して、受精卵になったあと、二つにわかれた」

「じゃあ、あんたと私がセックスして、もし子供ができたら、それは尚斗の子供と一緒ってことになるよね。昔、そういう小説を読んだことがあるの」

「遺伝子上は、ね」

彼女に見えている俺は、どこまで尚斗だろうか。彼女にとって俺はどうしたって忌々しい存在で、俺には辻亜加里を救うことができない。尚斗と同じ遺伝子情報を持っているという繋がりを、こんなにも虚しいと思ったのは初めてだ。

「私のアメリカ留学、整形のメンテナンスか、極秘出産じゃないかってネットニュースに書かれてるの、知らない？　こっちからデマを本当にしてやったら、あいつら、びっくりして死なないかな」

亜加里が着ていたニットを無造作に脱いだ。ブラウスのボタンを外す指先を、その指が貴斗のシャツを捲り上げるのも、貴斗は静かに見ていた。

「酔った勢いでそんなことしていいの？」

「喋らないで。喋ると、尚斗じゃなくて冷める。酔ってぼんやりあんたを見てるくらいがちょうどいいの、目をこらすと偽者だってわかるから」

亜加里が貴斗のベルトを外す音が、嫌に大きく聞こえた。テレビから漏れ聞こえる英語よりよほど鮮明だった。

白い天井を見上げながら、亜加里とセックスして本当に彼女が妊娠したら、自分はその子供を尚斗の子と思ってしまう気がした。それが幸福なのか不幸なのかすら、ビール塗れの脳では判断できなかった。

でも、そもそも無理な話だ。

「勃たないよ」

衣擦れの音が途切れた。亜加里が顔を上げる。貴斗は「勃たないよ」と繰り返した。

「多分、尚斗が死んでから、ずっとだ」

亜加里は貴斗の上から降り、野菜の皮でも剝ぐような手つきで貴斗を裸にひんむいた。時間をかけて、貴斗の言葉が本当か嘘か確かめた。辻亜加里が相手だったら……と少しだけ期待したが、貴斗の体は亜加里の行為に何も応えなかった。テレビではいつの間にかニュース番組が始まっていた。

途切れ途切れの英語を聞きながら、貴斗は寝入った。ワシントンDCからニューヨークに向かう車中と同じように、寝ては起き、寝ては起きを繰り返した。

三度目に目を覚ますと、ブラウスのボタンをしっかり留めた亜加里が隣で眠っていた。音を立てないように注意して、布団を掛けてやった。窓の外は白んでいた。

これはピザのせいか、亜加里のせいなのか。体中がべっとりと脂っぽく、頭と胃袋がどんより重い。ベッドを降りるとピザの入っていた箱を踏んづけた。

バルコニーに出ると、ビルの十六階は風が強く寒かった。ぶるりと肩を揺らし、グラウンド・ゼロを眺めた。記念碑はまだライトアップされている。早朝だというのに、記念碑の周囲には人影があった。昨日、貴斗がいたあたりにも誰かがたたずんでいる。

ホテルの下を自動車が行き交っていた。通行人の姿もちらほらあるが、数は多くない。靄(もや)がかったコンクリートと鉄の匂いが早朝の冷たい空気に溶け、ビルの向こうから少しずつ太陽の気配が迫っていた。

どれくらいそうしていたのか、視界の端に鋭い光が差し、こめかみが緩やかに温かくなる。ワールドトレードセンターの一つ、墓石のような姿をした1WTCが、金色をまとった桃色に光った。天から降ってきた誰かの声を受け止めたみたいだった。

記念碑のライトアップが消えた。ロウソクの火が吹き消されるように、すーっと明かりが落ちる。

朝が来た。

そう思った瞬間、貴斗はバルコニーの床をトンと蹴っていた。

体は軽やかな音と共に浮かび上がり、傾き、落ちていく。地面から伸びた大きな手に肩を摑まれ、引き摺り下ろされる。記念碑から流れ落ちる滝のように、重力に吸い寄せられていく。

どうしてこんなことをしているのだろうと疑問に思った。

俺を引っ張るのは誰だ。尚斗か、グラウンド・ゼロか、ツインタワーか。

何故、俺は死のうとしているのだろう。

第六章　ラパス

@umi1119　2023年2月26日

電車の中で読んでしまい、怒りで泣きそうになった。
『エブリデイポスト』蓮見尚斗兄、弟そっくりの姿で豪遊？　弟の遺産はオレのもの？
https://www.everydaypost.jp/……

@0303may　2023年2月26日

芸能人の弟が死んだ途端に弟と同じ格好で出歩くって、蓮見尚斗の功績を自分のものにしようってことだろ。「オレ、蓮見尚斗の兄弟なんだぜ」って手当たり次第口説いてるよ絶対

@Tamaki　2023年2月26日

蓮見尚斗の双子って人と一緒にバイトしてたことあるけど、こんな人じゃなかったのに……。

@ayan0　2023年2月26日

いくら双子っていっても、死んだ弟にわざわざ自分の髪型とか格好を寄せて人目につくところを歩くって、自己顕示欲の塊にしか思えないよね。今まで蓮見尚斗の方だけが目立ってきたことへの復讐なんじゃない？

@SUGITA　2023年2月27日

将来の不安とか撮影現場でのパワハラとか、いろいろ言われてるけどさ、最終的に蓮見尚斗を自殺に追い込んだのはこの兄貴のような気がする。鬱っぽくなった人間を追い込むのって簡単だもの。　https://www.everydaypost.jp/……

@Rainbow-Broccoli　2023年2月27日

エブリデイポストって、蓮見尚斗の実家に突撃して近所の人に通報されてたところじゃん。どこまでホントでどこからデマなのかわかったもんじゃない。

@SEACHICKEN　2023年2月27日

なんていうか……蓮見尚斗はとことん人に恵まれなかったんだなと。肉親含め、そばにいる人間が違ったら違う人生があっただろうね。

@5r5r　2023年2月27日

蓮見尚斗かわいそ

違う、俺を引っ張るのは俺だ。俺は今、自分の意志で自分を殺そうとしている。

気づいた瞬間、背後から誰かに引き上げられた。相手が全体重をかけて、貴斗の体をバルコニーに連れ戻す。

バルコニーの床に後頭部を打ちつけて呻いた貴斗に、亜加里が馬乗りになった。ベッドの上でのことを思い出して、眠りと現実の切れ目が、時間の感覚が狂って、目が回る。

亜加里の肩が、背が、胸が、激しく上下する。ざらついた呼吸の音が、ニューヨークの冷たい朝を殴りつけるように響く。

「勘弁してよ」

亜加里の声はとても冷静だった。昨夜、貴斗の上でブラウスのボタンを外したときと同じ目をしている。

「渡米中に元カレの兄貴と同じ部屋にいて、そいつが飛び降り自殺とか……間違いなく私が殺したって思われるじゃない」

週刊誌の見出しとワイドショーのテロップが見えて、「たしかに」と呟いてしまう。

「俺、今、何した？」

「バルコニーからぼんやりグラウンド・ゼロを眺めてたと思ったら、するっと飛び降りようとした」

するっと。ああ、確かに、するっと飛び降りようとした。道の先に友人を見つけて咄嗟に駆け出すみたいに、深く考えることなく、体がそちらに向かって動いた。

「死にたかった、わけじゃない」

胸のあたりをまさぐって、心臓の上に手をやった。微かに伝わってくる心音に安堵した。いつ死んでも構わない、なんて思っていたわけじゃない。「死んじゃ駄目だよ」という古賀の言葉も、俺の中にちゃんと残っている。生殖能力がなくなっても生きる力はある。俺の生命力はちゃんと俺を生かそうとしている。

でも、あのとき、1WTCが桃色に光ったあの瞬間、貴斗の生命力が一時だけゼロになった。何の前触れも、大きな理由もなく、貴斗の意識の遥か下で、ゼロになった。

「尚斗も、こうやって死んだのかな」

命を絶つ理由が明確にあったわけじゃない。ただ、体の中の生命力が色褪せた瞬間、花が枯れて萎むように、死に引きずり込まれる。

「いや、違うかな」

尚斗もそうだったかもしれないなんて、都合がよすぎるだろうか。尚斗の死に貼り付けられるわかりやすいラベルを手に入れて、安心したいだけかもしれない。

「……もう、わかんねえや」

ビルに海風が当たる音だろうか。獣の遠吠えのような声が聞こえた。ニューヨークの街が、この哀れな蓮見貴斗を笑っている。

「死ぬなら日本に帰ってからにして」

立ち上がった亜加里に、無理矢理体を起こされる。そのまま部屋に引っ張り戻された。されるがまま、ベッドに頭からダイブする。場所が悪かったのか、亜加里の匂いがふわりと舞い上がった。

貴斗が動かずにいる間に、亜加里はバスルームへ消えた。数分後、バスローブ一枚で戻ってくると「私もう出るから。シャワー浴びるならさっさと浴びてきて」と素っ気なく言う。「わあ、辻亜加里のすっぴんだ」と呟いたら、昨日貴斗が投げたクッションが飛んできた。

濡れたバスルームでシャワーを浴びて、昨日と全く同じ服を身につけて、ホテルを出た。

貴斗がシャワーを浴びている間に、亜加里は着替えも化粧も済ませていた。

人出の増えた朝のニューヨークは、少しだけ寒さが緩んでいた。駅から吐き出されてくる人、交差点を行き交う自動車に自転車。一つ一つの熱量が、張り詰めた空気を解かしていく。

街にはベンダーと呼ばれる屋台があちこちにあった。コーヒーとプレッツェルを買った女性とすれ違う。一歩遅れて、香ばしい香りが漂ってきた。ベンダーで朝食を買って出勤するのが、ニューヨーカーの定番なのかもしれない。

空いているベンダーを見つけて、亜加里はホットコーヒーとサンドイッチを買った。後ろに並んで、貴斗も同じものを買った。貴斗が会計をしている間に、亜加里は一人でずんずん歩いて行ってしまう。どこに向かうつもりなのか、目的があるのか、亜加里は一言も話さない。

しばらく歩くと、公園の入り口に辿り着いた。木々と芝生の植わった広場の向こうに高層ビルは見えず、マンハッタン島の端まで来たことに気づく。

「薄っ、アメリカンにしたって薄くない？」

前を歩いていた亜加里が、コーヒーのカップに口をつけたと思ったら文句を言い出した。試しに、自分のコーヒーを一口飲んでみる。

「確かに、薄いな」

もはやコーヒーなのか、黒くて苦いだけのお湯なのか舌が判断できない。

「失敗したなあ、別のベンダーにすればよかった」

「いやに空いてたからね、あそこだけ」

会話が成立しているのかわからない。独り言を押し付け合っているだけにも思えた。

並木道を抜けると視界が開け、目の前にニューヨーク湾が広がっていた。対岸に島や高層ビルが見えるから、海と言うには小さく、大きな湖のように見えてならない。

「え、アレ、自由の女神?」

海の向こう、遠くに小さく右手を天に掲げた自由の女神像が見えた。想像していたサイズの五分の一……もない。小指よりも小さい。あまりに遠くて、青く霞んでしまっている。公園内にはフェリーの停泊所があり、どうやらここから自由の女神のあるリバティー島へ行けるらしい。

「なんか拍子抜け」

亜加里が海に言葉を放り投げるように笑った。ははっという乾いた笑い声に、釣られて笑い出しそうになる。一時間ほど前にこちらは飛び降り自殺をしようとして、彼女はそれを止めた。なのにどうして、コーヒーが薄いなんて、自由の女神が小さいなんて会話をしていられるのだろう。

壊れかけのパソコンで、騙し騙し仕事しているようなものだろうか。動くから、動いてるから……そうこうしているうちに、ある日突然、電源すら入らなくなる。その〈ある日突然〉は、一体いつ来るのか。

ベンチに腰掛けた亜加里が、サンドイッチの包みを開いてかぶりつく。一つ隣のベンチに座って、貴斗も同じようにした。自由の女神の方角から吹いてきた海風が、二人の前髪を同時に持ち上げる。

コーヒーは不味かったが、サンドイッチは意外と美味かった。塩気が利いたパストラミとマスタードはさっぱりとした味わいで、トーストした分厚いパンとの相性もいい。亜加里もサンドイッチは口に合ったようで、文句も言わず黙々と咀嚼し続けた。

「コーヒー、買ってくる」

サンドイッチを食べ終えた亜加里が立ち上がった。「荷物見てて」と貴斗にバッグと中身がたっぷり残ったコーヒーカップを押しつけ、来た道を戻っていく。公園内にもいくつかベンダーがあったから、そのどれかに向かうのだろう。

亜加里のバッグを膝に抱えて、マスタードのついたパンの耳を口に詰め込んだ。焼きすぎたのか、パンの端は少し硬かった。

風が出てきた。海は白波が立ち、岸壁に打ちつけた波の爆ぜる音が、どこん、どこんと爪先から響いてくる。

脇に置いたリュックサックから、尚斗の骨を出してやった。

「見ろよ、めっちゃ小さくない？」

尚斗の「わあ、小さい」という声が聞こえた気がした。弟とベンチに並んで座っているような気分になる。二人で小さな小さな自由の女神を眺めながら、戯れるように会話のキャッチボールをしている。

俺はさっき、ホテルのバルコニーから飛び降りようとしたのに、今、こんなに凪いだ気分でいる。尚斗だってあの日、もし首つりに失敗していたら、意外とこんな風に穏やかになれて、今も飄々(ひょうひょう)と生きていたかもしれない。

「なあ、尚斗」

掌で瓶を転がす。尚斗の骨と、オレンジ色のシーグラスがカランと音を立てた。鉄琴を鳴らしたような澄んだ音だった。

「お前もあんなふうに死んだのか？　意外と、死んだことにあの世でびっくりしたんじゃない？」

なあ、どうなんだよ。瓶を振って問いかける。「うわ、本当に死んじゃった」と三途の川のほとりで目を丸くする尚斗の姿が思い浮かんだ。

カラカラ、カラカラ。

音が、聞こえるばかりなのに。

「何してるの」

亜加里の声に、瓶を持った掌が強ばる。

顔を上げると、亜加里は思ったよりずっと側にいた。ホットコーヒーのカップを二つ両手に持って、貴斗を見下ろしている。今朝、ホテルのバルコニーでそうしていたように。

「それ、なに」

彼女の視線は、尚斗の遺骨が入った瓶に真っ直ぐ向けられていた。咄嗟に瓶を握り込み、リュックの中に戻そうとした。

「ねえ、なんで隠すの」

亜加里の声に、細かなヒビが入る。コーヒーを足下に投げ捨てた彼女は、貴斗の腕を問答無用で引っ摑んだ。

こつん、と音を立て、カップがベンチの下に転がる。地面に広がったどす黒い液体を踏みつけ、亜加里は貴斗の手からガラス瓶を奪った。

こぼれたコーヒーから立ち上る真っ白な湯気が、亜加里の体から舞い上がっているように見えた。

「これ、骨？」

瓶の中の遺骨を睨みつけた亜加里が、ゆっくり貴斗を見る。ぎょろりと動いた彼女の大きな瞳は充血していた。

「尚斗の骨？」

「返して」

亜加里は応じなかった。宝石でも検分するように瓶に鼻先を近づけた彼女の眉は、鼻筋は、口元は、嫌悪一色だった。この世で最も忌々しいものを見る顔をしていた。

「あんた、こんなもの持って歩いてるの？」

返せ、と亜加里の腕を摑んだが、振り払われた。

「火葬場からこっそり持ち帰ったの？　お墓から盗んできたの？　これ持って、礼文島にもマルタにも台中にもロンドンにも行ったの？」

馬鹿じゃん、と吐き捨てた彼女の手に、頰をぶたれた。顔を上げるともう一発、引っぱたかれる。本気を出せば亜加里を組み伏せることなんて容易いはずなのに、彼女からの暴力にすっかり慣れてしまった。

「返せってば」

亜加里の肩を掴む。コーヒーで濡れたブーツの爪先で脛を蹴られた。揉み合ううちに、コートの右ポケットからスマホが落ちて、地面に当たって鈍い音を立てた。貴斗のスマホだった。そんなものどうだってよかった。

「返せっ！」

「あんたのものじゃないでしょ！　気持ち悪い！」

貴斗から距離を取った亜加里が、瓶を握り締める。細い手の甲に血管が浮き出る。「返せ！」ともう一度怒鳴ると、亜加里は「あんたさあ……」と凄んだ。

「昨夜言ってたよね。どこかでやめないとって思ってるって。終わらせるきっかけを探してる、って」

彼女がやろうとしていることがわかった。悲鳴を上げて、亜加里に飛びかかる。彼女は瓶を握った右手を振りかぶった。

「ほら、きっかけよ。やめるきっかけ！」

亜加里が、瓶を、海へ放り投げる。

尚斗の骨はカランと音を立て、自由の女神へ飛んでいった。遥か遠くのリバティー島まで届くわけがなく――白波と白波の間に、落ちて消えた。

思うことなんて、一つだった。

ただ、尚斗を自分の手に取り戻したかった。

頭から海に飛び込んだ。ニューヨーク湾の水は冷たく、鉄の匂いと生臭さが全身にまとわりつく。思っていたよりずっと深く、海底に足が着く気配すらない。構わなかった。

海面から顔を出すと、視界の端に自由の女神が見えた。そちらに向かって泳いだ。冷え切った体の動きがどんどん鈍くなり、尚斗のコートは水を吸って重くなっていく。

瓶を探した。羽田空港の百円ショップで買った瓶を、礼文島で拾った飴玉のようなシーグラスを、尚斗の骨を。

ない。どこにもない。大きく息を吸い、海中に潜る。目を開けると、絶望的なまでに何も見えない。空はこんなに晴れているのに、水中は薄暗く濁っている。

尚斗が、どこにもいない。

「尚斗……！」

空に向かって叫んだ。馬鹿だ。呼んだって応えるわけがないのに。それでも、声を上げれば俺を導いてくれるのではないかと思ってしまう。

「なおと……」

海水が口に入った。塩辛さに喉を焼かれ、涙が滲む。それすら波に持っていかれる。

こんなことなら、もっと早く墓に戻してやればよかった。礼文島で海に還してやればよかった。原宿の歩道橋から、ケンジントン・ガーデンズの橋の上から、投げ捨ててやればよかった。

俺の意志で、俺から引き離してやればよかった。

「ごめん」

ごめん、ごめんな。寒さに震える唇が、何度も何度も謝罪の言葉を口にする。何に対する謝罪なのか、どうして謝るのか、自分でもわからない。

でも、何をどう辿ったとしても、行き着く先は、結局、これなのかもしれない。

「気づいてやれなくてごめんな」

ニューヨーク湾からの見慣れない空を見上げて、声に出す。見てんじゃねえよという願いと、見ていてくれという怒りが交錯する。

体がゆっくり沈んでいく。海底から黒い手が伸びてきて、貴斗の体を引っ張る。いいよ、連れて行けよ。自分の中の生命力が枯れていくのを感じながら、貴斗は頬を緩めた。

そのときだった。

波間を漂う白い欠片が見えた。

確かに、見えた。

動かなかったはずの四肢が、勝手に水を掻き始める。欠片は波にもまれて左右に揺れる。誰かさんが肩を揺らして笑うようにたゆたう。

手を伸ばした瞬間、これは尚斗の骨じゃないと気づいていた。だって、骨は瓶に入っていた。あれは貝か石か、はたまたプラスチックか。海に浮かぶただのゴミに過ぎない。

でもそれは、白い欠片に指先が触れたらどうでもよくなった。

握り締めた欠片は、確かに尚斗の骨だった。ゴミでも、尚斗の骨だった。所沢の墓を暴き、骨壺に手を突っ込んだときと同じ手触りがした。羽田空港で新千歳空港行きの飛行機を待ちながら触れていた骨と、同じ温もりがした。

白いゴミを――尚斗の骨を口に放り込んだ。冷たい波が顔にかかる。生臭い海水と共に、骨を丸呑みにした。

喉を、胸の奥を、欠片が流れ落ちていく。全身がその感触に耳を澄ました。徐々に徐々に、薄くなっていく。尚斗の気配は遠ざかり、貴斗の体の深いところに消える。

「尚斗」

もし、こうすることで死んだはずの尚斗が俺を侵食するなら、それでもいい。俺達はもともとは一つだったのだ。その頃に戻るのだって、悪くない。

「……それくらい、お前のことが好きだったよ」

呟いて、大きく息を吸って、喉を震わせた。泣くぞ、と思ったら意外とすんなり泣き喚くことができた。ニューヨークの薄い青空を仰ぎ見て、声を上げて泣いた。涙が出ているかどうかは自分ではわからなかった。

バシャバシャと水を掻き分ける音と、荒っぽい英語が近づいてくる。太い腕が、貴斗の胴体に絡みつく。英語で何やら声をかけられたが、泣くのに精一杯で何も答えられなかった。

貴斗を助けたのは褐色の肌をした男だった。貴斗を仰向けに浮かせて、岸に向かってゆっくり泳いで行った。

男はルークと名乗った。上手く聞き取れずに首を傾げた貴斗に「ルーク・スカイウォーカーの、ルーク」とゆっくり説明してくれて、「ああ、スター・ウォーズの」と笑いながら返した。

ルークは、貴斗とそう変わらない年齢に見えた。公園内のレストランで働いているという彼は、海から引き上げた貴斗を店まで連れて行き、店長らしき女性に話をつけ、スタッフルームでヒーターに当たらせてくれた。普段何を拭くのに使っているかわからない巨大なタオルも貸してくれたから、遠慮なく上半身裸になってくるまった。

生乾きの髪から濁った海の香りがした。ヒーターの熱で徐々に手足が温まっていく。

スタッフルームのドアがノックされ、ユニフォームに着替えたルークと、初老のアジア系の女性が入ってくる。彼女はベンチの周辺に残されていた貴斗の荷物をわざわざ店まで届けてくれた上に、「服が必要だろうから」と近くのディスカウントストアに着替えを買いに行ってくれた。

「上着がないと寒いだろうから、一応ダウンも買ってきたの」

衣類が詰まったビニール袋を差し出した彼女に丁重に礼を言い、財布から五十ドル札を何枚か引っ摑んで差し出す。彼女は貴斗の目をじっと見て、小刻みに首を横に振った。

「お金はいらないから、そのぶん、明日も生きてちょうだい」

貴斗の肩を二度叩いて、彼女はスタッフルームを出て行った。店の常連客なのだろうか、ルークと、廊下にいた別のスタッフにもにこやかに挨拶をして、去っていく。五十ドル札を握り締めたまま、貴斗は彼女の小さな背中を黙って見送った。

「生きてりゃ、いいこともきっとある」

ルークはそう言って、貴斗の前に白いマグカップを置いた。陶器のカップに負けないくらい白いホットミルクから、細く湯気が上がる。

そうか、俺は入水自殺しようとしたと思われているのか。ホットミルクを手に丸椅子に腰掛けた貴斗を、ルークがじっと見下ろしていた。

「死のうとしたわけじゃないんです」

「そうは見えなかった」

「じゃあ……そうだったのかも」

ふふっと笑って、女性が買ってきてくれた服を見る。エネルギッシュな赤いダウンジャケットに、ライトグレーのパーカと、ブラウンのストレッチパンツ。どれも色味が明るくて、一つ一つにあの女性からのメッセージが籠もっているみたいだった。

貴斗が陸に引き上げられたとき、すでに亜加里は姿を消していた。ベンチには貴斗のリュックとスマホだけが残されていて、それを先ほどのアジア系の女性が回収してくれた。

「スマホが無事でよかったな」

テーブルの上に置かれたスマホを顎でしゃくったルークに、「そうだね」と言いかけて言葉を失った。亜加里と揉み合って落としたスマホは、貴斗のスマホだ。

じゃあ、尚斗のスマホは――。

慌てて立ち上がったら座っていた丸椅子が倒れて甲高い音をあげた。構わず壁際のハンガーラックに干してあるコートに飛びついた。

ぐっしょり濡れたマッキントッシュの左ポケットからは、尚斗のスマホが出てきた。本体とケースの隙間から水滴が滴り落ちた。

画面をタップした。防水仕様だったおかげで、スマホはすぐにスリープモードから目覚めた。いつも通り、貴斗に顔認証を求めてくる。

安堵したのもつかの間だった。本来ならカメラを通して貴斗の顔が映るはずの場所が、涙がにじんだようなぼやけた薄橙色になっている。

スマホのインカメラを指先で擦った。タオルの端で拭った。カメラ自体は動いているのに、貴斗の顔を映してくれない。

「レンズのところに海水が入ったんじゃないか？」

背後からルークが貴斗の手元を覗き込んでくる。ああ、なるほど、そういうことか。このカメラのレンズは、もう俺の顔を映すことができないのか。もう、俺を尚斗だと思ってくれないのか。

「修理に出せば、直るかもしれない」

そんなにショックを受けた顔をしていたのだろうか。ルークは貴斗を案じるように肩を叩いた。一体何を察したのか、何も言わずスタッフルームを出ていってしまう。

ルークの言う通り、修理に出せば直るかもしれない。顔認証が駄目でも、パスコードを入力してロックを解除することだってできる。

パスコードの入力画面を表示した。求められる数字は、たった四桁だ。尚斗がパスコードにしそうな数字は、何パターンか予測できる。その中に正解があるという確信も、ある。

親指が、キーボードに触れようとする。指先が震えて、「やるのか?」と声がする。尚斗ではない。間違いなく、貴斗の声。

これはやめるきっかけだ。きっかけを、俺はまた振り切るのか。

それに……それに、もし、確信を持って入力したパスコードが、すべてハズレだったらどうする。お前は、それに耐えられるのか。

どれくらいそうしていたかわからない。尚斗のスマホから水が滴らなくなって、貴斗の髪がすっかり乾いた頃、買ってきてもらった服に着替えた。濡れた服をディスカウントショップのレジ袋に入れ、重たくなったコートを抱え、スタッフルームを出た。

店はオープン時間を迎えたらしく、厨房からも客席からも慌ただしい音が聞こえる。客席のあるフロアに出ると、注文を取るルークの姿があった。彼が先ほど話をしていた店長の姿も、カウンターの中に見つけた。

迷惑をかけて申し訳なかった、と頭を下げた貴斗に、ブロンドの女性店長は「元気出しなさいよ」というニュアンスのことを早口で言った。すっかり〈自殺未遂をした哀れなアジア人〉だ。

何と返すべきか視線を泳がせたら、店長の背後に大判の写真が飾られていることに気づいた。

大口を開けて笑う小太りな男の人形が写っていた。ミニチュアサイズの紙幣や自動車、電化製品、貴金属、果てには缶詰や石鹸、家を持たされている。あまりにたくさん持っているせいで、胴体のほとんどが見えない。

「ボリビアの、アラシタの祭の写真よ」

貴斗の視線に気づいた店長が、先ほどより少しだけゆっくり話してくれた。

「エケコ人形っていう……福の神みたいな存在の人形に、自分が今年欲しいもののミニチュアを持たせて飾る祭」

店内を見回すと、壁の至る所に各国の祭の写真が飾ってあった。リオのカーニバルの写真や、ドキュメンタリー番組で見たことのあるペルーのインティライミの写真もある。

「南米は面白い祭が多くてね。ボリビアにはアラシタの祭の他に、死者の頭蓋骨に飾り付けをする祭なんかもあるの」

「死者の、頭蓋骨を……」

「自分の家族の頭蓋骨に花冠や帽子を被せたり、煙草をくわえさせたりするの」

北米、中南米、オセアニア、アフリカ、ヨーロッパ、アジアとさまざまな写真を遠目に眺め、貴斗はエケコ人形に視線を戻した。人々の願いを一身に引き受けた、小さなおじさんの人形に。

「もう行くのか」

残飯ののった皿を抱えたルークがやって来て、貴斗を前に肩を竦める。自分の語彙力を総動員して、丁重に礼を言った。「君は命の恩人だ」と伝えたら、満更でもない顔で連絡先を聞かれた。

*

イースト川を渡って、ブルックリンの安宿に入った。宿のランドリーで濡れた服を洗い、翌日の飛行機を予約して、シャワーを浴び、明るいうちからベッドで寝た。夜に目が覚め、近くの中華料理屋で餃子を食べて、またホテルで眠った。

翌朝、洗濯機で洗った割に縮みも伸びもしなかったマッキントッシュのコートをグレーのパーカの上に羽織って、もう一度グラウンド・ゼロに行った。911メモリアルミュージアムを見て、タイムズスクエアに行き、メトロポリタン美術館を見物し、最後にロックフェラー・センターを眺めて、地下鉄でジョン・F・ケネディ国際空港へ移動した。

チェックインを済ませ、出発ロビーをうろついているときだった。

「ここのターミナル、日本行きの飛行機なんて出ないよね？」

背後から鋭い日本語が飛んでくる。振り返りたくないと思うのに、足を止めて彼女を見てしまう。

昨日、自由の女神を眺めながらパストラミサンドを食べていた時間の続きをするように、彼女はそこにいた。

「……なんでいるの？」

あれ以降、亜加里は一度も連絡を寄こしていない。貴斗もしていない。なのにどうして、彼女はこの場所に現れることができるのか。

「昨日の朝、あんたがシャワー浴びてる間に、あんたのスマホにGPSアプリを入れたの。ほら、恋人が浮気してないかチェックできるように、こっそり入れるやつ」

「待って。なんで俺のスマホのパスコード知ってるの」

「私の目の前で不用心にスマホを弄ってたのはあんたでしょ」

自分のスマホを出した亜加里が「マンハッタンを離れたから、空港に行くんだろうなと思って」と、地図が表示された画面を誇らしげに見せてくる。ジョン・F・ケネディ国際空港の、ターミナル4の、この場所に、青い矢印が点滅していた。

「日本に帰って死ぬつもりなら、最後に尚斗そっくりの顔を見ておきたくて」

コートのポケットをまさぐり、自分のスマホを確認する。確かに、見覚えのないアプリがインストールされていた。

「どうして、こんなこと」

「あんたがまた変な気を起こしたらまずいなと思ったんじゃない」

「君のせいで俺は入水自殺未遂の哀れなアジア人になったよ」

「あはは、おもしろい」

彼女は奇妙な笑い方をした。口元と目は笑っているのに、声が全く笑っていない。

「殴らないの？」

表情を変えることなく、亜加里が聞いてくる。銀行のCMやポスターに使われそうな、整いすぎて真意が見えない笑顔で。

「あんたの大事な弟の骨、海に捨てちゃったのに」

「拾えたから、大丈夫」

「なら、見せてよ」

「無理」

衣類が詰まって少しだけ重くなったリュックを背負い直し、保安検査場を目指して歩き出す。当然という顔で亜加里はついてきた。「どうして無理なの？」という乾いた声が、貴斗の耳をくすぐる。

「飲み込んだ」

亜加里にそう断言すれば、本当になる。そんな予感がした。

「嘘」

「本当だよ。二度と離れないように、飲み込んだ」

亜加里が言葉を失うのがわかる。嫌悪だな、これは嫌悪しているな。背中に突き刺さる「気持ち悪い」という視線に、肩を落とす。

今になって、亜加里が尚斗の骨を投げ捨てた気持ちがわかってしまう。俺だって何度もあいつを手放そうとした。怒りや悲しみや寂しさに任せ、突き放そうとした。亜加里は同じことをしたに過ぎない。

俺達は似たもの同士なのだ。だから、相手に苛立つし嫌悪する。似ているからこそ不可解で、不可解なのと同じくらい相手のことをなんとなく飲み込めてしまう。

「日本じゃなくて、どこに行くの」

吐き捨てるように言った亜加里が、足を止める。保安検査場は目の前だった。午後の空港は混み合っており、保安検査を待つ人々が列を作っている。

「ボリビアのラパス。人間の頭蓋骨に飾り付けをする祭があるんだってさ」

亜加里の顔を真正面から見据えて、短く答えた。彼女は眉間にうっすらと皺を寄せるだけで、驚きはしなかった。

「何のために」

「終わらせるためかな」

今度こそ、あいつとの不毛な旅を終わらせる。それに相応しい場所を考えたとき、エケコ人形と呼ばれるあのおじさんの顔が浮かんだ。

「尚斗、中南米は行ったことないだろうから」

今更、尚斗が行ったことある場所だとか、行きたかったかどうかなんてどうだっていい。俺は初めて、俺が行きたいところに尚斗を連れていく。

「尚斗のスマホ、水没して壊れた。だから辻さんも、もう終わりにできるでしょ」

少しだけ嘘をついた。これで亜加里とはおあいこだ。

「俺もこれで最後にする」

保安検査の列に並ぼうとした貴斗を、亜加里が「ちょっと待って」と呼び止める。

「ボリビアって確か公用語がスペイン語だけど、あんた話せるの？」

「ああ……そっか、考えてなかった」

亜加里は再び自分のスマホを取り出し、無言で何やら操作したと思ったら、「明日の便が取れそう」と貴斗を見据える。

その顔を、まじまじと見つめ返した。映画で、ドラマで、CMで、幾度となく見てきた辻亜加里の顔なのに、するりと自分の中に入ってくる。あんなに遠かったはずの亜加里が、自分の体の一部のようだった。

「来るの?」

「明日の早朝にJFK発、グアダラハラで乗り継いで、十七時にラパスに着くから、先に行ってホテル取っておいて」

「辻さんだって、スペイン語喋れないでしょ?」

「正気じゃない人間一人より、正気じゃない人間二人の方が何とかなる気がするでしょ」

知らないけど、と鼻で笑って、亜加里はスマホを差し出した。貴斗も同じようにして、初めて彼女と連絡先を交換した。スマホに登録された貴斗の名前を確認すると、「それじゃあまた明日」すら言わずに、亜加里は出発ロビーの出口に向かって行ってしまう。

「正気じゃない、か」

尚斗の遺骨が、俺が息をするための浮き輪だった。亜加里にとって、尚斗にメッセージを送るのが浮き輪だった。俺達はそのどちらも失った。今の彼女にとって、尚斗と同じ姿をした貴斗を視界に収めておくことが、浮き輪になっているのかもしれない。

保安検査の列に並んだ。亜加里の姿は人混みの向こうに消えた。検査場手前の台の上で、リュックの中に金属類やペットボトルの飲み物が入ってないか確かめ、スマホとモバイルバッテリーをトレーに置いた。

貴斗のスマホと、持ち主を失った尚斗のスマホが、トレーの上で所在なげに肩を並べる。

＊

午後六時にジョン・F・ケネディ国際空港を出発し、メキシコシティで乗り継ぎをして、ボリビアの中心都市・ラパスのエル・アルト国際空港には翌朝六時に到着した。

南半球にあるボリビアにとって三月は夏の終わりだ。高地であるラパスは気温が低いらしいが、飛行機を降りた瞬間にニューヨークとの寒暖差に驚いた。今日はたまたま暖かいのだろうが、慌ててコートを脱ぐ。

標高約四〇〇〇メートル——富士山より高い場所にある空港は、空気が薄い。両替所を探して到着ロビーを歩き回っている間に、息が上がってしまう。

ラパス市街地へ向かう乗り合いバンで空港を出ると、道路のアスファルトは継ぎ接ぎだらけで、色味の異なるタイルが敷き詰められているようだった。大通りは自動車がひっきりなしに往来し、道の両側にカラフルな建物が並ぶ。紫外線に焼かれるせいなのか、どの建物も土埃を被ったように乾いた色味をしている。

酸素は薄いが、建物も多くて意外と高地という感じがしないな。そんなことを考えていられたのも、ものの数分だった。高速道路の料金所を抜けた瞬間、突然視界が開けた。地球の底が抜けてしまったように、貴斗の乗ったバンは空に放り出された。

雲の上の街だった。

匂いが届きそうなくらい、雲が近い。空の青さは貴斗がこれまで見たどの空よりも濃い。ラパスの街はすり鉢のような形をしていて、まるで山間に溜まった雨水だった。白と赤褐色の建物が斑模様を作り、視線がどんどん吸い寄せられていく。

貴斗の隣に座った白人のバックパッカーが、英語で何やら感嘆の声を洩らす。彼の視線を追うと、高速道路の上を赤いロープウェーが横切っていった。

バンはすり鉢状の街を下る。すり鉢の底に向かうほど、高層ビルが目立っていく。斑模様は少しずつ鮮明になり、日干しレンガで作られた建物が群れを成して目の前を通り過ぎる。眉間の奥に鈍痛が響いてきた。これは、高山病だ。

終点のバスターミナルでバンを降り、ひとまず坂を下って街の底まで行ってみることにした。歩道は粗い石畳で、車道はやはり継ぎ接ぎだらけだ。そこを走る自動車も、道行く人の姿も、親しみはないのに懐かしさを覚える。

この不思議な郷愁はどこから来るのだろうと考えながら歩き続けると、大きな広場に出た。中央に立派な銅像が立ち、四方を聖堂や古びた建築物が取り囲んでいる。地元民とみられる人々と、大量の鳩がいた。餌でも持っているのか、特定の人の足下に鳩が群がり、もごもごと音を立てて蠢いている。

広場の一角で階段に腰掛け、広場の様子をしばらく眺めた。ニューヨークのように誰もが知るグローバル企業の店舗や広告がこの街にはほとんどない。懐かしさの正体はこれか、と合点がいく。

ニューヨークを発つ前にネットで調べてわかっていたことだが、〈アラシタの祭〉も頭蓋骨を飾る〈ナティタスの日〉も、時期外れで今は見ることができない。他に大きな行事もないようで、ラパスの街は穏やかな日常そのものだった。

広場で長いことぼーっとしていたせいか、肩に鳩をのせた老人に声をかけられた。案の定、貴斗はスペイン語が全くわからず、向こうは英語がほとんどわからず、スマホの翻訳アプリで観光に来たことを簡単に伝えた。

「観光に来たなら、魔女通りに行ってみるといい」

老人のスペイン語を、翻訳アプリがそう訳してくれた。彼の足下で、丸々と太った鳩がくるっぽーと鳴く。妙に愛嬌のある顔をした鳩で……なんとなくこの老人もこの鳩のような性格をしている気がして、貴斗は思いきって聞いてみた。

「墓地へ、行ってみたいんですが」

スペイン語に翻訳してもらい、老人の前にスマホをかざす。正しく翻訳されているのかわからないが、スマホから機械的に発せられたスペイン語を聞いた老人は、地図アプリを覗き込みながら「ここに行ってみろ」と教えてくれた。どうやら、共同墓地という場所があるらしい。最後はハイタッチをして別れた。

亜加里がラパスに到着するのは夕方だから、まだ六時間以上ある。まずは老人が教えてくれた魔女通りへ行ってみることにした。

広場から大通りに向かって坂を下り、通りを渡ったら今度は坂を上り、十五分ほど歩くと派手な色合いの土産物屋や雑貨屋が並ぶ石畳の路地に出た。

鮮やかな染め物で作ったラグ、ストール、バッグが店頭に山積みになっていると思ったら、アルパカのぬいぐるみを大量に売っている店もある。祭のときにでも使うのか、それとも本当に魔術に使用するのか、リャマの子供のミイラが軒先に吊してあるのを発見したときは、思わず後退った。間違いなくこれは魔女通りだ。

エケコ人形を見つけたのは、通りのちょうど真ん中だった。観光客と気づかれたのか、長い髪を三つ編みにした女性の店員が、笑顔で手招きしてくる。ラパスでは三つ編みの女性をよく目にした。山高帽を被り、羊毛を編んで作ったショールと裾の広がったスカートを身につけて、通りを歩いて行くのだ。ラパスの伝統的な民族衣装なのだろう。

小さな土産物屋は、さまざまなサイズのエケコ人形で溢れていた。大口を開けた陽気なおじさんの人形ばかりが大量に並んでいるのは、奇妙を通り越して微笑ましかった。すでにお金や煙草、家や車のミニチュアを持っているエケコ人形もあったが、あえて手ぶらのものを貴斗は手に取った。

三つ編みの女性が、「手ぶらの人形でいいの？」というニュアンスのことを聞いてくる。「OK」と言って、代金を払った。女性がスペイン語で何やら説明している。「あなたが欲しいもののミニチュアを持たせてあげて」と言っているのが、ジェスチャーでわかった。

エケコ人形は貴斗の両手にちょうど収まるサイズだった。満面の笑みで両手を広げ、誰かに願いを託されるのを待っている。

エケコ人形をリュックに入れて、ラパスの街をさらに上へ移動した。坂道の両サイドには日用品を売る屋台が出ていた。ワイシャツだけを売る店、鍋だけを売る店もある。路肩に布を広げて果物を売っている老女がいる。
急な勾配に、アキレス腱がぐっと伸びる。高山病の兆候が耳の後ろにこびりついている
が、街全体の賑やかさ、どこに視線をやってもガチャガチャと落ち着きのない雰囲気が、
気持ち悪さを忘れさせる。
途中、屋台でサルテーニャを買って、歩きながら食べた。牛肉が入った餃子のような形
をしたパリパリ生地のパンだ。牛肉と一緒に炒めた玉ねぎが甘く、ごろごろと入ったオリ
ーブの実はほんの少しえぐみがあって、肉の脂がより美味くなる。
三十分以上坂を上っただろうか。賑わっていた出店も見えなくなり、雲が低くなった。
老人が教えてくれた共同墓地はすぐそこだった。
門を抜けた瞬間、ここが確かに墓地だと肌で感じた。周囲の温度が少しだけ下がり、街
に溢れていた人々の息遣いが遠のく。
共同墓地は不思議な形をしていた。団地のような建物が何棟も並び、窓が所狭しと口を
開ける。そのすべてが墓だった。まるで棺のロッカーだ。墓の一つ一つが花や織物で飾り
付けられ、窓そのものをペンキでカラフルに塗っていたり、出窓や小さな屋根を作って装
飾していたりする墓まである。
赤、青、黄色、ピンク、オレンジ……墓地とは思えない色彩で、死者の眠りが彩られて

いる。ぬいぐるみや煙草、本が添えられている墓もある。死者が生前好きだったものを、遺された者達がこうして墓に飾るのだろう。

ロンドンのケンジントン宮殿で、ロイヤルファミリーの暮らす部屋の調度品や、王室秘蔵のコレクションを眺めていたときを思い出す。視界が、墓地に眠る一人一人の生前の時間で埋め尽くされる。

一つとして同じ墓はなく、このまま墓地を歩いていると、どこか遠い場所に辿り着いてしまう予感がした。鮮やかで、芳しい香りがして、あちこちから声が聞こえてきそうだ。死とは意外と色鮮やかで、賑やかなものなのだと。

墓地の先で、貴斗は巨大な壁画を見つけた。墓の集まる棟の壁面に、花に埋もれた頭蓋骨が描かれていた。絵なのに、ただの絵なのに、骨を囲む色とりどりの花の匂いが、貴斗を殴りつけようとする。

この街の人々が死者の頭蓋骨を花や帽子で飾り付ける意味について、壁画の前で長いこと考えた。この場所でないと考えられない気がした。考えに考え、最終的に「尚斗はこの存在を知っていただろうか」と全く別のところに着地する。

「お前に見せたかったよ」

呟いた声が、色鮮やかな頭蓋骨に吸い込まれて消える。この墓地で眠る見ず知らずの誰かに届いて、巡り巡って尚斗の耳に入らないか——なんて考えて、笑った。いつか来てみたい。尚斗だって、そう思うに違いない。「死ぬって、意外とご陽気なことなんだね」と、彼は微笑むだろうか。

リュックに手を伸ばしかけ、指先が震える。尚斗の遺骨も、スマホも、もう貴斗を導いてくれない。

それでも——死がこんなにも色鮮やかなものなら、あいつの死すら、あいつの生きた艶やかな時間の一部であると、そう思っていいのだろうか。たとえ、あいつがあの世で「何も知らないくせに」と俺を罵ったとしても。

ゆっくりと自分の胸に手をやって、ニューヨーク湾で飲み込んだ尚斗の骨を体の中に探した。この世とは思えないほど青い空を、真っ赤なロープウェーが横切っていく。

亜加里の乗った飛行機は、予定より一時間以上遅れてエル・アルト国際空港に到着した。タクシーで空港まで迎えに行ったものの、待ちぼうけを食らった。

飛行機を降りた人々が、到着ゲートからどっさりと出てくる。その中に、よたよたと歩く亜加里の姿を見つける。あれは間違いなく高山病だ。

「コカ茶を飲むと高山病が楽になるって土産物屋のおじさんが言ってたけど、ラパスに着いたら試してみる？」

ミネラルウォーターのペットボトルを差し出すと、亜加里は何も言わず半分ほど一気飲みした。ぎゅうっと目を瞑り、頭に溜まった鈍痛を吐き出すように勢いよく開く。

「コカ茶のコカって、コカインの原料のコカだよね？」

「日本では違法だけど、こっちなら土産物屋で山のように売ってたよ」

「遠慮しとく」

もう一度水を呷った亜加里の肩に手を伸ばし、荷物を預かった。

「ラパスはここより標高が低いから、ちょっと楽になるかも。俺も、空港よりラパスの方が気持ち悪くなかったから」

到着ロビーを出て、乗り合いバンではなくタクシーを探した。未認可タクシーのドライバーにしつこく声をかけられたが、正規タクシーを見つけてそちらに乗り込んだ。

「どこか見て回ったの？」

運転手にホテルの名前を告げた貴斗に、亜加里が聞いてくる。シートにぐったりと体を預け、亜加里は小さく唸り声を上げた。

「墓地に行ったよ」

「墓地？」

「死ぬのも悪くないなって思える場所だった」

明日、一緒に行こう。そう告げると、亜加里は返事をしなかった。拒否もしなかった。

空港側の大通りは朝よりずっと混雑していた。信号待ちなのか何なのか、なかなかタクシーは前に進まない。

「夜景が綺麗なんでしょ？　ラパスって」

ボソッと呟いた亜加里が、「ニューヨークで買って読んだ」とバッグからガイドブックを取り出した。受け取ってページを捲ってみると、かの有名なウユニ塩湖に続いて、ラパスの街の夜景が大きく取り上げられていた。

運転手が突然スペイン語で話しかけてきた。貴斗と亜加里が顔を見合わせると、今度は細切れの英語を投げかけてくる。どうやら「夜景を見たいのか？」と聞かれたらしい。貴斗達がガイドブック片手に夜景を見に行きたがっていると思ったようだ。

「行こうか」

亜加里が言う。「大丈夫か」と貴斗が聞くより先に、運転手にゆったりとした英語で「夜景が綺麗なところに連れて行って」と伝えた。

タクシーは高速道路に入らず、日干しレンガでできた商店が並ぶぼこぼこの道を進んだ。空港とラパスを結ぶ高速道路と並行して走る、古びた道路だった。

タクシーは道の途中の小さな広場に停まった。夕方になって一気に気温が下がったから、コートを羽織ってタクシーを降りた。道を渡ると、路肩が少しだけ広くなっている。背の高いフェンスも鉄柵もない。すり鉢の縁から、ラパスの街を見下ろすことができる。

「夕日、赤くないんだな」

これが当たり前なのか、今日たまたまのことなのか。山脈の陰に太陽が半分ほど隠れているのに、空は橙色にならない。

昼間見上げた紺碧の空はもっともっと濃くなり、徐々に闇色が混ざっていく。これが、ラパスの夕暮れらしい。貴斗は咄嗟にコートの袖に留めてある二つのアンティークボタンを見た。ラパスの夜空は、ボタンの色とよく似ていた。

街に明かりが灯る。ラパスを彩るナトリウム灯の光は、夕焼けを吸い込んだような橙色をしていた。ああ、だから、この街の夕暮れは赤くないのかもしれない。

光はすり鉢の底から広がり、貴斗達のいる場所へ届く頃には太陽が山の向こうに消えた。

「ラパスの夜は青とオレンジなんだね」

乾いた風がラパスから吹き上げてくる。亜加里の髪がうねり、遠くから犬の鳴き声が聞こえた。

「楽しかったなあ」

犬と一緒に遠吠えでもする気持ちで、貴斗は喉を張った。声は思っていたよりずっと大きく、夜の風に吸い込まれていく。

「……楽しかった？」

「いろんなところに行けて楽しかったよな、って思って」

俺は今、尚斗に話している。あいつの骨があったら、胸に抱いて語りかけたはずだ。

「尚斗が、最後の撮影で、アドリブで演技してたんだ。知り合いが死にたいと言ったら、『綺麗なところに連れて行くよ』って言うんだってさ。『俺が知る限りの綺麗な場所にたくさん連れて行って、一緒に美味しいものを食べようかな』って」

「なんだ、それ」

亜加里の声に、ぼんやりとした怒気が滲む。そのシーンの映像を見た貴斗と同じように、やるせなさに憤っていた。

「わかる。俺も怒った。怒って怒って深酒して、勢い余って辻さんからのメッセージを読んじゃって、勢い余ってワシントンDCに飛んだ」

グラウンド・ゼロへ行き、ラパスへ来た。頭蓋骨に花を飾る人々の墓地を見た。

「綺麗だった。今回だけじゃない——尚斗と一緒に行った礼文島も、マルタも、台中も、ロンドンも、全部綺麗だったし、美味いものも食べたし、いい人ともたくさん会えたし、楽しかった」

ロンドンのハイド・パークには、ホロコースト・メモリアルがあり、二〇〇五年七月七日に起こったロンドンテロ事件の犠牲者に捧げられた7月7日メモリアルがあると、帰国後に知った。台湾の抱える歴史を虫食いでしか把握できないのに、高美湿地を美しいと思った。俺が勝手に美しいと感激した景色の裏には、俺の知り得ない悲しみや怒りがあった。礼文島も、バレッタも、ワシントンDCもニューヨークも、このラパスも。美しさだけを享受し、虫のいい感動に浸った。

数日訪れたただの旅人の目には現地の人が抱える問題も、日々の焦燥も映らない。そのことを噛み締めながら、それでも今この瞬間は、美しさを感じていよう。

お前の生きた時間も、きっとそれと同じ。

「あいつ、全部置いていった。世の中、綺麗だと思えるものが、まだたくさんあるのに」

貴斗にも、両親にも、亜加里にも野木森にもわからない苦しみが、あいつにはあった。彼の人生はそこそこに幸福で、そこそこに苦しいことや辛いことがあった。そこそこにいいものだった。

それでもなお、あいつは死んだ。あいつが選んだ死を含めて、あいつの人生だった。

もしそれが、すべて貴斗の思い込みだったとしても。

その上で、やはり、「気づいてやれなくてごめんな」と思う。

高山都市に吹く風はより一層冷え込んだ。夜景が穏やかな温かさを帯びてくる。地球がひび割れて、内側から光がこぼれているみたいだ。

「確かに綺麗だけど、私をここに連れて来たのは、尚斗じゃない」

顔にかかった髪を掻き上げた亜加里が、こちらを見る。ラパスを知ったのはルークの働くレストランで、そこに行くことになったのは亜加里が尚斗の骨を海に投げたからで……そうなると、自分達をここに連れてきたのは誰なのだろう。

「私は、あんたが連れてきたんだと思ってる」

「連れてきたって言うか、勝手についてきたんじゃん」

「あんたがどっかで変な気を起こすかもしれないと思ったからでしょ」

ホテルのバルコニーから見たグラウンド・ゼロを思い出す。オレンジ色の光に照らされた、四角い池と滝。何だか、眼下の光景と似ている。

「尚斗が死んでから、ずっと死にたいと思ってたのかもしれない。死にたい俺を、あいつが世界中の綺麗なところに連れて行ったのかもしれない」

「双子の兄貴をそんなふうにしたのは、当の尚斗なのにね」

「いいんだよ。俺達、双子なんだから、そこはご愛敬だ」

母も野木森も見つけられなかったスマホが、貴斗にはすんなり見つけられたのも。そこに礼文島旅行のリマインドメールが届いたのも。尚斗のスマホの顔認証を世界でただ一人突破できる貴斗へ向けた、尚斗からの詫びだったのかもしれない。

そう考えるのは、独りよがりだろうか。遺された者の横暴だろうか。

「双子のご愛敬だ」

もう一度呟いて、コートの左ポケットから尚斗のスマホを取り出した。顔認証を求められるが、海水が入って曇ったレンズは貴斗の顔を認識することはない。

「ねえ、写真撮ってくれない？」

彼女は「え？」と首を傾げたが、貴斗は構わずラパスの夜景を背に両手を広げてみせた。

「尚斗といろんなところを放浪してる間、自分の写真をほとんど撮らなかったんだ。いい感じに撮れたら、タイムズスクエアの写真と一緒に送ってよ」

亜加里は黙ったままスマホを取り出し、貴斗の輪郭を撫でるように、探り探り、構えた。

「どっちに見える？」

問いかけた自分が笑っていることに気づいた。シャッターを押しかけた亜加里が動きを止め、黙り込む。「どっちでもいいよ」と貴斗は肩を竦めた。

「ラパスは天国に近いから、尚斗が降りて来てるかもしれないし、来てないかもしれない」

ほら、撮って。そう促すと、亜加里が短く洟を啜ったのが聞こえた。風が強くなり、頬の筋肉が張り詰める。耳たぶが温度を失う。

「蓮見貴斗」

初めて辻亜加里に名前を呼ばれる。

「あんた、本当に、尚斗によく似てるんだね」

亜加里がシャッターを押す。一枚だけ写真を撮った。撮り直しも、「念のためもう一枚」もなかった。

＊

ラパスには結局、三泊した。亜加里と二人で再び墓地を訪ね、ニール・アームストロングが名付けたらしい「月の谷」という奇岩地帯へ行き、ウユニ塩湖ツアーに参加した。

ウユニ塩湖は高美湿地とよく似ていて、青空を飲み込んだ塩湖はこの世とは思えず、そこに立つ亜加里は美しかった。完全に映画の中の登場人物だった。

「好きになった？」

惚けていた貴斗を亜加里は笑った。「なりそうだから、ホワイトハウスの前で蹴られたことを思い出してる」と答えたら、彼女は笑いながら濡れたブーツで水を蹴り上げた。茹でた子羊肉、牛ハツの串焼き、ジャガイモと白トウモロコシのスープ、名前がよくわからない豆を煮込んだ料理──美味いものも随分食べたし、シンガニというマスカットの蒸留酒をホテルで浴びるほど飲んだ。別々の部屋を取ったのに、亜加里は「勃たない男って気楽でいいわ」と、貴斗の隣で寝た。案の定、翌朝は二日酔いだったが、それでも二人でどこかしらへ出かけた。

ワシントンDCへ帰る亜加里とエル・アルト国際空港で別れ、メキシコシティとダラスを経由して、日本に帰った。メキシコシティで十四時間も乗り継ぎ時間があったから、セントロという旧市街をぶらついてタコスをたらふく食べ、治安の悪さにヒヤリとする経験を二度ばかりした。

羽田空港に到着したのは午後三時過ぎだった。少しばかり日本を離れている間に、東京は随分暖かくなっていた。暑いなと思いながらも、コートを着たまま京急線に乗り込んだ。

野木森から電話が掛かってきたのは、京急蒲田駅を通過したあたりだった。あまりにしつこいから、品川駅に到着してすぐ、ホームの隅で折り返した。

『──貴斗君!!』

轟くような怒鳴り声に、思わず「ぐえ」と唸ってスマホを取り落としそうになる。

「野木森さん、ご無沙汰です……」

『あなた！　今！　どこにいるの！』

「品川です。今しがた、ボリビアから帰ってきまして」

電話の向こうで、野木森が「ああああっ！」と声を上げる。

『今すぐ、そのスマホで、何でもいいから辻亜加里のSNSを見なさい。見たらまた電話して』

直後、電話はブチッと切られた。目についたSNSを開き、恐る恐る辻亜加里の名前を検索する。数時間前に、一件の投稿がされていた。

蓮見貴斗と、蓮見尚斗がいた。

青と橙に染まるラパスの夜景を背にした、男の写真がアップされている。橙色の街灯りは金色を帯びていて、まるでその光を全身に纏っているようだった。

笑っていた。白い歯を覗かせて笑っていた。濃いめのカフェオレのような髪をして、コートの袖には二つのアンティークボタンがあった。

エケコ人形のように両手を広げ、エケコ人形のように満面の笑みを浮かべる男は、蓮見貴斗だったし、蓮見尚斗でもあった。

亜加里は、自分の名前で運用されるありとあらゆるSNSのアカウントに、同じ写真を投稿していた。

何千というコメントと、何万という「いいね」がついている。「尚斗だ」「蓮見尚斗！」「尚斗君がいる！」という驚きのコメントが、彼女の投稿に数珠のように連なる。スクロールしてもスクロールしても、続く。もちろん好意的なものばかりではなく、恐らく彼女のアカウントは今、炎上状態にある。

〈辻亜加里、蓮見尚斗の写真を突然SNSに投稿〉とか〈蓮見尚斗の幽霊現る〉とか〈双子の兄、蓮見尚斗になりすます〉とか、そんなネットニュースの見出しが思い浮かび、貴斗はホームの端で腹を抱えて笑った。目尻から涙がにじんだ。

亜加里は、すべての投稿に同じハッシュタグをつけていた。それ以外に何も語らなかった。

#彼はここにいる

彼、とは。

ここ、とは。

一つ一つの意味を嚙み締めながら、貴斗はそのハッシュタグを指先で撫でた。

野木森に再び電話をかけた。ワンコールで出た彼女はまだカッカしていて、獣のような鼻息が貴斗の耳をくすぐる。

「すいません、野木森さん。また迷惑かけちゃいますね」

彼女がまた怒鳴る前に、貴斗は続けた。

「俺、尚斗の代わりに映画に出ますんで、許してください」

最終章　尚斗

@umi1119　2023年3月16日

蓮見尚斗だ。蓮見尚斗がいる。#彼はここにいる

@yuri　2023年3月16日

『青に鳴く』大好きだった。俳優になってくれてありがとう。#彼はここにいる

@mamarice　2023年3月16日

#彼はここにいる
このハッシュタグ何？　これでどっかの事務所が蓮見尚斗兄をデビューさせたら本当に許さない。

@NUMAsato　2023年3月16日

『神様の三つ編み』で彼を好きになりました。#彼はここにいる

@ayan0　2023年3月16日

辻亜加里の投稿見た。蓮見尚斗が死んだばっかりなのに、双子の兄貴と海外旅行？
#彼はここにいる ってどんなつもりで投稿したの？

@jjjjjjun　2023年3月16日
辻亜加里も蓮見尚斗の兄貴も正気じゃない。何が #彼はここにいる だ。蓮見尚斗を奪ったのはお前達だろ。

@kanaeeee103　2023年3月16日
いろいろ黒い部分があるのはわかるんだけど、#彼はここにいる の投稿で蓮見尚斗を想い出して泣いてしまった。ものすごく純粋に、蓮見尚斗を想って泣いてしまった。

@1995jy7　2023年3月16日
ユズルをあなたが演じてくれてよかったです。#枝豆だけが約束 #彼はここにいる

@grape　2023年3月16日
『オータム・ダンス・ヒーロー』の続編、出演はないけどちゃんと蓮見尚斗がクレジットされてた。#彼はここにいる

@859_8889　2023年3月16日
そうか、あと3ヶ月もしたら蓮見尚斗の命日か……。#彼はここにいる

およそ二ヶ月半ぶりに会った古賀の唇は、鬼灯みたいな赤色ではなく、ブラウンがかったピンク色になっていた。

怖いくらいこれまで通りに彼女から映画の誘いがあったのは、一週間前だった。子供の頃にテレビ放送されていたアニメの劇場版、それも公開延期に再延期を重ねてやっとのことと封切られた完結編を、観に行こうと。新入社員の頃、「いつか完結編が公開されたら観よう」と約束していた作品だった。

貴斗の顔を見る側から古賀は「聞いてよ!」と上司の愚痴をこぼし始め、映画館の座席につき、ポップコーンをわしわしと食べ始めても止まらなかった。貴斗が会社を辞めて以降、人員不足の皺寄せがすべて同期の彼女に行ったみたいだから、頭が上がらない。

しかしそんな古賀の顔も、映画が終わる頃には和らいでいた。無機質に下から上へ流れていくエンドロールを前に、感動なのか喪失感なのか、古賀は何度も短く洟を啜った。見届けたという達成感に、貴斗もしばらく背もたれに体を預けたまま呆けていた。

「……終わったあ、終わったよ。本当に終わったんだね」

映画館を出て、感想戦をするために近くの居酒屋に入るまで、古賀はそれだけを繰り返した。貴斗も「一生終わらないと思ってたのに」と八回言った。四回は自分の分、もう四回は尚斗の分だなと、生ビールで古賀と乾杯しながら思った。

「蓮見と観に行こうって約束したのが入社一年目の頃だよね？　長かったなあ……まさか蓮見が会社を辞めるとは」

「俺もそう思う」

会社を辞めるとも思わなかったし、尚斗が死ぬとも、この一年で片手で足りないほどの海外旅行をするとも思わなかった。古賀と台湾へ行くとも、気まずいのか気まずくないのかすら判断できない関係性になるとも。

「蓮見、髪はやっぱり黒の方が似合うと思うよ」

お通しのピリ辛キュウリを箸で摘まみながら、古賀が貴斗のつむじのあたりに視線を寄こす。いつも通りに接せられると——一体何がいつも通りなのかも、もうよくわからないけれど、とにかく、こちらも穏やかな気持ちで会話ができる。

「俺もこっちの方が落ち着くよ。そもそもコンタクト、苦手なんだよね」

ズレたわけでもないのに、眼鏡の位置を直した。うん、やっぱりこっちの方が落ち着く。自分が自分である感じがする。

「その後、大丈夫なの？　今は実家に帰ってるんでしょ？」

「ときどき週刊誌の記者っぽい人が来るけど、尚斗の一周忌の法要も早めに終えたし、もう落ち着くんじゃないかな」

「ボリビア事件のときはびっくりしたよ。会社のおじさん達、あんたのことは何故か全部私に聞くんだもん。知るかバーカ、って話だよね」

「悪かったと思ってる。本当に思ってる」

三月にボリビアのラパスから帰国して、あっという間に……というには騒がしすぎる二ケ月が過ぎた。辻亜加里がSNSに貴斗の写真をアップした騒動は、案の定、大炎上した。

蓮見尚斗の双子の兄と元恋人が、一周忌すら終わっていないうちから海外を遊び歩いているとしか見えなかったし、満面の笑みを浮かべる兄は「弟の死を喜んでいる」と言われ、それを公にした亜加里は「不謹慎を通り越して正気と思えない」と叩かれた。

ワシントンDCに行く前から「蓮見尚斗にコンプレックスを抱く兄」と思われていたわけだが、帰国する頃には面白いくらいの極悪人になっていた。

結局、日本に帰ってきて一ケ月後に、貴斗は所沢の実家に引っ越した。純粋に貯金の底が見えてきたのもあったし、騒動を目にした両親に「とりあえず帰ってこい」と言われたせいもある。髪を黒に染め直し、コンタクトから眼鏡に戻した。

「ニュースサイト見て腹立って、よせばいいのに尚斗さんの名前でSNSを検索してまた腹立ってさ。お前ら、蓮見貴斗の何を知っててこーんなに偉そうなことが書けるんだバーカって」

いや、私もただの同期だけどさ。声をするりとなだらかにして、古賀はビールを呷った。

他人事のように、貴斗は肩を揺らして笑ってしまった。

「ただの同期だなんて、思ってないよ」

グラスを置いて、両手を膝にやって、一言一言嚙み締めながら古賀にそう伝えた。

「今更だけど、台湾、一緒に行ってくれてありがとう。あと、あの夜、迎えに来てくれてありがとう」

「本当に、今更だなあ」

湿っぽくなった雰囲気を古賀がはぐらかそうとする。それがわかったから、あえて彼女の名前を呼んだ。

「古賀、俺さ、一人だったら、本当に死んでたかもしれない。台湾か表参道のどこかで」

「そんなことない。私は蓮見に何もしてあげられなかったしさ、今後もきっとそうだよ」

「そんなことない」

続きを言おうとしたのに、古賀は通りかかった店員を呼び止めて追加注文をしてしまった。貴斗のグラスが空なのを見て、勝手に次の飲み物を頼む。

「でもさあ、辻亜加里がアップした写真の蓮見は蓮見尚斗にしか見えなかったけど、黒髪にして眼鏡かけるとオーラ消えるよね」

何が一体「でもさあ」なのか、無理に突っ込むのはやめた。

「安心した？」

「したした。やっぱ、蓮見はこっちだよね」

近状報告はそれくらいだった。あとは終電の時間までひたすら映画の話をした。どんな終わり方をするのか気になりつつも、心のどこかでそんな日は来ない気がしていた。自分が生きている限り、完結することなく存在し続けるものだと勝手に思い込んでいた。だから、完結した感動と、終わってしまった虚無感が同じ量だけ襲いかかる。

まるで、親しい友人が一人、前触れもなく隣から去ってしまったみたいだ。

子供の頃から見ていた作品だから、感想戦は必然的に自分の半生を振り返る時間になった。どの年齢の記憶にも尚斗がいた。しかし当然ながら、この一年の思い出の中にはあいつの姿がない。貴斗は四月に一人で誕生日を迎え、一人だけ尚斗より年を食った。

こうやって、尚斗が見られなかったものを見る時間が当たり前に続くのだろう。馬鹿馬鹿しいくらい、続くのだろう。

もうすぐ、尚斗の命日が来る。

＊

「蓮見家之墓」と書かれた墓石は綺麗だった。年季こそ入っているが、この一年、両親がマメに墓参りをして掃除をしていたから、水垢も黒ずみも苔もない。

拝石を濡れたスポンジで擦りながら、一年前にここを開けて尚斗の遺骨を持ち出したことは、恐らく一生、両親には言わないだろうと思った。文字通り墓場まで……この場所まで持っていく気がした。

父は墓石の裏側を雑巾で拭いている。母はその周囲を小さな箒でせっせと掃いている。

「この間むしったのにまた雑草が生えてきちゃったねえ」と、母は困り顔で笑った。

「父さんと母さんの骨は俺がここに入れるとしてさ、俺の骨、誰か入れてくれるかな」

ピカピカに磨いた拝石に香炉と水鉢を戻しながら、そんな疑問が降ってきた。足下から——納骨室の方から、投げて寄こされた。

「誰か一人くらいいるでしょ。貴斗、まだ二十六歳なんだから。これからいくらでも」

「だといいんだけど」

花立に水を注ぎ、花を生けてやる。花は来る途中にショッピングモールの花屋で買った。定番の菊や百合を買おうとしたら、エキゾチックな見た目と色合いの、大振りな花が目に入った。ピンクと白が混ざり合う肉厚の花弁がぎっしりと集まった姿は、太陽を摘み取ったようだった。

南アフリカ原産のキングプロテアというネイティブフラワーだと、店員が教えてくれた。ネイティブフラワーは南半球に自生する花で、プロテア属の花自体は数億年前から地球に存在していて、世界最古の花なのだとか。

キングプロテアに鼻を寄せると、乾いた陽の光を思い起こさせる甘い香りがした。そういえば、ヨーロッパ、アジア、北アメリカ、南アメリカへは尚斗を連れていったが、アフリカとオーストラリアには行っていない。ちょうどいいやと思い、キングプロテアを買った。「贈り物用ですか?」と聞いてきた店員に「墓参りです」と答えると、能面のような顔で「墓参り……」とおうむ返しされた。

「何だこの花、変な花だなあ」

墓石の裏側を磨き終えた父が、キングプロテアを見て肩を落とす。「そんな奇妙なもの買ってきて」とこぼす割に、声は犬の散歩でもするみたいに静かに弾んでいる。

「尚斗、こういうの好きそうだからさ」

「尚斗が喜んでる後ろで、祖父さん祖母さん達が呆れてるよ」

所沢の霊園にある和型の古い墓石に、南アフリカ原産の花が供えられているのは、確かに奇妙だった。掃除を終えてからも、親子三人でそれをしばらく眺めていた。一周忌の法要はとうに済ませてしまったし、掃除もあるからと全員平服で来たせいか、美術館で絵画でも眺めている気分だった。

母が線香を出し、父が防風ライターを出し、貴斗が受け取って火をつけた。

線香を供えて合掌したとき、尚斗に手を合わせるのが久々なことに気づいた。胸の中で何を唱えるべきなのか。目を閉じたまま考える。考えているうちに、両親が合掌を終えてしまった。

「……尚斗が、母の日に二人に旅行券をあげたでしょ」

自分の掌を見下ろしたまま、貴斗は言う。「ああ、トマム？」と両親が声を揃えた。

「行っておいでよ」

両親は尚斗からプレゼントされたトマムリゾートの宿泊券を、仏壇の奥深くにしまい込んだ。その引き出しはきっと、この一年間開けられていない。

「去年、礼文島に行ったけど、すごくいいところだった。きっとトマムもいいところだよ」

行くことで何かが解消されるとか、何かの区切りがつくとか、そんな都合のいいことが起こるとは思えないけれど。でも行けば何かしらきっと楽しいし、綺麗な景色を見て美味いものを食べれば、気分はいい。思い出に残るものが一つ二つ必ずある。それらは悲しみや憤りの上に降り積もり、混ざり合う。

礼文島も、マルタ島も、台中も、ロンドンも、ニューヨークも、ラパスも、そうだった。

尚斗の眠る墓から一歩、また一歩と離れながら、「お父さん、どうする?」「夏休みにでも行くか?」と話す両親の背中についていった。結局、霊園の駐車場に着いてもトマムに行くか行かないか、結論は出なかったらしい。

「じゃあ、貴斗はバスで帰って来るのね? お母さん達、帰りにエミールでシュークリーム買って帰るから」

尚斗が好きだったケーキ屋の名前に、頬が自然と緩んだ。尚斗が好きだったものは、今も変わらず貴斗が好きなものでもある。

「友達が尚斗の墓参りに来るから、少し話して帰るよ」

車に乗り込む両親に手を振り、駐車場を出て行くアルファードの車体を見送った。平日の午後ということもあり、両親がいなくなると霊園の駐車場は貴斗一人になった。

縁石の上にたたずんで、少しだけ高くなった視線で、遠くの山を眺めた。奥多摩の山々は青く、風が吹くと呼吸するようにわずかに色を変えた。セミではない虫の鳴き声がした。そろそろ雨の季節がやって来て、それが明けたら本格的に夏が来る。一周忌を終え、喪が明けて、さまざまな〈尚斗のいない二度目の〇〇〉がやってくる。

赤いアウディのクーペが駐車場に入ってきたのは、三十分後だった。約束の時間から二十分たっていた。

日本では運転しないと言っていた亜加里は、何食わぬ顔で運転席から降りてきた。三月にワシントンDCからニューヨークへドライブしたときにつけていた、大振りなサングラスをして。

「大丈夫だった?」

久々に顔を合わす亜加里は何も変わっていなかった。痩せてもいないし太ってもいない。エル・アルト国際空港で「それじゃあ、また」と別れたのが、つい先週のことに思える。

「別に何も。事務所にすら、帰国するって言ってないし」

「……大丈夫なの?」

辻亜加里が帰国したら、それなりにニュースになるだろう。世間はハッと三月のことを思い出し、再び怒りの声を上げる。

それをわかった上で、彼らを煽るかのごとく尚斗の命日に帰国するところが彼女らしい。

「どうせ、すぐにまたワシントンに戻るから」

「忙しいね」

亜加里を先導する形で、霊園の奥へ向かった。もう一度、尚斗の眠る蓮見家の墓に。数メートル距離を空けて、亜加里がついてくる。ヒールの細い靴を履いているから足音は鋭く、その鋭利な響きが心地よかった。

「なんかさあ」

足音の隙間に、亜加里の声が挟まる。忍び寄る梅雨の気配と、その向こうに見え隠れする夏の匂いは、確かに慣れ親しんだ日本の六月だ。なのに、亜加里の声が聞こえた瞬間、ワシントンの春に目覚めた草の匂いや、ニューヨークの煤けた寒さや、ラパスの薄い空気と眉間の鈍痛が蘇る。

「ラパスの共同墓地に比べると、日本の墓ってつまんないよね」

「そりゃあ、あの不思議な国と比べたらそうなっちゃうよ」

日本の墓は静かだ。色も匂いもなく、静かであることすら気づけないほど、静かだ。手向けられる花すら似たものばかりで、地球の裏側のあの高山都市とは、死の捉え方が違う。

だから、蓮見家の墓に供えられたキングプロテアは、遠くからでも異質な光を放っていた。本当に、空に手を伸ばして太陽を引きちぎってきたような姿だった。

「あんた、馬鹿だね」

白とピンク色が混ざり合った大きな花を見下ろして、亜加里が言う。「なんで俺が選んだってわかるの」と聞くと、「あんた以外に誰がいるの」と鼻で笑われた。

「あげる？」

母から預かった線香の束を差し出すと、彼女は無言で三本引き抜いた。ライターで火をつけてやる。オレンジの火が灯った青褐色の線香は、どことなくラパスの夜に似ている。

香炉に線香を供えた亜加里は、合掌することなく立ち上がった。互いに何も聞かず、何も言わず、来た道を戻っていく。今度は亜加里が貴斗の前を歩いた。

「ねえ、辻さん」

「なあに？」

「尚斗のスマホ、いる？」

ズボンの左ポケットから取り出した尚斗のスマホを——結局修理にも出しておらず、電池も切れてしまった金属の塊を、亜加里に差し出す。彼女は振り返りもせず「いらない」と言った。

「だよね」

「あんたはどうするつもりなの、それ」

「三回忌でも七回忌でも、区切りがいいときに墓に入れてやろうかな。なんて言って、死ぬまで大事に持ってるかもしれないけど」

亜加里は足を止めない。駐車場に着いたら亜加里はアウディに乗り込み、「じゃあ」と素っ気なく言って去って行く。もう二度と会わないかもしれないし、来週あたりに当然という顔で連絡を寄こすかもしれない。

「乗ってく？」

貴斗の胸の内をくすぐるように、運転席のドアを開けた亜加里が、助手席を顎でしゃくる。「じゃあ、駅までお願いします」と貴斗は助手席に乗り込んだ。車内はほのかに煙草の匂いがした。

「辻さんの車？」

「父親のを借りてきた」

「事務所には秘密で帰国したけど、家族とはちゃんと会ってるんだね」

安心したよ、とつけ足すと、亜加里は「なんであんたが安心するの」と、ロウソクの火を吹き消すみたいに呟いた。ハンドルに添えられた両手の爪は、肌に溶けるベージュ色をしている。

「留学、いつまでするの？」

亜加里が車を出さないのをいいことに、貴斗は質問を重ねた。

「ていうか、辻さんってワシントンDCで何してるの？」

「語学学校に入ったけど、『英語喋れるじゃん、私』って気づいたんだよね」

「そりゃあ、帰国子女なんだから当然じゃない」

「もう飽きた。いっそ次はラパスにでも移住してやろうかな。毎日コカ茶飲んでれば、高山病もすぐ治るでしょ」

亜加里はゆっくりハンドルに頬杖をつく。視線の先の植え込みは、来る梅雨に向けて葉を天に大きく広げている。その向こうに、灰色の墓石が点々と続く。

「あんたがいるなら、帰って来ようかな」

亜加里の声は、発せられた瞬間に透明になって消えた。シートに背を預けたまま、自分の喉の奥が微かに痙攣した。けれどすぐに緊張は和らいで、口元が勝手に微笑んでいく。

「この前、会社員時代の同期とセックスした」

ぽとん、と言葉が唇の端から落ちる。

うなじの一点が思い出したように熱を持った。あの夜、古賀が最初に唇で触れた場所だ。

「へえ、できたんだ」

「自分でもびっくりだけど、できたんだよ」

そんなつもりは露ほどもなかった。それは、古賀だってそうだったはずだ。そもそも、彼女は貴斗が不能だと知っていたし。

二人で映画を観て、感想戦をして、先に貴斗の終電が迫ってきて、古賀が「朝まで付き合うからもっと飲もうよ」と言った。あくまで、親しい元同期の顔で。「よーし、飲むか」と、貴斗も元同期として、友人として言った。

居酒屋を出て隣のカラオケに行ったら、満室で断られた。古賀の家まではタクシーで十分だった。彼女の暮らすマンションに初めて行った。

動画配信サイトで、目についた映画を二人で見た。見終わったら、オススメの作品一覧に尚斗の出演作があって、穏やかだった空気が一気に緊張した。

「ニューヨークとラパスのこと、聞かないの」

緊張の糸を一本一本ほどくように、古賀に問いかけた。彼女は「聞きたくない」と首を横に振った。

「今日会ってわかった。蓮見、今すごく安定してる。前のヤジロベエみたいに危なっかしい感じじゃない。台湾に行ったときなんか、蓮見が高美湿地で自殺するんじゃないかと思ってた。あの浅い水面に顔をつけて、何の抵抗もしないで溺死するの。『あんな浅いところで溺死なんて有り得ない』って言われるの」

なのに。短く呟いた古賀が、重々しく鼻から息を吸う。

「辻亜加里は、たった数日で、蓮見の精神を安定させられるんだ。私はどんなに時間をかけても蓮見をそういうふうにしてあげられなかったのに」

それがどれほど私を虚しい気持ちにさせているかわかるか。古賀の言葉に、そんなヒリリと辛い主張が滲んで聞こえる。

「言い訳がましいけど、辻さんとは何もなかったよ」

「嘘だ」

「一緒のベッドで寝たし、腕枕もしたけど。それだけだったし、それ以上のことは絶対にない」

「正直だな」

古賀は険しい顔をしていた。息のしづらそうなその横顔に引き寄せられ、貴斗は彼女の肩にもたれ掛かった。貴斗のこめかみが、古賀の肩の硬いところに当たった。

「ずっと古賀に寄り掛かりたかった」

そう呟いたら、彼女は雪が溶けるようなゆっくりとした動作で貴斗のうなじに唇を押し当てた。今日の古賀の唇はブラウンがかったピンク色だったなと思った瞬間、下半身に熱が走った。線香に火が灯ったような淡い熱は、少しずつ大きくなった。思わず「は？」と声を上げてしまい、古賀が背後から「ごめん、やっぱり嫌だった？」と聞いてきた。違う、と答えて、彼女を振り返った。駄目だと思いながら彼女にキスをした。間違いなく「できる」ということを確かめるためのセックスだった。

すべてを終えたあと、貴斗も古賀も、ベッドの上で背中を寄せ合ったまま「やっちまった」と頭を抱えた。そのくせ、背中に伝わる相手の体温に安堵もしていた。

きっと古賀も一緒。台中での、マンゴージュースのようなねっとりとした夜を思い出しながら、安堵していた。

「尚斗の命日が近かったからなのかな」

言ってから、馬鹿馬鹿しくてすぐに笑い飛ばした。

「いや、そういう言い訳の仕方はよくないな。誘われたから、した。勃ったからした。相手が俺を好きだってわかってたから、ずっと俺を心配してくれてたから」

「別に、あんたが聖人だなんて端から思ってないから、安心して」

ここで彼女が罵ってくれたら……何がどうなるのだろう。自分と亜加里の関係に名前がつくだろうか。自分達の間にあるものが、そう簡単に整理できるわけがない。

「よくよく考えたら、そうでしたね」

セックスをした翌朝、古賀とは特に話さないまま、彼女の家を出た。取引先に提出した見積書に凡ミスを見つけてしまった、という顔を互いにしていた。

台湾から帰国後、この人とは友人でいようと決心したのに、どうしてこんなことになってしまったんだと、二人とも思っていた。そのうち、「今後の対応はどうしますか？」という打ち合わせをすることになるだろう。

「それでも帰って来る？」

「別に、あんたが誰かとセックスするのと、私が日本に帰って来るのは関係ないでしょ」

そう言われたら、その通りだ。結局、自分達の関係に名前をつけてやることなど不可能なのだろう。蓮見尚斗の双子の兄と、蓮見尚斗の元恋人。あいつの死を介してしか、相手の顔を見ることができない。

わかっていた。礼文島から帰った日、尚斗のスマホに彼女からメッセージが届いたときから、ずっと。

「同期とセックスした後、夢を見たんだよ」

「勃起した喜びで？」

「そうかもしれない。尚斗の奴、死んでから初めて夢に出てきたよ」

尚斗が自殺した日の夢だった。貴斗はいつも通り会社にいた。大口とは言えないが、それなりの大きさの契約をもぎ取ってきた貴斗に、上司は「それくらいで図に乗るな」と言った。古賀に「映画でも観て帰ろう」と肩を叩かれた。

映画を観て、居酒屋で感想戦をした後、古賀に「付き合わない?」と言われた。古賀と付き合ったら楽しいだろうなと思いながら、帰りの電車に揺られた。

電車の窓ガラスに、自分の顔が映っていた。貴斗であり、尚斗の顔だった。

ふと、胸騒ぎがした。俺は会社で嫌なことがあったけど、古賀のお陰で幸せな気分になれた。あいつはどうだろう。あいつにも何か嫌なことがあった気がする。あいつは、誰かに嫌な気分を払ってもらえたかな。

何故か、理由なんて何だっていいから、尚斗のもとに行かなくてはと思った。

乗り換えを二回して、原宿駅で降りた。代々木公園を突っ切って、尚斗のマンションに辿り着いた。玄関に立つと、オートロックが蓮見尚斗と勘違いしたのか、勝手に扉が開いた。コンシェルジュに止められることなくエレベーターに乗り込み、尚斗の部屋のドアを開けた。鍵は何故か開いていた。随分都合のいい夢だった。

寝室のドアノブは、重かった。引いたドアはもっと重く、向こう側でずるりと湿った音がした。

ドアノブで首を吊った尚斗の体を、引き倒すように床に降ろした。一度だけ頬を叩いて名前を呼ぶと、尚斗は息をした。咽せて、咳をして、息を吸って、目を開けた。声にならない声で貴斗の名を呼んだ。

「……間に合った」

尚斗は困惑していた。首を吊った理由が自分でもわからないという目で、自分と同じ顔をした貴斗を見上げていた。

こんな幸運があるのなら、真っ先に「なんで死にたかったんだ」と聞くと思っていた。けれど、どうでもよくなってしまった。理由なんてなくていい。お前にも俺にもわからなくていい。

「お前が死んでも、お前が好きだよ」

まだ意識が混濁している尚斗の肩を抱いた。このまま互いの体がめり込んで、二人が一人になってしまうのではないかと思った。それはそれで構わなかった。

朝までそのままでいた。まどろんだ隙に尚斗がどこかに行ってしまう気がして、尚斗が首を吊るのに使ったネクタイで、貴斗の左手と尚斗の右手を結んだ。お前が死んでも、お前が好きだよ。それでも、どこにも行かないでくれと思った。

目が覚めたら、隣で寝ていたのは尚斗ではなく古賀だった。手も結んでいなかった。古賀の匂いがする枕に顔を押しつけて啜り泣いていたら、古賀が背中を摩ってくれた。

「――随分、あんたに都合のいい夢だね」

ぴくりとも姿勢を変えず、亜加里はつまらなそうな顔で貴斗の話を聞いていた。

「そうだね。俺にばっかり都合のいい夢だ」

夢の中で尚斗が貴斗の名前を呼んだ以外、一言も言葉を発しなかったのは、そんなご都合主義の報いなのかもしれない。

「俺、一生、辻さんのファンでいるよ」

自分と亜加里の間にいる尚斗の存在を、忌々しいとは思えなかった。思えるわけがなかった。蓮見家の墓、代々木公園の側のマンション、自分達が育った実家の二段ベッド、あいつが出演した映画やドラマ、あいつのスマホ、礼文島のウニ丼、マルタのフィリグリー、高美湿地、ロンドンのポートベロー・マーケット、ニューヨークのタイムズスクエア……あいつがこの世に存在した証となるすべてを、愛おしいと思う。

「辻さんの名前が週刊誌やワイドショーにでかでかと取り上げられて、世界中の人が辻さんを叩いて、ネットが大炎上しても、ファンでいるよ。辻さんが出た映画もドラマもちゃんと見る。辻さんがCMに出てたらテレビを振り返るし、辻さんの顔を街中の看板やサイネージで見つけたら、どんなに急いでても足を止める」

亜加里の連絡先は消すべきだろうか。ただのファンが亜加里の連絡先を知っているのはおかしいから、きっと消すべきなのだろう。

「死にたいって思ったらさ、連絡ちょうだい」

ズボンの右ポケットからスマホを出した貴斗に、亜加里が呟く。切れ長で大きな瞳が、糸を伸ばすようにこちらを見ていた。

「わかった」

死にたいって思ったら連絡する相手。ものすごくしっくりきた。これ以外のどこにも、自分達は辿り着けない。だから、このまま行こう。

「辻さんも、死にたいって思ったら連絡して。世界中のどこにいても」

そう続けて、スマホをポケットに戻した。「世界中のどこにいても」という自分の言葉に猛烈に照れくさい気分になって、「やっぱり歩いて帰るよ」とドアを開けた。

「尚斗のスマホ、死ぬまで持ってたら、私があんたの棺にぶち込んであげるよ。そのまま火葬してもらえ」

ぶっきらぼうな物言いに、ゆっくり彼女を振り返った。「世界中のどこにいても」がそんなにいけなかったのだろうか。亜加里は眉を寄せて、唇をひん曲げて、笑い声を噛み殺していた。

「葬儀屋さんか火葬場の人に絶対怒られるだろうけど、辻さんならやってくれそうだ」

じゃあ、よろしく。そう言ってドアを閉めた。亜加里は何も言わなかった。「またね」も「さよなら」も言わず、貴斗は彼女に背を向けた。

駐車場を出て、狭い歩道を駅に向かって歩いた。縁石とアスファルトの隙間をこじ開け、丸い葉をした草がいくつも顔を出している。

背後から静かなエンジン音が近づいてきた。アウディの赤い車体が貴斗を追い越していく。名残惜しさも何も残さず、清々しいくらい軽やかに、愛おしいくらい素っ気なく、去っていった。

＊

午前零時過ぎに、ロンドンのメアリーからメッセージが届いた。竹若の監督作品であり、尚斗の出演した『青に鳴く』という映画を配信で見たという。英語で綴られた長文の感想には、まだ「ナオトが映画の中にいるのが信じられない」という戸惑いが滲んでいる。

ビジネスホテルの一室で、ベッドに寝転がったままそれを読んだ。「ナオトって、意外と格好良かったのね」という一文に、堪らず噴き出してしまう。

彼女が初めて尚斗ではなく貴斗にメッセージを寄こしたのは、三月の終わり——貴斗がラパスから帰国して少したった頃だった。それ以来、彼女は尚斗の出演作品を見るたび、律儀に感想を送ってくる。

ニューヨークの命の恩人、ルークからは、何故かしょっちゅう飼い犬の写真と動画が送られてくる。同い年くらいかと思っていたルークは二十歳の大学生で、つやつやした黒毛の大きなラブラドールはいつも尻尾を振って彼と戯れていた。

部屋の戸がノックされる。サイドボードの時計を確認すると、午前二時ちょうどだった。約束の時間通りだ。

ドアの鍵を開けると、グレーのジャケットを凜と羽織った野木森がいた。早朝と言うには早すぎる時間だというのに、化粧は完璧だった。

ベージュがかった赤い口紅に視線が吸い寄せられ、ジャケットの胸元にフィリグリーのブローチがあることに気づくのが遅れた。オレンジ色の照明がマルタ十字に反射し、金色の粒がジャケットの布地に散る。

「つけてくれたんですね、それ」

「今日つけなかったら、一生つけられないでしょ、恐らく」

「でしょうね」

クランクアップせずに尚斗が死に、お蔵入りになっていた映画『美しい世界』は今日、撮影を再開する。

朝四時から撮影開始だから、新宿のビジネスホテルに前泊してくれと野木森から連絡があったのは先週のことだった。彼女に言われるがまま二キロ痩せて歯のホワイトニングをして、尚斗がよく行っていたという青山の美容院で髪を尚斗と同じ色に染め直した。一週間たって、濃いめのカフェオレ色はいい具合に貴斗の髪に馴染んだ。

「つけてもらえて嬉しいです。尚斗も喜んでると思いますよ」

野木森の後ろには、真っ青な髪をした女性がいた。「よく尚斗を担当してくれてたヘアメイクの宮下(みやした)さん」と野木森が紹介してくる。

「尚斗の兄の貴斗です。今日はよろしくお願いします」

深々と一礼して、二人を部屋に招き入れる。宮下というヘアメイクは大荷物だった。抱えていた衣装をクローゼットにかけ、ガラガラと引き摺っていたキャリーケースを、部屋の奥で広げる。言われるがまま、貴斗はデスクの椅子に腰掛けた。

デスクには大きな鏡がついていて、鏡越しに宮下が貴斗の顔を凝視していた。

「当たり前ですけど、尚斗さんにそっくりですね」

「生まれたときからよく言われます」

何がよかったのか、その一言で彼女の表情が少しだけ和らいだ。「これをつけたら肌が荒れる、とかないですか？」「尚斗がないならないですね」と言葉を交わしながら、宮下は貴斗の顔にメイクを施していった。

化粧水を含んだコットンで顔を拭かれるのは気持ちがよかったけれど、細筆で眉を描かれるのはこそばゆい。それでも、目を閉じたまま大人しくしていた。彼女がどんな気分で尚斗と同じ顔の貴斗にメイクをしているのか、頭の片隅で考えながら。

野木森は貴斗の背後で椅子に腰掛けたまま、ずっと黙っている。

「はい、終わりました」

目を開けると、鏡の中には尚斗がいた。宮下が持ち込んだ白いライトに照らされた顔は、いつか地下鉄の駅で見たスーツの広告を飾る蓮見尚斗そのものだった。

野木森が、そんな貴斗をじっと見ている。亡霊でも見るような顔で一瞬だけ目を瞠り、すぐに小さく溜め息をついた。

「大丈夫そうね」

野木森が時間を確認する。マルタ十字が刻印された、古めかしい腕時計で。宮下がクローゼットから衣装を出してきて、先ほどまで貴斗が寝転がっていたベッドに広げる。

「尚斗さんが実際に着ていたものです」

神妙な宮下の声に、貴斗は衣装を手に取った。何てことない白いTシャツと、細身のパンツなのに、部屋中に尚斗の気配が充満する。

「わかりました」

貴斗が頷くのがまるで事前に取り決めた合図だったかのように、野木森と宮下は部屋を出て行く。着ていた服を脱ぎ捨て、尚斗の衣装を身につけた。

尚斗の匂いがした。自分達はきっと匂いもそっくりなのだろうが、貴斗にしか察知できない、尚斗の匂いだ。雨に濡れた青葉のような澄んだ香りを、思い切り吸い込んだ。

シャツもパンツも、靴下もスニーカーも、貴斗にぴったりだった。クローゼットの横にある姿見で自分の全身を確認する。対峙した蓮見尚斗は、今にも貴斗に「久しぶり」と手を振ってきそうだ。

「久しぶり……でもないな」

鏡に向かってそう語りかけ、台本だけを持って部屋を出た。外で待っていた野木森と宮下と共に、エレベーターで一階に下りる。外に一台のバンが止まっていて、安原という若いスタッフが貴斗達を迎えに来ていた。

「ありがとうね、貴斗君」

バンの後部座席に腰掛けると、隣に座った野木森が短く言ってきた。

「感謝してる。すごく、感謝してる」

「礼を言うには早すぎませんか。いざ撮影したら、俺じゃあ話にならないかもしれない」

「大丈夫よ。ラパスの写真を見て、大丈夫だと思った」

貴斗が、カメラのレンズを通しても尚斗になれる。貴斗を見た大勢の人が、尚斗を想って胸を掻き乱すことができる。野木森がそう判断したなら、それに乗っかってやろう。

「最初は絶対に嫌だと思ってましたよ。でもそれ以上に、あいつの最後の作品を、みんなに見せたいと純粋に思ったってだけです。野木森さんと一緒です」

バンはホテルを出て、青梅街道を新宿駅の方へ向かった。撮影場所は西新宿の警察署の程近くだと聞いた。人通りは疎(まば)らなものの眠ることのない街を、バンはゆっくりと進んで行く。スモークの掛かった窓ガラスの向こうで、黄ばんだネオンの光が流れていく。

「俺は尚斗になれません。だから、双子の兄の貴斗として出ます。顔がそっくりなだけで、どうやったって尚斗にはなれない貴斗として、映画に出るんです。尚斗の映画を偽者が汚したとか、兄の自己顕示欲の表れだとか、尚斗の人生を自分のものにしようとしてるとか、いろいろ叩かれるでしょうけど」

ていうか、もうすでに散々叩かれてるし。ははっと笑うと、野木森は申し訳なさそうに喉を鳴らした。今、SNS上で尚斗の双子の兄がどんなふうに書かれているか、彼女はよく知っているのだろう。

「大丈夫ですよ。野木森さんが思ってるほど参ってないです。どうしても日本に居づらいなって思ったら、しばらく海外に行ってもいいなって思ってるし」

「海外？」

「この一年で、マルタとニューヨークにも友達ができたし。いろんなところを渡り歩くのもいいなって思ってます」

もし本当に貴斗が日本を脱出したら、亜加里は怒るだろうか。貴斗のいる日本に帰ってこようとしている、彼女は。それともいつかのように「馬鹿じゃん」と言うだろうか。

「尚斗が死んでから、いろんなところに行きました。半分は尚斗に行かされたみたいなもんですけど、でも、いい旅でした」

ああ、いい旅だった。美しいものにたくさん出会って、美味いものを食べて、楽しい思いをした。間違いなくいい旅だった。

「あいつは先に逝っちゃったけど、残った片割れの俺に、世界は美しいということを残して逝ったんです。それはつまり、お前は末永く生きろということだと、そういうことだと受け取ろうと思います」

裸のまま手にしていた『美しい世界』の台本を見下ろす。右手の指先で、タイトルをそっとなぞった。ざらついた紙と艶のある文字。微かな手触りの差がこそばゆい。

「受け取り方は、双子だろうと何だろうと、俺の勝手ですから」

それでも。

それでも、だった。

「それでも、気づいてやれなくてごめんな、って思いますけどね」

俺達は双子。なんでもわかる双子。双子という繋がりに、ほんの少し、薄氷のようにほんの少しだけ、油断していたんだろう。油断の隙間で、俺は自分の半身を失った。

「映画とか小説みたいに、あいつのことを考え続けて、あいつを追いかけてたら、何もかもわかるんじゃないかって思いたかった。ヒントを一つ一つ集めていったらパズルが完成するんじゃないかって。そんなものなかったです。だから、ごめんな、なんですよ」

この懺悔は、後悔は、ずっと抱えていく感情なのだろう。特に大きな理由もきっかけもなく、息をするように、尚斗を思い出す。ヤジロベエみたいに、あっちに傾いて、こっちに傾いてを繰り返す。

思い出すたびに悲しんで、怒って、後悔をする。何百、何千、何万……数えることすら馬鹿らしいと思えるほど、当たり前にお前のことを後悔し続けながら生きていく。

「礼文島、マルタ、台中、ロンドン、ワシントンＤＣ、ニューヨーク、ラパスで綺麗なものを見るたびに、尚斗が死んだ本当の理由は一生わからないんだって、思い知りました。死ぬまでわからないんです。〈わからない〉ってことを思い知るまで随分時間が掛かったし、受け入れるのには、もっと掛かっちゃいましたね」

　果たして受け入れられたのかは、正直なところわからなかった。明日には耐えられずのたうち回っているかもしれない。一年後には再び〈わからない〉ことに絶望しているかもしれない。

「それでいいの？」

　野木森の視線を、こめかみのあたりに感じる。貴斗は台本を捲った。「彼は、死ぬために東京へ来た」という尚斗の書き込みを、一文字一文字、脳裏に焼き付ける。

「わかった気になるより、ずっといいですよ」

　両親や野木森や、尚斗の友達や仕事仲間が、どんなふうに彼の死と折り合いをつけようと、尚斗のファン達が彼の死にどんな意味や理由を見出そうと、構わないのだ。

　その中で俺は、お前に対する〈わからない〉をわからないまま抱えていく。俺達は何でも半分にできる唯一の相手だった。お前の「死にたい」だって、きっと半分にできた。だから、お前の分の人生を抱えていく。わからないまま、抱えていく。

「文句は、死んでから尚斗に言うし、尚斗の文句も死んでから聞きます。双子だし、あの世とか来世とかでお互いを探せると思うんですよね」

バンは路地を抜け、小さな駐車場の一角で止まった。運転していた安原が「少々車内でお待ちください」と言って車を降りる。

静かになった車内で、貴斗はゆっくりシートに体を預けた。

「不思議」

宮下が整えてくれた髪が崩れていないか、窓ガラスに映る自分の姿を確認していたら、野木森の細い笑い声が聞こえた。

「今、あなたが尚斗に見えたんじゃなくて、あなたの向こう側に尚斗が見えた」

肩を震わせて嬉しそうに言うものだから、我慢できず声を上げて笑ってしまった。「双子ですから、楽勝ですよ」と続けると、バンのドアが開いてスタッフが貴斗を呼んだ。

路地裏にある小さな居酒屋を営業時間外に借りているようで、そこが出演者の控え室になっていた。ビルに囲まれた細い道を、機材を抱えたスタッフ達が走り回っている。深夜の薄暗い路地に、時々怒号に近い指示の声が飛ぶ。

安原が「まだ入り時間には早いんですが、主要キャストの皆さんも集まっています」と忠告するように言って、貴斗を控え室である居酒屋の奥に案内してくれた。

尚斗の遺した台本に書かれていた通りの役者が、そこにはいた。貴斗に気づいた全員が、面白いくらい同じタイミングでこちらを見る。

ゲイバーの店員、週刊誌の記者、コンビニの外国人店員、少年院上がりの板前見習い、暴力団の下っ端組員――尚斗が演じた青年・トモヒコと出会う登場人物達が、貴斗の目の前にいる。

役者とはみんなこういう生き物なのだろうか。年齢も顔立ちも違うのに、誰もが目力がある。色味の違う銃口がこちらを向いている。

「……蓮見尚斗の兄の貴斗です」

自己紹介の声が擦れ、慌てて頭を下げた。

「この度は、弟がご迷惑をおかけしました。力不足だと思いますが、あいつの尻拭いは僕がやらせていただきます」

顔を上げた途端、居たたまれない気分になった。今更ながら、緊張してきたらしい。

先ほどの安原というスタッフに頼んで、バンで待たせてもらおうか。そう思ったとき、一番奥の座敷席にいた男性が「突っ立ってないで、ここに座りなよ」と自分の向かいの席を指さした。

入水自殺したホームレスを演じる荒屋敷一樹(あらやしきかずき)だった。カメレオン俳優という異名を持ち、映画で、テレビで、何度顔を見たかもわからないベテラン俳優だ。

断るわけにもいかず、荒屋敷の向かいの座布団に腰を下ろす。「お茶、飲む?」と唐突に聞かれ、答える間もなく荒屋敷が自分の手でペットボトルのお茶を紙コップに注いでくれた。

「本当に蓮見君にそっくりだね。最初、蓮見君がいつも通り現場入りしたんだと思っちゃったよ」

常温のお茶を一口飲んで、貴斗は頭を垂れた。それ以外に何をすればいいかわからない。周囲に居る他の俳優達が、こちらに聞き耳を立てているのがわかる。

「あの……荒屋敷さんは、今日は撮影はないのでは?」

何せ、荒屋敷が演じるホームレスはすでに死んでいるのだから。

「そうなんだけどね。蓮見君のお兄さんが代役で出るって聞いたから、今日は見学をしに来たんだ。もう出番はないけど、何か協力できないかと思って」

妙にまろやかな、ミルクがたっぷりと入った紅茶のような話し方をする荒屋敷の顔は、DVDで見たホームレスの男性そのものだった。映画の中で、あの人はトモヒコとこんなふうに話していた。

バラエティー番組やドキュメンタリー番組で見たことのある荒屋敷一樹は、もっと厳格で、修行僧を思い起こさせる雰囲気の人だった。自分にも他人にも厳しいストイックな役者だと聞いたことがある。

それはつまり、この人は今、カメラが回っていないのに誰かを演じているということだ。

「ありがとうございます」

初めて現場に入る貴斗の——尚斗の代役のために、今、この人は役になりきって話をしてくれている。

「尚斗は、荒屋敷さんと共演できて、嬉しかったと思います」

あいつの気持ちを代弁することが果たして許されるのか。そんな疑問が降ってきたが、言葉にできたということはきっと、尚斗も同じように思っていたに違いない。

「そうだといいんだけどね。共演シーンが多くて一緒にいる時間が長かったのに、僕は何も気づいてあげられなかったよ」

ずずっと音を立ててお茶を飲んだ荒屋敷は、貴斗の手元に置かれた台本を一瞬だけ見た。

途端に、映画の世界に引きずり込まれた感覚がした。尚斗は……トモヒコはこの人と東京で出会って、年の離れたこの人と友人になって、この人を失った。

尚斗が役者として過ごした時間が、形を変えて貴斗の中に入ってくる。

「若いうちに俳優デビューするとね、二十代でどれだけ代表作を残せるかでその後が決まるんだ。制服を着て若い子向けの映画やドラマに出て、経験を積んで顔と名前を売る。歳を重ねて、役者として制服を脱ぐときがくる。そこからが正念場だ。だから、蓮見君も、年齢的に辛いこと、怖いこと、たくさんあったと思う」

ガラガラと喉を鳴らした荒屋敷は、もう一度紙コップに口をつける。まるで尚斗本人を前にしているような穏やかな顔で、「だとしてもね」と呟いた。

「だとしても、三十歳を越えてからの役者としての蓮見君が、僕は楽しみだった……ああ、ごめん。さっきから蓮見君、蓮見君って言ってるけど、君も蓮見君だったね」

いえ、と首を横に振り、貴斗は店内を見回した。スタッフがしきりに出入りし、役者に今後のスケジュールを伝え、小道具なのか撮影機材なのかを抱えて外に飛び出していく。熱っぽいのにどこかひんやりと緊張した空気は、貴斗がよく知る新宿の街とは違った。頬がピリピリと痛み、意識して大きく息を吸わないと酸欠になりそうだ。

「僕も、三十歳になった尚斗を見てみたかったです。四十の尚斗も、五十の尚斗も、もっと歳を取った尚斗も……」

貴斗の言葉一つ一つに、荒屋敷は小刻みに頷いた。しかしそれも、引き戸の開く音に止まる。スタッフ達のものではない、足取りのしっかりした重厚な音に振り返ると、竹若が何も言わず店に入ってきた。

渋谷で以前会ったときと同じ、淡い色の入った眼鏡をかけた竹若は、俳優陣に「今日はよろしくお願いします」と声をかけ、荒屋敷には「助かるよ、荒さん」と笑いかけた。

そして、貴斗を見て表情を引き締めた。こちらの頬の皮までぎゅっと引き伸ばされるような、引力のある表情になる。

「お兄さん、現場は初めてでしょう？　どう、緊張する？」

「そうですね。緊張しますね」

こちらを気遣っているというより、どんな反応をするか観察する目で、竹若が貴斗を凝視する。色つきレンズに阻まれても、視線の鋭さに唇が痙攣しそうになる。

「でも、まあ……尚斗がいますから」

どこに、と聞かれると困る。俺の胸の中に、なんてドラマチックなことは考えられない。だが、俺の体のほとんどは尚斗と一緒なわけだから、あいつが気まぐれにこの世を見に来るとしたら、やはり、俺の中なのだと思う。

一つの受精卵が二つになって、俺達になった。二十五年以上たって、二人だったものの一人だけがこの世に遺された。元は一つだったけれど、確かに二人だった。二人だから通じ合い、二人だから通じ合わない部分があった。

俺達双子は、そういう二つだった。そういう二人だった。

「お兄さん、どうして出演OKしたの」

「尚斗が生きていたことも、尚斗が自殺したことも、すべてひっくるめて、大勢の人に覚えておいてほしいと思ったから」

わずかな沈黙を挟んで、「ですかね？」と首を傾げる。

「監督こそ、どうして僕が代役をやるのをOKしたんですか？　僕を見ると〈不気味の谷〉現象に陥るって、前に言ってたのに」

「例のボリビアの写真を見て、蓮見尚斗だなあ、と思ったから。あいつが気まぐれにあの世から帰ってきたのかと思った」

側で静かに自分達の話を聞いていた荒屋敷が「あははっ」と声を上げて笑った。

「あの写真、僕も見たよ。双子のお兄さんがいるなんて知らなかったから、尚斗君が間違って地球の裏側に化けて出ちゃったのかと思った」

笑い合う竹若と荒屋敷の脳裏に浮かぶ尚斗がどんな顔をしているのか。思いを馳せながら貴斗は肩を揺らした。どうか末永く、彼らの記憶の中に尚斗がいるといい。俺の知らない尚斗でいいから、いるといい。

意外と待ち時間が長くて、膨れあがる緊張感をどう処理すればいいかわからなかった。

やっとのことでスタッフに外へ連れ出された頃には、外は明るくなり始めていた。日の出が近いのが、白銀に染まりだしたビル群からわかる。

「一発で行っちゃおうか」

宮下に髪を整えてもらっている貴斗の横に、竹若がぬるりとやって来る。側にいた助監督らしい若い男が「今、一発って言いました?」と目を丸くして、火花が散る勢いでどこかに走っていく。

「お兄さん、芝居は初めてだし、下手にリハやるとよくない気がして」

「監督がその方がいいと思うなら、そうしてください」

一発で行くという竹若の指示が広がり、現場は緊張感を増した。変わらぬ日常に向かって目覚めつつある新宿の街に、時間を止めるように楔(くさび)を打つ。

「台本は頭に入ってるね?」

「台詞もないですし、大丈夫です」

「台詞のない芝居こそ、難しいもんだよ」

「僕は、尚斗がやり残した仕事を、代わりに全力でやるだけですから」

同じ姿形をした替え玉として観客を欺くのではなく、双子の兄という紛うことなき別人として、尚斗が繋げなかったものを無理矢理繋ぐ。世界でただ一人、貴斗にしかできないことを今からする。

「自信があるみたいだね」

ふふっと竹若が鼻を鳴らす。果たしてこれは自信なのか。しばし考え、貴斗は頷いた。

「俺達、親が戸惑うくらいそっくりだったし、親が呆れるくらい、仲がよかったんです」

スタッフに促され、立ち位置につく。新宿の大ガードへ続く青梅街道は、朝の気配が強くなっていた。馴染みのある景色が、今から映画を撮るというだけで別世界になる。

野木森と見た『美しい世界』の映像を思い出す。出頭する暴力団の下っ端組員を見送ったトモヒコは、新宿警察署を去り、青梅街道を歌舞伎町に向かって歩いていく。トモヒコを迎えるように、新宿の街を朝が覆い尽くす。トモヒコが愛した人々も、そうでない人も、トモヒコの存在すら認識していない大勢の人々も、朝の街で変わらず日々を刻んでいく。『美しい世界』はそうやって終わっていく。一年というブランクを経て、やっとこの映画は終わることができるのだ。

助監督らしい男が、これから歩くルートを確認してくれた。歩道を歩く貴斗を長回し——いちいちカットをかけることなくカメラを回し続けて撮影するとのことだった。それがどれだけ緊張感のある作業なのかは、あえて聞かなかった。周囲で忙しなくカメラやマイクの動きをチェックするスタッフ達を見ているだけで、充分だった。

「代役、引き受けてくださって本当にありがとうございました」

離れ際に深々と頭を下げられ、礼を言われた。

「カメラが回り出してからは、何があっても、僕達で何とかしますから。蓮見さんは、歩いていってください」

大丈夫です、と三度繰り返し、助監督の男は走り去っていく。「準備オーケーでーす！」という彼の声に、遠慮なく肩の力を抜いた。

「さーて、一年ぶりに、行ってみましょうか」

竹若の声は静かだった。静かなのに、ガヤガヤと忙しなかったスタッフ達の動きが止まる。呼吸すら止まる。竹若の方を振り返ることなく、貴斗はこれから自分が歩いて行く方向だけを見ていた。

新宿の空は、瑠璃が水に溶けたような淡い色をしていた。新宿駅のあたりが特別明るく照らされている。朝日の足音が聞こえる。薄いガラス越しに、天から誰かがこちらを見下ろしている気がした。

竹若のカウントダウンの声がする。3、2、1……カウントが減るごとに、周囲の温度が下がっていく。冷たい緊張感が、貴斗の足下を浸した。

ふと、礼文島の元地海岸で足を濡らした海水の冷たさを思い出した。

「――スタート!」

カン、と甲高いカチンコの音が響き渡った。二度、三度、浅く息を吸って、歩道を歩き始める。自分の姿がカメラにどう映っているのか、ちゃんとトモヒコになれているのか。それは、自分の中にいるかもしれない尚斗に任せることにした。

ただ、尚斗の死を俺で飾ろう。ラパスの共同墓地を花や人形が飾っていたように。お前の死を、お前と瓜二つの偽者の俺で飾ろう。映画館のスクリーンで、テレビで、動画配信サイトで、飾ろう。「蓮見尚斗の双子の兄は本当に尚斗そっくりだ」という賞賛でも、「双子の兄が真似事したって本物は超えられない」という酷評でも、何だっていいから。

ギリギリのところで踏みとどまっていた時間は、カメラが回り始めた途端に早足になった。朝が近づいてくるのが肌で感じられる。都会らしい、どこか煤けた匂いの空気は、ほんの少しニューヨークと似ている。

あまりにも普通に歩いてしまっていて、これが撮影だと忘れそうになる。振り返ったら実はカメラなんてなくて、朝の新宿を貴斗がとぼとぼ歩いているだけかもしれない。

歩道橋の階段を上った。青梅街道を跨ぐ巨大な歩道橋の真ん中で立ち止まる。貴斗の下を、自動車やトラックが走り抜けていく。

道の先には大きな交差点があり、その向こうにはJRのガードがある。一つとして同じ形の建物はなく、広告や看板がその隙間を彩っている。賑やかで、騒がしくて、慌ただしい。美しいと表現されることのない雑然とした景色は、青い磨りガラスに覆われたみたいに静まりかえっていた。

不思議なことに、礼文島の桃岩展望台を思い出した。あの島で見た色とりどりの高山植物や、夕日に祈りを捧げる地蔵岩が、似ても似つかないバレッタの乾いた街並みとカラフルな出窓が浮かぶ。高美湿地に溶けて消えた夕日が蘇る。ポートベロー・マーケットの銀食器の山と、グラウンド・ゼロと、ラパスの夜景が、どうしてだか、朝の新宿と重なる。

グラウンド・ゼロの朝は黄金を帯びた桃色で、ラパスの夜は青と橙色だったが、新宿の朝は青みがかった白銀をしていた。一色では表現しきれないからこその美しさだった。そんな景色を、旅の中で何度も見てきた。

「綺麗だな」

無意識に呟いていた。「そうだね」という相槌が聞こえた気がした。

ふと、胸が刺されたように痛み出す。ごめんな、と喉の奥で呟いた。どうして、と声に出しそうになった。焦がれるほどに、溺れてしまうほどに、お前を愛していたんだよ。こんな人間が、俺以外もたくさんいるよ。

この痛みを愛の形の一つとして大事に抱えて生きていっても、どうか怒らないでほしい。

いよいよ太陽が顔を出した。ガードの向こうから強い光の帯が伸びてきて、少しだけ顔を顰めた。酷く苦い香りの風が吹いた。それに意味はない。何の意味もない。ただ、思い切り吸い込んだ。せめて、あいつが今、安らかだったらいい。

そして一秒後には、やっぱり「ごめんな」と思う。潮が満ち引きを繰り返すように、ヤジロベエが左右に揺れ続けるように、俺の胸は一生揺れ動き続ける。

それでも、安らかであってくれ。お前の自殺で、お前の人生がすべて不幸に塗り変わるわけじゃない。お前と双子として生きた時間を振り返るとき、俺は悲しみばかりを拾い集めたりしない。そう強く願いながら、結局は悲しむのだ。温かい記憶の中で、静かに、淡々と、悲しむ。

だから、お前は安らかであってくれ。朝日にそう願った瞬間、遠くで「カット！」という鋭い一声が聞こえた。

カチンコが鳴った。カン、という甲高い乾いた音は、信号が赤から青に切り替わるようだった。朝日は一層眩しくなった。

背後を振り返ると、思ったより側にカメラがあった。カメラマンはまだレンズを覗いたままだ。その中で、俺はどんな姿をしているのだろう。

朝日を背負った尚斗がいて、彼と一緒に、俺も笑っていたらいい。

「アフリカとオーストラリア、まだ行ってないな」

スタッフが階段を駆け上がってくる足音が聞こえる。歩道橋の手すりに寄りかかって、少しずつ普段の姿を取り戻していく新宿の街に、貴斗は語りかけた。

尚斗と行っていない場所は、まだたくさんある。馬鹿馬鹿しいくらい、たくさんある。

「南極と北極も、いつか行こうな」

蓮見尚斗

双海大樹

渚優美

ニコラス・ガルシア　荒崎正臣
利根川杏里　入田琴葉　小宮椋司

塚本浩之　久野美晴　長井竜治　波木愛子
美佐　パク・ユナ　張篤　湯沢慎一

エキストラ協力

劇団キンセンカ　スカイパンチアカデミー
紫峰大学の皆さん　千間学院高等学校吹奏楽部の皆さん
茨城県フィルムコミッション　茨城県行方市の皆さん
東京エキストラ・ヘルプ　慶安大学の皆さん

荒屋敷一樹

蓮見尚斗：代役
蓮見貴斗

製作総指揮　北川賢一
製作　岡本恵美　中村達也　佐藤アキラ
原田大助　鈴木陽子
企画　金子奏　佐藤結生
プロデューサー　野沢華子　井上和幸
ラインプロデューサー　有井四郎
アシスタントプロデューサー　吉田歩

撮影　空条敏勝
照明　栗澤タカヒロ
録音　比江島謙吉
美術　辻井雄治　谷水奈美恵
編集　小寺義広

監督助手　安原槙人　篠岡勇子
撮影助手　原田佐緒里　斎藤憲一　寺町譲
照明助手　箕島純平　青井卓司　後藤秀喜
録音助手　坂井マリ　湯沢一葉

特殊効果　黒田由紀
牽引　福岡亜沙美
車輌　荒関菜穂子　樋口義之
制作主任　池原隼人
制作進行　羽賀玉美　板野真澄
制作デスク　上竹洋輔
演出部応援　小倉正信
ヘアメイク応援　日東大学芸術学部
木内レオ　梶彩美
山田慎一郎　澤田明日香

衣裳　桃園マイカ
ヘアメイク　宮下絵里花　桑本清香
スクリプター　熊木宏子
助監督　北川賢治
制作担当　長谷部貴幸

美術助手　大西寛徳　平瀬千穂
大道具　寺脇友親　久川ジュンコ
編集助手　濱家和登
衣裳制作　稲部哲子

音響効果　近藤夏子
スタジオエンジニア　渡辺晴菜
ＶＦＸプロデューサー　池田一基
ＶＦＸディレクター　水森護
ＶＦＸアーティスト　加賀紗綾
コンポジター　瀬田一重　田子あい子
エフェクトアーティスト　有馬博正　高垣海斗
テクニカルディレクター　新野真湖
サウンドエディター　金ヶ江光三
美術協力　柚木若菜

キャスティング協力　あたごプロ

配給統括　吉崎彩由里
宣伝統括　清水尊
営業統括　山田真平
宣伝プロデューサー　川端健三
宣伝　稲敷美穂　天野豊
ウェブ宣伝　釘村瑞樹　笹川直哉　高垣夏奈
オフィシャルライター　徳村尚紀

民謡指導　江原秀男　潮田優弥
中国語指導　林昊天

宣伝クリエイティブ　南波仁志（Office NUMBER）
河合裕紀（Office KAWAII）
デザイン　竹内春希　芳野荘介
スチール　生駒桂佑　多々良智司
メイキング　北川賢治
劇場営業　古谷野真樹
劇場宣伝　栗林夕子　榎下千歌

主題歌
「空を待ちながら」
like this old man
作詞・作曲：コウタロウ

音楽プロデューサー　呉羽レモン
音楽協力　水島楓

音楽制作協力

梓川レコード　Studio PISTACHIO　沼本苑香　雪野信

ノベライズ

小説『美しい世界』

榛名忍

玉松書房

撮影協力

アグリフォレストよごえ　イルメログラーノ

肉の浅間　宇吉酒造　慶安大学

シェパード・キャリア

林檎箱館　新宿区フィルムコミッション

協力

あたご映像美術　映活デジタル　日東テレビ

NUアクション　武蔵映像大学

プロダクション双葉　ウインズ衣装

野分クリエイティブ・アド　２０メイク

「美しい世界」製作委員会

映活　北川賢一　赤坂冬馬　十重田真莉奈　岡翔
ヤマト中央新聞社　白須雅也　春日まどか　依田晴彦
玉松書房　百地勝矢　進藤恭子　相沢慎一朗
あずさ建設　片平恭介　海老澤冬希　志津川沖晴　籔井光希
鶴亀食品　松宮周作　三浦拓海　仙波千早　渋谷京太郎

配給　映活

制作プロダクション　カヌレ

監督・脚本　竹若隆一郎

蓮見尚斗さんは２０２２年６月２日にお亡くなりになりました。
ここに、心からの感謝と哀悼の意を表します。
この映画を、彼がどうか笑顔で観てくれていますように。

映画『美しい世界』スタッフ・キャスト一同

【2059年6月2日】
アフガニスタンでNGOスタッフ銃撃、邦人死亡

2日早朝、アフガニスタン東部ナンガルハール州で長年にわたり人道支援活動を行ってきたNGO「I'm here」のスタッフが乗った車が現地武装組織に銃撃され、日本人スタッフ・蓮見貴斗さん（62）が足や胸を撃たれて死亡した。

蓮見さんは二十代の頃に世界を放浪し、カメラマン、ノンフィクション作家としても活躍。蓮見さんの撮る写真は、現地の風景や人々の姿だけでなく、蓮見さん自身が被写体となる作品も多くあるのが特徴だった。

32歳のときに世界各地の紛争地帯、貧困地域を旅して執筆した『それでも』で玉松ノンフィクション大賞を受賞。息子の成人を機に「I'm here」に参加。十年にわたり、アフガニスタンで農業支援に従事した。

25歳で他界し、遺作となる『美しい世界』でカンヌ国際映画祭男優賞を受賞した俳優の蓮見尚斗さんは双子の弟。蓮見さんは過去のインタビューで「いつか弟に『お前の知らな

い美しいものが世界にはたくさんあった』とあの世で伝えたい。人道支援に参加するのも、この足で一歩でも二歩でも、そんな世界に近づきたいから」と語っていた。

襲撃された車に同乗していたNGOスタッフによると、最初の銃撃により蓮見さんは左足を負傷した。車には現地人スタッフの他に複数名の外国人スタッフが乗っていたが、車を降りた蓮見さんは武装組織の戦闘員に対し「外国人は自分だけだ」と両手を上げ、交渉を試みたという。蓮見さんはその後、右胸を撃たれて亡くなった。

蓮見さんの妻の凜さん（62）は、記者の質問に対し「びっくりしただろうし、痛い思いもしただろうけど、天国でやっと弟さんと再会できて喜んでいるんじゃないでしょうか」と答えた。

息子の陽尚（はるひさ）さん（30）は「『死は悲劇ではない』が父の口癖です。僕達家族はいつだって、こんな別れがあるかもしれないと覚悟していました。だから決して、不幸な別れだとは思いません。父も思い残したことはあるでしょうが、父の遺体が帰国したら、笑顔で迎えたいと思います」と語った。

どうか世界が昨日より美しくあってほしい――蓮見さんのそんな願いは、志半ばで絶たれてしまったのかもしれない。だが、天国で弟の尚斗さんに「それでも世界は美しかった」と報告していてほしいと、記者は願ってやまない。

――日東スピークスＯＮＬＩＮＥ（文＝NAOTAKA TSUJI）

解説

大矢博子（書評家）

大切な人が突然亡くなったとき、遺された者はその事実にどう向き合えばいいのだろう。どう受け止めればいいのだろう。

続くと思っていた明日。来ると信じて疑わなかった未来。果たされるはずだった約束。伝えるつもりだった言葉。それらが一瞬にしてすべて断ち切られる。その死が突然であればあるほど、悲しみの前に非現実感と、「なぜ」という思いが来るのではないだろうか。

まして、その死が自死だったならば。何の気配も予兆も、遺書すらなく、理由のわからない自死だったならば。遺された者たちはその困惑や悲しみや憤りを、いったいどうすればいいだろう。

本書『世界の美しさを思い知れ』は、突然そんな境遇に突き落とされた青年の、巡礼の物語である。

物語の始まりは、二十五歳の人気俳優・蓮見尚斗が自殺したという速報記事だ。そしてその報に驚いたり悲しんだりしているSNSの様子が出たのち、本編へと入る。

主人公は死んだ俳優の双子の兄である蓮見貴斗。遺書も何もなく、なぜ突然弟が死を選んだのかまったくわからない。俳優の仕事は順調で、主演映画の撮影も進んでいた。最後に会ったときもいつもと何も変わらなかった。葬儀を終え、遺品や部屋の整理をしていても、まだ弟の死が信じられずにいる。

そんなとき、弟のスマホに届いた一件のメールに気づいた。スマホのロックが顔認証だったため、瓜二つの貴斗の顔で開けてしまったのだ。それは生前、尚斗が予約していた礼文島旅行の出発日を知らせる、旅行会社からのリマインドメールだった。

――ここでひとつ、お断りしておかねばならない。実はこの時点で私は「旅行の予約をしていた人物が自殺するはずはない、殺人事件だ！」と早合点してしまったのだが、それはミステリファンの悪い癖だ。これはそういう物語ではない。尚斗は自殺だし、その死の理由は（これは書いてもいいと思うが）最後までわからない。だがこの「わからない」ということこそ、本書の核なのだ。それについては後述する。

そのメールを見た貴斗は、尚斗の何かがわかるかもしれない、と弟が予約したルートのまま、礼文島に出かける。景勝地で観光し、地元の美味しいものを食べ、記念品を持ち帰る。

そして弟の死後に届いた荷物をきっかけにマルタ島へ、弟が出演した映画の舞台である台中へ、弟を知る人物に会いにロンドンへ、弟の元カノに導かれるようにニューヨークへ……と、貴斗は世界各地を巡ることになる。

旅の物語だ。貴斗の事情を抜きにすれば、描かれる風景、文化、食べ物などはまさに紀行文学のそれであり、行ってみたい、見てみたいという気持ちを読者に喚起させる。とにかく美しいものや美味しいものに満ちている。礼文島の桃岩展望台にウニ丼、マルタ島のフィリグリー細工や海鮮グリル、台湾の魯肉飯に高美湿地、ロンドンのケンジントン・ガーデンズやポートベロー・マーケット、ニューヨークのタイムズスクエアやグラウンド・ゼロ、ボリビアのラパスで買ったエケコ人形やカラフルな墓地……本書の単行本が刊行された二〇二一年十二月はコロナ禍で海外旅行のできない状態が長く続いていたときだったので、それらの情景がいっそう鮮やかに感じられた。

いや、鮮やかに感じたのにはもうひとつ理由がある。各地の描写が実に色彩豊かなのだ。色の描写に注意してぜひ本書を読み直してみていただきたい。空の色、花の色、海の色。陽の光によって色を変える街並み。海辺で拾ったオレンジのシーグラス。カフェオレ色に染めた髪。早朝の新宿の空は「瑠璃が水に溶けたような淡い色」で、ラパスの夜は「青とか。世界は、私たちが暮らすこの場所は、なんと数多の色にあふれていることオレンジ」だ。

色の描写が多いのはおそらくわざとだ。半身とも言える双子の弟を亡くし、それを受け入れられずに彷徨う貴斗は、弟とは異なる自身の黒い髪と、弟の白い遺骨、その白黒の二色だけの中にいた。それが旅を通して多くの色の中に身を置くことになり、少しずつ色彩を取り戻していく。どこに旅をしても尚斗の心中はわからず、そのことが貴斗を苛むのだが、尚斗に導かれて訪れた場所が貴斗に「この世は美しい色であふれている」ことを無意識のうちに思い出させるのである。

貴斗の旅は、弟の人生を追走する旅であるとともに巡礼の旅でもあった。弟の新たな面を見つけるたびに、貴斗の心に浮かぶ「なぜ死んだのか」という疑問。双子という半身を不意にもぎとられ、しかもその理由がわからないが故に気持ちの持って行き場のない貴斗の懊悩と慟哭。けれど各地でさまざまな色に触れ、それこそが貴斗の望んだこと（どういう意味かは本文で読まれたい）だと知り、彼はついに「受け入れる」のだ。なるほど、ゴールはここだったかと、ため息が出た。

「わからない」ことに悩んでいた貴斗の、印象的な言葉がある。

「わかった気になるより、ずっといいですよ」

わかった気になっている最たる例が、一章ごとに挿入される週刊誌の記事やSNSだ。勝手な憶測、興味本位の決めつけ。いかに人が他者のことを「わかっていない」かを浮き彫りにする。他に適当な言葉がどうしても思いつかないので失礼ながら品のない表現を使わせてもらうが、実に胸糞悪い。だが貴斗の周りにはそんな無責任な他人とは対照的に、病んでいく貴斗を「わかりたい」と寄り添う同僚の古賀がいた。気軽に別れたことを悔やむ尚斗の元カノ・辻がいた。自分にはわからないと認めて真摯にわかろうとする行為こそが、わかりたくて足掻く行為こそが崇高なのだ。

貴斗が辿り着いた場所はどこだったのか。どうかじっくりと味わっていただきたい。尚斗は命を断ち、貴斗は苦しんだ。それだけ見れば不幸だが、それでも彼らは幸せな双子だったように、私には思えるのである。

ところで、この物語にはちょっと嬉しい仕掛けがある。尚斗の遺作となった映画のエンドロールだ。スタッフの名前の中に、別の額賀作品に登場した人物や団体の名前がちらほらと見られるのである。

一部だけ紹介すると、映画のノベライズを担当したライター・榛名忍は『競歩王』(光文社文庫)に出てくる作家。音楽協力の水島楓は『風に恋う』(文春文庫)の登場人物で、この小説の主な舞台となったのがエキストラ協力のところにある千間学院高等学校吹奏楽部。その隣の紫峰大学は『タスキメシ　箱根』（小学館文庫）の舞台、宣伝クリエイティブの南波仁志と河合裕紀は『できない男』（集英社文庫）の登場人物で、どうやら当時の会社から独立したらしい。

ひとつひとつ紹介していてはきりがないのでこのへんでとどめるが、額賀ファンはぜひ知っている名前を探してみてほしい。これは単なる読者サービスではない。あの作品のあの人が、あの団体が、物語が終わったあともこうしてそれぞれの場所で生きているという証左だ。

それはとりもなおさず、貴斗の人生も続いていくということに他ならない。

エンドロールの後に加えられた記事に留意してほしい。ここに書かれた貴斗の未来は、もしかしたら受け入れられない読者もいるかもしれない。しかし尚斗の真実を貴斗がわからなかったように、貴斗やその周囲がどんな思いでそのときまでを生きていたのかは読者にはわからないのだ。そんなときにどうすればいいのかは、すでに本編が示してくれている。そしてやっぱり私には、貴斗がとても幸せだったように思えるのだ。

それはさておき、この記事を書いた人物の署名は……うーん、気になる。すべての登場人物に「物語の先」があることをこれほど見事に提示してくるとは！